馬華文學批評大系:陳大為

Malaysian Chinese Literary Criticism : Chan Tah Wei

陳大為著

by Chan Tah Wei

元智大學中語系  二〇一九年二月

Department of Chinese Linguistics & Literature,
Yuan Ze University, Taiwan.

馬華文學批評大系：陳大為

主　　編：鍾怡雯、陳大為

本卷作者：陳大為

編校小組：江劍聰、王碧華、莊國民、劉翌如、謝雯心

出版單位：元智大學中國語文學系

　　　　　桃園市中壢區遠東路 135 號

電　　話：03-4638800 轉 2706, 2707

網　　址：http://yzcl.tw

版　　次：2019 年 02 月初版

訂　　價：新台幣 380 元

Malaysian Chinese Literary Criticism : Chan Tah Wei

Editors : Choong Yee Voon & Chan Tah Wei

Author : Chan Tah Wei

國家圖書館出版品預行編目（CIP）資料

　　馬華文學批評大系：陳大為 / 陳大為著；
　　鍾怡雯，陳大為主編. -- 初版. --
　　桃園市 ： 元智大學中文系, 2019.02　　面 ；　　公分

　　ISBN 978-986-6594-46-5(平裝)
　　1.海外華文文學　2.文學評論

　　850.92　　　　　　　　　　　　　108001115

總序：**殿　堂**

　　翻開方修（1922-2010）在一九七二年出版的《新馬華文文學大系（1919-1942）‧理論批評》，當可讀到一個「混沌初開」、充滿活力和焦慮、社論味道十足的大評論時代。作為一個國家的馬來亞尚未誕生，在此居住的無國籍華人為了「建設南國的文藝」，為了「南國文藝底方向」，以及「南洋文藝特徵之商榷」，眾多身分不可考的文人在各大報章上抒發高見，雖然多半是「赤道上的吶喊」，但也顯示了「文藝批評在南洋社會的需求」。[1]

　　這些「文學社論」的作者很有意思，他們真的把寫作視為經國之大業、不朽之盛事，披荊斬棘，開天闢地，為南國文藝奮戰。撰

---

[1] 本段括弧內的文字，依序為孫藝文、陳則矯、悠悠、如焚、拓哥、（陳）鍊青的評論文章篇名，發表於一九二五～三〇年間，皆收錄於方修《新馬華文文學大系（1919-1942）‧理論批評》一書。此書所錄最早的一篇有關文學的評論，刊於一九二二年，故其真實的時間跨度為二十一年。

寫文學社論似乎成了文人與文化人的天職。據此看來，在那個相對
單純的年代，文學閱讀和評論是崇高的，在有限的報章資訊流量中，
文學佔有美好的比例。

年屆五十的方修，按照他對新馬華文文學史的架構，編排了這
二十一年的新馬文學評論，總計 1,104 頁，以概念性的通論和議題討
論的文學社論為主，透過眾人之筆，清晰的呈現了文藝思潮之興替，
也保存了很多珍貴的文獻。方修花了極大的力氣來保存一個自己幾
乎徹底錯過的時代[2]，也因此建立了完全屬於他的馬華文學版圖。沒
有方修大系，馬華文學批評史恐怕得斷頭。

苗秀（1920-1980）編選的《新馬華文文學大系（1945-1965）·理
論》比方修早一年登場，選文跳過因日軍佔領而空白的兩年（1943-
1944），從戰後開始編選，採單元化分輯。很巧合的，跟第一套大系
同樣二十一年，單卷，669 頁。兩者最大的差異有二：方修大系面對
草創期的新馬文壇氣候未成，幾無大家或大作可評，故多屬綜論與
高談；苗秀編大系時，中堅世代漸成氣候，亦有新人崛起，可評析
的文集較前期多了些。其次，撰寫評論的作家也增加了，雖說是土
法煉鐵，卻交出不少長篇幅的作家或作品專論。作家很快成為一九
五〇、六〇年代馬華文學評論的主力，文學社論也逐步轉型為較正
式的文學評論。

二〇〇四年，謝川成（1958-）主編的第三套大系《馬華文學大

---

[2] 方修生於廣東潮安縣，一九三八年南來巴生港工作。一九四一年，十九歲
的方修進報社擔任見習記者，那是他對文字工作的初體驗。

系‧評論（1965-1996）》（單卷，491 頁）面世，實際收錄二十四年的評論[3]，見證了「作家評論」到「學者論文」的過渡。這段時間還算得上文學評論的高峰期，各世代作家都有撰寫評論的能力，在方法學上略有提升，也出現少數由學者撰寫的學術論文。作家評論跟學者論文彼消此長的趨勢，隱藏其中。此一趨勢反映在比謝氏大系同年登場（略早幾個月出版）的另一部評論選集《馬華文學讀本Ⅱ：赤道回聲》（單卷，677 頁），此書由陳大為（1969- ）、鍾怡雯（1969- ）、胡金倫（1971- ）合編，時間跨度十四年（1990-2003），以學術論文為主[4]，正式宣告馬華文學進入學術論述的年代，同時也體現了國外學者的參與。赤道形聲迴盪之處，其實是一座初步成形的馬華文學評論殿堂。

　　一九九〇年代後期是個轉捩點，幾個從事現代文學研究的博士生陸續畢業，以新銳學者身分投入原本乏人問津的馬華文學研究，為初試啼音的幾場超大型馬華文學國際會議添加火力，也讓馬華文學評論得以擺脫大陸學界那種降低門檻的友情評論；其次，大馬本地中文系學生開始關注馬華文學評論，再加上撰寫畢業論文的參考需求，他們希望讀到更為嚴謹的學術論文。這本內容很硬的《赤道回聲》不到兩年便銷售一空。新銳學者和年輕學子這兩股新興力量的注入，對馬華文學研究的「殿堂化」產生推波助瀾的作用。

---

[3] 此書最早收入的一篇刊於一九七三年，完全沒有收入一九六〇年代的評論。

[4] 全書收錄三十六篇論文（其中七篇為國外學者所撰），三篇文學現象概述。

　　這四部內文合計 2,941 頁的選集，可視為二十世紀馬華文學評論的成果大展，或者成長史。

　　殿堂化意味著評論界的質變，實乃兩刃之劍。

　　自二十一世紀以來，撰寫評論的馬華作家不斷減少，最後只剩張光達（1965-）一人獨撐，其實他的評論早已學術化，根本就是一位在野的學者，其論文理當歸屬於學術殿堂。馬華作家在文學評論上的退場，無形中削弱了馬華文壇的活力，那不是《蕉風》等一兩本文學雜誌社可以力挽狂瀾的。最近幾年的馬華文壇風平浪靜，國內外有關馬華文學的學術論文產值穩定攀升，馬華文學研究的小殿堂於焉成形，令人亦喜亦憂。

　　這套《馬華文學批評大系》是為了紀念馬華文學百年而編，最初完成的預選篇目是沿用《赤道回聲》的架構，分成四大冊。後來發現大部分的論文集中在少數學者身上，馬華文學評論已成為一張殿堂裡的圓桌，或許，「一人獨立成卷」的編選形式，更能突顯殿堂化的趨勢。其次，名之為「文學批評大系」，也在強調它在方法學、理論應用、批評視野上的進階，有別於前三套大系。

　　這套大系以長篇學術論文為主，短篇評論為輔，從陳鵬翔（1942-）在一九八九年發表的〈寫實兼寫意〉開始選起，迄今三十年。最終編成十一卷，內文總計 2,666 頁，跟前四部選集的總量相去不遠。這次收錄進來的長論主要出自個人論文集、學術期刊、國際會議，短評則選自文學雜誌、副刊、電子媒體。原則上，所有入選的論文皆保留原初刊載的格式，除非作者主動表示要修訂格式，或增訂內容。總計有三分之一的論文經過作者重新增訂，不管之前曾否

結集。這套大系收錄之論文，乃最完善的版本。

　　以個人的論文單獨成卷，看起來像叢書，但叢書的內容由作者自定，此大系畢竟是一套實質上的選集，從選人到選文，都努力兼顧到其評論的文類[5]、議題、方向、層面，盡可能涵蓋所有重要的議題和作家，經由主編預選，再跟作者商議後，敲定篇目。從選稿到完成校對，歷時三個月。受限於經費，以及單人成冊的篇幅門檻，遺珠難免。最後，要特別感謝馬來西亞畫家莊嘉強，為這套書設計了十一個充滿大馬風情的封面。

鍾怡雯

2019.01.05

---

[5] 小說和新詩比較可以滿足預期的目標，散文的評論太少，有些出色的評論出自國外學者之手，收不進來，最終編選的結果差強人意。

編輯體例

[1] 時間跨度：從 1989.01.01 到 2018.12.31，共三十年。

[2] 選稿原則：每卷收錄長篇學術論文至少六篇，外加短篇評論（含篇幅較長的序文、導讀），總計不超過十二篇，頁數達預設出版標準。

[3] 作者身分：馬來西亞出生，現為大馬籍，或歸化其他國籍。

[4] 論文排序：長論在前，短評在後。再依發表年分，或作者的構想來編排。

[5] 論文格式：保留原發表格式，不加以統一。

[6] 論文出處：採用簡式年分和完整刊載資訊兩款，或依作者的需求另行處理。

[7] 文字校正：以台灣教育部頒發的正體字為準，但有極少數幾個字用俗體字。地方名稱的中譯，以作者的使用習慣為依據。

目　錄

當代馬華文學的三大板塊

　　馬來西亞區分為西馬（馬來半島）和東馬（婆羅洲北半邊），西馬面積比較小但歷經六百年的開發，人口還比東馬來得稠密。文學人口也一樣，所以西馬文學在近百年來都堂而皇之地代表馬華現代文學的全貌。雖然西馬的重要副刊和雜誌，在近十年來曾經製作幾次砂拉越文學專輯，向西馬讀者介紹這塊陌生的土地，但東馬文學依舊沒有受到該有的重視，彷彿它只是「西馬的一部分」，不必太過強調它的存在。西馬詩人傅承得的說法最赤裸：「東西馬的關係也充滿掃在地毯下的問題：例如西馬中心和東馬邊陲論，當西馬人提起『馬來西亞』，絕大多數是指西馬（甚至只指吉隆坡）；西馬作家談馬華文學，大多時候只局限在馬來半島。東馬對許多西馬人來說，似乎是個不同的國度，東馬很陌生，也許還很落後。東馬人提起西馬呢？他們稱西馬人為『西馬仔』，西馬有雙峰塔和東西南北大道，高速公路上竟還有天橋餐廳。但是東馬呢？修建一條州際公路講了幾十年還在講。所以，他們說東、西馬之間有一

條牛，牛頭在東馬吃草，牛屁股在西馬，任由西馬人擠奶」[1]。話雖草莽，卻道盡事實。這現象不僅止於西馬作家的心態，同樣存在於眾多評論家的潛意識裡。

　　九〇年代末期，學術研究氣氛一向低迷的馬華文壇，先後舉辦了三場重要的學術研討會：馬華文學國際學術研討會（留台聯總主辦，1997）、第一屆馬華文學國際學術研討會（馬華作協與馬大中文系聯辦，1997）、九九馬華文學國際學術研討會（南方學院主辦，1999），共發表七十四篇論文，其中專論東馬文學的只有兩篇[2]，一篇討論梁放（林建國〈有關婆羅洲森林的兩種說法〉，1997），一篇討論吳岸（陳月桂〈吳岸的哲理詩〉，1997）。在同一場留台聯總主辦的研討會上，西馬文壇最重要的評論家張光達在〈試論九十年代前期馬華詩歌風貌〉的宏觀敘述底下，完整地討論了當代西馬及旅台詩人的創作概況，卻忽略了整個東馬詩壇；西馬中生代詩人葉嘯的〈論馬華現代詩的發展〉跨越了五十年的馬華詩史脈絡，也同樣忘掉了東馬。其他與會學者有關馬華文學宏觀論述的文章，東馬作家的討論只佔很低的比例。於是東馬消失了，偌大的婆羅洲從馬華文學（論述）的版圖上悄然陸沉，只剩下三幾個重要作家的名字，

---

[1] 身為吉隆坡大將書行社長，傳承得對東馬文壇卻有一股令人敬重的熱忱，他跟田思、沈慶旺、石問亭等東馬作家合作推出一系列婆羅洲的文學作品。這篇名為〈西馬是馬，東馬也是馬〉的文章，是他在二〇〇三年十二月的「婆羅洲書系」推介禮暨「隔閡與溝通」座談會上的開場白。摘錄自：《大將書行（網頁）‧文章閱讀》＜http://www.mentor.com.my/bestessay/borneo.htm＞（2003/12/04）。

[2] 王潤華〈自我放逐熱帶雨林以後：冰谷《沙巴傳奇》解讀〉討論的是西馬作家冰谷的《沙巴傳奇》（新山：彩虹，1998），但從西馬詩人的身分及出版地點，乃至他觀照沙巴的視角，都不能把此書定位在東馬文學。

進入以西馬為中心的馬華論述。

一、作為中心的西馬文壇

　　一向以中心自居的西馬文壇，在作家人數上占有絕對的優勢。不過就人數而言，這個由五百多萬華人產生出來的馬華（西馬）文壇，比起大台北六百多萬人在國家機器和眾多文學媒體的滋養下產生的台北文壇，還是略遜一籌。西馬文壇的容量並沒有很大，只要一項較重大的文學活動，便足以沸騰「舉國文人」。星洲日報花蹤文學獎，對九〇年代以降的馬華文學創作影響最為深遠，它甚至成為創作的動機和部分體質。這是很嚴重的病癥。

　　由現今馬華第一大報──《星洲日報》──創辦於一九九〇年的花蹤文學獎，在九一年頒獎前夕，以空前的版面，和奧斯卡頒獎禮的方式，引爆了馬華本地作家鬱結多年的創作慾望。實在很難想像哪一個文學獎能夠以頭條新聞的架勢，佔據第一大報的頭版位置。「一獎成名天下知」加上高額獎金的巨大誘因，徹底改變一向自嘲資源貧瘠的馬華文壇。

　　馬華本地的文學獎不少，從鄉青小說獎、潮青文學獎、客聯小說獎、嘉應散文獎、綠禾散文獎，到大專文學獎，多半因為缺乏大眾傳媒的配合，以及徵文的規模太小、獎金不高，沒有形成「大獎」的氣勢與格局。而兩年一度的「花蹤大戲」，以空前的規模和歷時九屆（十八年）的努力，替馬華文學催生了不少優秀的作品。沒有花蹤文學獎，當代馬華文壇鐵定損失大半的創作力與活力。在巨大的文學貢獻之餘，花蹤同時造就了一批逐獎而生的新生代寫手──得獎後沉寂兩年，鮮少甚至完全不

發表任何作品，直到下一屆徵稿時再重出江湖。

　　很多年輕寫手經常批評老作家的作品如何保守、落伍、不入流，但前行代作家在文學創作條件極差的情況下，持之以恆地創作了數十年，這種動機純粹且後勁十足的創作精神，早已絕跡江湖。眾多「一獎文人」的出現，無形中阻斷了那些長期用心創作、有待鼓勵的新人。而且花蹤文學獎極大部分獎項只限馬來西亞國民參加，在初期有助於栽培本地的新人，但自家人長期關起門來較量的結果，造成得獎者與入圍者永遠是那串名單，再也無法透過真正的競技來提昇馬華文學水平，除非全部獎項一起開放給國外華文創作者參加，像台灣的眾多大獎一樣。至少，開放給全東南亞。

　　這群老想逐獎維生，一年下來卻沒幾個獎可以參加的新生代寫手，征戰十年也湊不出一本像樣的著作。當然，這不是花蹤的錯，花蹤的存在反而暴露了另一個事實──馬華文壇最大的危機不是發表園地的不足，年輕作家的創作生命之所以很容易夭折，乃惰性使然。以六字輩詩人呂育陶為例，他在歷經十餘年的寫詩生涯之後，總算累積出第一本詩集；張光達在詩集的序中給予極高的評價：「他將帶領其他新生代的詩人作者邁進 21 世紀，成為世紀交替裡一個分水嶺的文學標杆」[3]。呂育陶的創作水平早已深受馬華文壇的肯定，也曾獲得中國時報新詩獎，張光達當時的評價相當接近於事實。但詩集出版後四年期間，呂育陶除了參加過兩三次徵文之外，幾乎不太發表詩作（所以他始終未能獲得象徵

---

[3]　張光達〈詩人與都市的共同話題──序呂育陶詩集《在我萬能的想像王國》〉，呂育陶《在我萬能的想像王國》（吉隆坡：千秋，1999），頁 18。

著「質實兼備」的花蹤推薦獎），遲至二〇〇八年才出版第二部詩集。能夠長期維持高質量創作表現，不斷進步的七字輩作家，似乎只有寫小說的黎紫書和寫詩的林健文。其他體積原本細小的蜂鳥，集體休憩以待下一屆的「花季」。反而是潘雨桐等前輩及中生代作家，持續展現以一當十的創作力。

　　一九九〇年代以降的西馬文壇雖然人多勢眾，但個人創作成果的累積是令人失望的；況且近二十年來西馬文壇似乎沒有創造出自己的「品牌」，相較於東馬作家對「書寫婆羅洲」的自覺，西馬作家有必須尋找一個較恢宏的創作方向。

　　西馬文學的發展歷程頗長，在不同時期有不同的「營養來源」。戰前透過中國現代文學（1919-1949）吸收了寫實主義，五〇、六〇年代受到香港文學的影響，七〇年代以後轉向台灣現代文學取經。尤其八〇年代中期以後，陳強華、傅承得等留台生回馬任教，在中學培育出一批又一批讀台灣文學作品長大的文壇新秀，其中表現最突出的莫過於趙少傑、邱琲鈞、周擎宇、王德志、盧佛寶等人組成的「魔鬼俱樂部」。第二代魔鬼成員周擎宇，如此記述他們在陳強華的指導下的學習情況：「強華老師印一些比較經典的詩來給我們當教材，我們則不停地消化複印來的詩集，有陳克華的《騎鯨少年》、夏宇的《腹語術》、《備忘錄》等，實在太多了」[4]。翻開八〇年代末期最受校園寫手喜愛的《椰子屋》，再篩除掉佔總篇幅七成的輕薄短小的呢喃文字，剩下的那三成「相對」優秀的佳作，盡是陳克華、夏宇、林燿德、羅智成、楊澤、楊牧的影子。

---

[4] 周擎宇〈第 2 代魔鬼〉，《蕉風》第 484 期（1998/05, 06），頁 83。

影響並不可恥，這裡只想說明台灣現代文學對西馬文壇六、七字輩的影響實況。主要原因只有一個：在這些新秀眼裡，馬華文學還沒有累積出自己的經典。

就文學營養的汲取源泉來說，西馬和旅台的六、七字輩作家根本上是殊途同歸，只有吸收總量上的差異，以及前者在自己作品中「殘留過量」的台灣影子，無法像後者轉化成自己的風格。西馬的年輕詩人或繞過旅台詩作直接取經自台灣，或透過旅台／西馬的同輩詩人的作品「間接」進修，成為另一種「隱形」的旅台形式，這種例子不勝枚舉。由於旅台作家大多來自西馬，而且極大部分在畢業後都回西馬，融入本地文壇。從潘雨桐、商晚筠、黃昏星、王祖安、陳強華、傅承得，到劉國寄、廖宏強、林惠洲、許裕全等數十人，現在都被視為本地作家了。西馬與旅台的密切關係，由此可見。

但西馬文學的發展遠比旅台和東馬來得多元，所掌握的華社資源更是豐厚。各種文叢、選集，甚至大系的出版，以及多次國際研討會的舉行，都顯示出西馬文壇的財力。這也是它對整個馬華文學的責任。我們比較關心的是：跨入二十一世紀的西馬文壇，是否已找到一個像「書寫婆羅洲」一樣的文學動力和地標？

回顧八〇年代的馬華文學成果，最突出的文學地標可能是後來磨練出眾多新銳作家的校園文學。一直以來，馬華本地的大專生都揹負著華社對他們（知識分子）的期待，所以當「八〇年代的華社，充滿頹喪黯然的情緒；作為社會縮影的大專院校，華裔學生不免也有同樣的感受。他們通過正式與非正式的活動，力圖在劣勢中，傳達他們的憂患和期望。這一個時期，大專院校前所未有的剛好雲集了一批文學愛好者，或結社，

或出書，作者之眾與作品之多，造就風氣極盛的校園文學。處於風起雲湧的時代，在他們的作品中，也不免反映出社會的不安的面貌和人們焦慮的情緒」[5]。這一波風潮，替馬華新詩和散文催生了不少出色的作家：林幸謙、祝家華、潘碧華、程可欣、林春美、禤素萊、何國忠。人才輩出的馬大中文系，儼然成為當代馬華文學的「重鎮」。

　　那個充滿政治憂患意識的校園散文時代已經過去、張揚中國意識的邊緣書寫沒有剩下多少發揮空間、沉溺於中國意象的偽古散文只能蹲在中文系裡自賞、所謂的政治散文常常淪為知識分子老掉牙的社論、雨林散文缺乏一座可以跟婆羅洲相提並論的莽林、情色詩和都市詩又籠罩在台灣詩人的陰影底下、馬共的素材被張貴興和黃錦樹推到很難超越的高峰，西馬文學可以處理的大題材所剩無幾了嗎？其實不然。最起碼在散文或新詩的地誌書寫方面，很有開拓空間。

　　我曾在二〇〇一年的〈空間釋名與味覺的錨定：論林春美的地誌書寫〉[6]一文中，以「地誌書寫」討論過林春美的系列小品〈我的檳城情意結〉（1994）。二〇〇三年，又陸續讀到幾篇以檳城為書寫對象的散文和小品：杜忠全〈路過義興街〉（《星洲日報・文藝春秋》，2003/11/15）、鍾可斯〈那一條街、那一座城、那一叢書〉（《南洋商報・南洋文藝》，2003/11/29）、方路〈七月鄉雨〉（《星洲日報・文藝春秋》，2003/11/23）、〈茶室觀雨記〉（《自由時報・自由副刊》，2003/01/12）、〈春天〉（《星洲

---

[5]　潘碧華〈八〇年代校園散文所呈現的憂患意識〉，收入陳大為、鍾怡雯、胡金倫編《馬華文學讀本 II：赤道回聲》（台北：萬卷樓，2004），頁 292-293。

[6]　陳大為〈空間釋名與味覺的錨定：論林春美的地誌書寫〉，《南洋商報・南洋文藝》（2001/09/08）。

日報‧星雲》，2003/01/23)、〈第二月台〉(《星洲日報‧星雲》，2003/01/30)
等。他們顯然意識到檳城作為歷史古城的書寫價值，並以一種記錄人事、
節慶、風俗，回顧歷史，進而建構都市空間質感（或地方感）的策略，
來描寫他們的故鄉檳城。這是西馬散文最值得發展的強項。西馬的幾座
重要都市——檳城、馬六甲、怡保、吉隆坡、新山——都是殖民史、族
群文化等集體記憶的沖積層，很值得一寫。但要充分開採這些珍貴的歷
史資產，除了仰賴個人的才情與生活經歷，以及相關史料的研讀，恐怕
還得借助都市空間理論、文化地理學、地誌學、甚至消費文化理論等學
術研究成果與視野，免得浪費了如此珍貴的資產。西馬的兩大報副刊，
應該可以鼓勵地誌書寫的風潮[7]，為馬華文學打造一座嶄新的地標。

　　翻開第七、八、九屆花蹤文學獎的得獎名單，我們雖然看到一批新
秀躍上舞台，也看到那些兩年寫一次的專業得獎作家。馬華作家不但要
擺脫文學獎的創作誘因，更要超越以「單篇」作品累積成書的創作策略，
晉級到系列創作或單一主題的「單本」創作。從隨意而為的「單篇」到
「系列」，再到全盤規劃的「單本」，甚至「三部曲」，必然可以全面提
升創作的質量。相對於東南亞各國的華文文學，馬華文學的創作、發表、

---

[7] 不過，令人憂心的是：近兩年杜忠全陸續發表的地誌／地方書寫，品質大不
如前，有非常明顯的退步。雖然他後來得到第八屆花蹤文學獎散文推薦獎的肯
定，但評審們過度關注在主題開拓上面，而忽略了語言表現和謀篇技巧。對專
業的散文研究者而言，地誌書寫不是新鮮事，而且地誌書寫不是把一座城市或
某個地景搬出來就行了，空間內容和敘述的質地都需要費心經營，要有效產生
地方感或地方精神。這一點，在目前已發表的地誌散文當中，都還沒有達到完
善的境界，畢竟只是一個起步。杜忠全等人必須進一步提高品質，不要在量化
的創作風潮中，糟蹋這個珍貴的都市文化遺產。

出版環境是最好的；環境不再是馬華作家的殺手，只剩下自身的惰性和藉口。

第二節、婆羅洲寫作

　　隸屬於馬來西亞聯邦的砂拉越和沙巴州，面積十分遼闊，但人口相對稀少。西馬文人習慣將 Sarawak 譯成「砂勝越」，當地文人則慣稱「砂拉越」，從砂州的慣稱便可辨別發言者的身份。對極大部分西馬人民而言，東馬只是一個地理名詞，也許他們活了一輩子也沒有機會讀到東馬的報紙，甚至連有哪些報紙都不曉得。一個南中國海，便把馬來西亞分割成以西馬為中心的兩個地理世界，各種資源的分配都很不公平，其中最明顯的差異是：大部分國立大學都在西馬。多年來兩地的文學活動大多是各自為政，為了振興／維持東馬文壇的創作力，砂華文壇唯有自力救濟，先後由砂拉越星座詩社、詩巫中華文藝社、砂拉越華人作家協會等文藝社團，設立了常年文學獎和東馬文學獎，以及一系列的文學出版和朗誦活動。

　　從創作活力和成果看來，砂拉越文壇幾乎等同於東馬文壇，沙巴一向闇啞無聲，或許是當地文人稀少又沒有凝聚力，所以在諸多以東馬為名的活動紀錄和文獻裡，沙巴永遠是一個安靜的缺席者。經過砂華文壇數十年的努力，以西馬為中心的現象仍然沒有平衡過來。

　　一九九三年，東馬作家阿沙曼在〈璀璨年代文學的滄桑──拉讓文學活動的回顧與探討〉一文中明言：「許多人或有同感，此即大馬文壇一提及馬華文學，往往即將西馬的文學，及其歷史背景、目前的發展情

況，當成整個馬華文學」[8]。這種以偏蓋全的不平現象，讓東馬作家感觸很深。九年後，東馬詩人田思在西馬兩大副刊之一的《星洲日報·文藝春秋》，談到近年東馬與西馬文壇的互動：「在政、經、文化等方面，東馬砂沙兩州被『邊緣化』是我們長期以來深覺不平的感受。在文學方面，由於文藝作者的互動與交流，近年來的情況有所改善。……過去，我們常抱怨西馬作者在大談『馬華文學』時忽略了東馬文學，今後這種抱怨應可以減少，反而需要更多的反躬自省：我們是否已寫出質量俱佳、引人注目的作品？我們是否有更多可與西馬較優秀作家相頡頏的作者群？」[9]。在田思的潛意識裡，或許存在「東馬 vs. 西馬」的對抗意識，但難能可貴的是他同時反省了東馬文壇的創作實力，並進一步針對如何創作具有婆羅洲地方色彩的作品提出他的看法——書寫婆羅洲。

　　首先，他對馬華旅台小說家張貴興那幾部以婆羅洲為背景的雨林小說，提出諸多負面的批評，尤其《群象》對婆羅洲真實面貌與（砂共）歷史事實的扭曲，遠遠超出他（們）可以忍受的程度。田思明白指出：「由外國人來書寫婆羅洲，讀起來總有一種『隔了一層』的感覺（李永平與張貴興出身砂州，長期定居台灣）。真正的婆羅洲書寫，恐怕還是要靠我們這些『生於斯、長於斯、居於斯』，願意把這裡當作我們的家鄉，對這塊土地傾注了無限熱愛，對它的將來滿懷希望和憧憬的婆羅洲子民來進行。文學允許想像和虛構，但太離譜的編造與扭曲，或穿鑿附

---

[8] 阿沙曼〈璀璨年代文學的滄桑——拉讓文學活動的回顧與探討〉，收入《赤道回聲》，頁 645。

[9] 沈慶旺整理〈雨林文學的迴響——1970-2003 年砂華文學初探〉，收入《赤道回聲》，頁 634。

會，肯定不會產生愉快而永久的閱讀效果。我們要求的是在真實基礎上的藝術加工。」[10]

　　從史料的整理和典藏，到各文類作品的創作，田思提出的「書寫婆羅洲」確實是一項令人驚喜的全方位工程。二〇〇三年十二月，他們在西馬出版了第一批著作：楊藝雄《獵釣婆羅洲》（2003）、田思《沙貝的迴響》（2003）、薛嘉元《貓城貓語》（2003）；更令人振奮的是，在這三本書後面還有許多進行中的半成品，包括幾部長篇小說。相信這項工程在田思、沈慶旺、石問亭與傅承得的推動下，會有令人側目的成果。況且它已經建立了最起碼的研究基礎：田農曾經以砂華為論述主體，寫下《砂華文學史初稿》（1995）；房漢佳接連推出非常重要的砂州史學著作：《砂拉越拉讓江流域發展史》（1996）和《砂拉越巴南河流域發展史》（2001）；年輕一輩的學者黃妃，則交出一部《反殖時期的砂華文學》（2002）。

　　東馬作家選擇雨林為婆羅洲文學的地標，隱然有一種重建（或重奪）「雨林發言權」的意圖。赤道雨林本來就是他們最大的創作資源，也是最宏偉、迫切的主題。近幾年來卻被離鄉背井（甚至入籍台灣）的張貴興，在台灣用一套獨家的──卻被他們認為是失真的──婆羅洲圖象建構了一系列以雨林為舞台的家族史傳奇小說。挾著台灣出版市場的強大優勢，以及各種年度十大好書和中國時報文學獎的肯定，張貴興儼然成為婆羅洲雨林真正的代言人，在馬華文學版圖上矗立他的雨林王國，完

---

[10] 《赤道回聲》，頁 635。田思〈書寫婆羅洲〉全文收入於桑木等編《書寫婆羅洲》（詩巫：詩巫中華文藝社，2003），頁 6-13。

全掩蓋掉雨林真正的擁有者──東馬作家──的鋒芒。

　　現實世界中不斷消失的雨林，在文學世界裡不斷擴展它的面積，馬華文學在台灣被「雨林化」的現象一如鍾怡雯在〈憂鬱的浮雕：論當代馬華散文的雨林書寫〉的分析：「對非馬來西亞讀者而言，『雨林』或許是他們對馬華文學最粗淺而直接的印象。至少在台灣，論者慣以『雨林』概括馬華文學的特質。雨林，或熱帶雨林，是一種簡便／簡單的方式，用以凸顯馬華文學的特徵，也彰顯讀者對馬華文學的想像和慾望。雨林印象大多來自馬華小說，其中又以張貴興的小說為大宗」[11]。這個現象看在東馬作家眼裡，卻是憂心忡忡。不過，東馬作家的重建／重奪發言權的意圖，不能解讀成失寵心態的反撲，因為他們最大的憂慮來自張貴興的「失真」。所以「書寫（或重寫）婆羅洲」應該視為一項正本清源的行動，從東馬文壇的角度而言，它確實有其正當性和迫切性。

　　雨林的還原或失真，是一個見仁見智的問題，但閱讀／書寫婆羅洲應該有許多不同的層次或角度。

　　旅台學者兼小說家黃錦樹在〈從個人的體驗到黑暗之心──論張貴興的雨林三部曲及大馬華人的自我理解〉對張貴興的解讀與評價跟田思完全不同，真正吸引他的並非雨林的視覺形象，而是張貴興那「高度美學化的文字技術」[12]，以及強烈而深邃的寫作意圖。黃錦樹認為張貴興「到了《群象》，『以文字為群象』；雨林的情慾化及文言化更形擴大，

---

[11] 鍾怡雯〈憂鬱的浮雕：論當代馬華散文的雨林書寫〉，收入《赤道回聲》，頁299。

[12] 黃錦樹〈從個人的體驗到黑暗之心──論張貴興的雨林三部曲及大馬華人的自我理解〉，收入《赤道回聲》，頁481。

從侷限於雨林邊緣的《賽蓮之歌》更往內延伸，舞台加大，嘗試駕馭一個更大的對象：砂共與中國性；《猴杯》體驗的規模更大，調動的資源更多，視域也更大，深入到達雅克人的長屋裡去，召喚華人移民史、華人與原住民族群恩仇愛恨，更多的要素與材料」[13]。旅台觀點盤踞在美學層次，東馬視角抓緊歷史與現實的考察，正好構成抽象與具象的辯證，對文學創作或評論而言，都是一件好事。從壯大馬華文學的立場來看，我們當然期待出現一批「東馬製造」的，足以跟張貴興分庭抗禮的雨林小說。

　　除了揭竿起義式的創作意圖，「書寫婆羅洲」的工程必須包含文學評論，唯有嚴謹、深入的評論才能發掘出隱藏在文本裡的書寫策略和主體思維活動，否則東馬作家在雨林中埋頭創作，到頭來卻埋沒在林蔭之中，豈不可惜？但是東馬本身的評論家和學者一向不足，偏偏在西馬評論家眼中，好像只有巍萌、吳岸、田思、梁放，外加邱眉、李笙、楊錦揚、沈慶旺、雨田等幾個名字，他們也從來沒有進行過宏觀的東馬文學研究或評論。結果，竟然是台灣學者李瑞騰比極大部分馬華評論者更關心、更了解東馬文學[14]。

　　東馬文學除了急於創造自己的特色之外，必須結合東馬華人社團和西馬各所中文系及旅台的學術力量，定期舉辦一系列以東馬文學為主題的學術研討會（像二〇〇〇年六月由砂拉越華族文化協會在詩巫舉辦的「巍萌・黑岩小說研討會」），有系統地進行宏觀與微觀的論述，找出東

---

[13]　《赤道回聲》，頁 488。

[14]　李瑞騰長期關注東南亞華文文學，近幾年他透過台灣國科會的研究計畫去東馬實地考察，蒐集了可觀的資料，並先後發表了三篇砂華文學的論文。

馬文學的核心價值，並結集成冊使之流通，才能讓陸沉多年的婆羅洲，恢復應有的面積。

第三節、從馬華旅台文學到在台馬華文學

　　形同一支駐外兵團的「旅台文學」[15]，是一支讓西馬文壇產生敵意的隊伍。

　　旅台文學的人數不多，同時期活躍在台、馬文壇上的名字，通常保持在個位數。根據旅台作家在台灣文壇的活躍時間來劃分，第一代的旅台作家主要有陳慧樺（陳鵬翔）、王潤華、淡瑩、林綠、溫瑞安、方娥真等六位詩人（前四人兼具學者身份），他們主要以結社方式來發聲，先後組織了星座詩社、大地詩社、神州詩社，這三個包含台灣本地作家在內的詩社，連結在一起，便代表了六〇及七〇年代旅台文學的活動形態，是旅台新詩的第一個黃金時期。第二代是商晚筠、李永平[16]、潘雨桐[17]、張貴興等四人，從一九七七年到一九八七年為止，十年間，四人共奪下十三項台灣小說大獎，其中十二項為兩大報小說獎，不但創造了

---

[15] 本文沿用「旅台」一詞，只為了涵蓋所有在台求學、就業、定居的寫作人口（雖然主要的作家和學者都定居台灣），就本人而言，構不上任何潛意識裡的「流浪」、「飄移」、「離散」。它只是一個「權稱」。「兵團」一詞，倒是很符合旅台作家的戰鬥性格。以西馬中心的觀點來看，他們算是「駐外」，所以經常聽到「回歸」與否的討論。

[16] 李永平雖為外文系學者，但從不涉及馬華文學評論。

[17] 潘雨桐身為農產業學者，也從不參與馬華文學的評論。他的創作生涯比較晚成，所以便根據一九八一年他首次在台得獎的時間點，歸在這一代。

旅台小說的第一個黃金時期，也開拓了未來旅台作家進軍台灣文壇的主要路徑。第三代可以從一九八九年林幸謙[18]奪得中國時報散文獎開始，翌年黃錦樹也開始以小說為主的得獎歷程，接著是陳大為的詩和鍾怡雯的散文加入文學獎的征伐行列，全面掀開旅台文學在三大文類的得獎時期。十年下來，四人共贏得十一次兩大報文學獎，以及數十種其他公開性文學獎。第三代的旅台作家共有七人，除了創作與學術雙管齊下的林幸謙、黃錦樹、鍾怡雯、陳大為、辛金順，還有在大眾文學創作方面表現非常傑出的歐陽林和張草[19]。進入二○○○年以後，李永平和張貴興再度展現他們旺盛的創作力，一連拿下多項十大好書獎，壯大了旅台文學在台灣文壇的聲勢。原本孤軍作戰的旅台作家，累積到九○年代不但完成較大的陣容[20]，而且其中多人兼具學者身份，再加上在大學任教的

---

[18]　當年十月二日，時報文學獎公佈的時候，林幸謙剛從馬大中文系畢業來台就讀政大中文所碩士班，畢業後到香港攻讀博士，目前雖居住在香港，但大半的作品仍在台灣出版。

[19]　曾經出版過十餘本大眾文學讀物的歐陽林，他的「醫生文學」作品受到廣大讀者的歡迎，最具市場價值。以科幻小說為主的張草（一九七二年生於沙巴），目前的代表作為「滅亡三部曲」——《北京滅亡》（獲得獎金一百萬台幣的皇冠大眾小說獎首獎）、《諸神滅亡》、《明日滅亡》，以外還有《夜涼如水》和「雲空行系列」八本，共十二部長篇小說。他們的馬華身分並不明顯，經常遭漏在台灣文壇的「旅台作家」印象之外，也沒有受到評論的關注。

[20]　真正活躍在九○年代後期台灣文壇的名單，必須扣除停筆多年的林綠、回馬發展的潘雨桐、英年早逝的商晚筠、轉戰香港的溫瑞安、方娥真、林幸謙三人、入籍並長年定居新加坡的王潤華、淡瑩二人（雖然王潤華二○○二年回台任教，不過應該算是新華旅台作家）。

評論家張錦忠和林建國，旅台「學者」[21]人數達到空前的高峰——八人（作家九人）。學者比例的提高，讓九〇年代的旅台文學同時以創作和評論的雙重優勢，正面衝擊沉寂多時的馬華文壇。

　　嚴格來說，旅台文學跟馬華本地文學只有血緣上的關係，極大部分旅台作家都是「台灣製造」[22]。他們的創作源泉，或來自中國古典文哲經典，或來自在台灣出版的中、台、港現代文學著作，以及各種翻譯書籍。從另一個角度而言，馬華旅台文學也算是台灣現代文學的一環，儘管他們關注的題材、文學視野、發聲的姿態有異於一般台灣作家[23]。

　　從九〇年代初期的馬來西亞客聯小說首獎、鄉青小說首獎、花蹤新詩首獎、新加坡金獅獎散文首獎等重要獎項開始，第三代旅台作家逐步展開在台、港、新、馬各地的文學獎攻城掠地，西馬兩大副刊曾經多次策劃旅台文學專輯，大篇幅刊載他們的得獎作品。雖然人數極少，但旅台作家的創作量一向都很龐沛，動輒七八十行的詩、四五千字的散文，和逾萬字的小說，長篇大幅地刊載在兩大副刊上，一度造成西馬副刊淪陷的假象。尤其在九〇年代下半葉，旅台作家參與花蹤文學獎推薦獎的角逐，集中火力輪流攻佔《星洲日報・文藝春秋》的版面，無形中造成

---

[21] 本文所謂「旅台學者」僅指從事馬華文學評論的旅台學者，不含李有成等多位從事歐美文學研究、亞太政經研究、中國古典文哲研究的馬華「在台」學者，以及碩、博士班研究生。

[22] 其實馬華本地比較出色的六、七字輩作家，大都是「台灣技巧轉移，馬華改裝生產」，他們同樣透過台灣出版品，吸收主要的文學養分。尤其台灣現代詩作品對馬華年輕詩人的影響，一直以來都非常明顯。

[23] 唯有散文創作能夠卸除馬華色彩，新詩次之，小說的馬華化較明顯（大眾小說除外）。

其他本土稿件的排擠效應；加上國內外頻頻得獎的聲勢[24]，旅台作家（或被稱為「留台生」）在許多馬華本地作家眼中，漸漸成為一群侵略者。此外，黃錦樹自一九九二年在《星洲日報‧星雲》發表〈馬華文學「經典缺席」〉之後，陸續發表多篇針對中國性與馬華性、馬華現實主義文學的學術評論，以及對馬華文壇諸多現象的深度批評，企圖為馬華文學重新作一次全盤大體檢，遂引發本地作家的強烈反彈。後來由旅台作家編選的《馬華當代詩選1990-1994》（陳大為編，1995）、《馬華當代散文選1990-1995》（鍾怡雯編，1996）陸續出版，由於審美角度上的「差異」，本地作家入選的人數不多，遂引發另一場爭議。

　　從國內外近百項次的得獎聲勢、副刊大篇幅且頻密的刊載、直指核心的犀利論述、被誤讀成權力爭霸的選集出版，到上述三場研討會的尖銳發言，旅台作家漸漸與本地作家（東馬與西馬）形成敵對狀態，「黃錦樹等人」皆成為馬華文壇的異議分子和問題人物。尤其某些慣以文壇主流自居，卻交不出像樣成績的前輩文人，以及被佔去得獎名額出不了頭的七字輩新秀，對旅台作家的敵意最深。即使在九〇年代末期，旅台作家不主動參加本地文學獎，情況依然沒有改善。「黃錦樹現象」對當代馬華文學的衝擊非常深遠，儘管他有部分言談過於激進，殺傷力太驚

---

[24] 就以具有指標性意義的花蹤推薦獎而言，在旅台作家「主動／積極」參賽的前五屆當中，三大文類共十五項次，旅台作家（林幸謙、鍾怡雯、陳大為）獲得四項次，歸馬多年早已「本地化」的留台作家（潘雨桐、陳強華）獲得三項次，其餘八項次為本地作家所得。後來的兩屆，鍾怡雯（旅台）、林幸謙（旅港）、陳強華（留台）共得三項次。詳閱：〈星洲日報花蹤文學獎歷屆得獎名單（1991-2003）〉，收入《赤道回聲》，頁673-677。

人，但那股「恨鐵不成鋼」的悲憤之情，卻有效激起許多六、七字輩作家對馬華文學的反省和討論。至於他在馬華文學重要議題上的論述，確實累積出非凡的成果與貢獻。

回顧過去十幾年旅台作家在西馬文壇的活動，除了王祖安主編期間的《星洲日報・文藝春秋》和張永修主編的《南洋商報・南洋文藝》兩大副刊，最支持旅台作家的刊物便是先後由小黑和朵拉夫婦，以及林春美主編的《蕉風》（它是馬華文學史上最長壽的文學月刊／雙月刊）。這三個副刊／刊物是馬華文壇最重要的發表園地，至少對西馬作家而言，它們的版面象徵著當代馬華文壇的「主流」舞台。旅台文學得以「回歸祖國」，三大文學媒體確實扮演著決定性的角色。

近兩年在馬華本地副刊上不時讀到有關旅台文學的評述，偶有不知所謂的座談，講一堆自以為深具顛覆性其實膚淺至極的笑話。其中唯一具有討論價值的，是張光達發表在二〇〇二年底的〈馬華旅台文學的意義〉。他在文中提出一種具有高度包容性的宏觀見解──「旅台作家於整體馬華文學的長遠發展來看，可謂深具意義，它在地理位置的雙重邊緣／弱勢化可以衍生為特殊的發言位置與論述實踐，豐富了馬華文學的多元化面貌和聲音，也為本地學者提供並拓展馬華文學／文化研究的範圍」[25]。「雙重邊緣／弱勢化」是馬華文壇對旅台文學最典型的「想像／臆斷」，在理論上可以成立，但這個現象不是區區七個字說得清楚的。

由對台灣文壇與出版市場完全不了解的「非旅台人士」來討論旅台現象其實很危險，因為他們對旅台的了解是非常片面而武斷（一如我們

---

[25] 張光達〈馬華旅台文學的意義〉，《南洋商報・南洋文藝》，2002/11/02。

對東馬的了解）。研究異地文學，本來就不能光憑片面的資料和想像，不但要長期追蹤、掌握最新的一手資料，更得實地考察，去了解當地的文學氛圍和最真實的創作情況，往往這些關鍵性的資訊都無法準確地記述在文章裡面。所以只有親自到台灣考察過一段時間的學者，比較能夠準確地研讀旅台文學。除非他們只針對作品進行寫作技巧層面的美學分析，不涉及意識型態或國族文化的主觀評斷，否則貿然引用各種西方文學或文化理論，跟盲人騎瞎馬沒甚麼兩樣。反過來說，擁有近二十年大馬生活經驗，並長期追蹤，甚至參與「祖國」文學活動的旅台學者，在評論西馬文學時，自然佔了較大的優勢，不過一但涉及族群政治或意識型態層面的問題，就不見得能夠準確掌握／揣測到實況。實況往往可以糾正許多自以為是的偏見，或想像。

　　近十年來的旅台文學的實況至少可以從兩個層面來觀察：

　　（一）學術研究：自民進黨執政以來，台灣本土論述成為研究的主流，更掌握了最重要的學術資源，當年的被壓迫者如今成了更苛刻的壓迫者，形成一股排他性很強的文學政治力。在這種以台灣本土文學為尊的學術環境之下，莫說馬華文學，連當代大陸文學都淪為冷門學科。在缺乏資源和誘因的情況下，馬華文學在台灣的研究不可能成氣候。何況馬華旅台作家不到十人，作品數量當然不能跟兩千多位台灣本地作家相提並論。再加上一般台灣學者對海外華人社會的文化境況完全陌生，面對某些觸及族群或歷史文化議題的馬華文學作品時，不敢貿然動筆。當張貴興和李永平的小說集榮登兩大報「每周好書金榜」時，受邀撰文評述的不外乎黃錦樹、張錦忠、林健國三人（雖然陳大為和鍾怡雯的書評通常交由台灣作家來寫，但自家人評自家人的窘境還是免不了）；至於

那些被選入《台灣文學辭典》的旅台作家及其作品的詞條，同樣是優先交給旅台學者來撰述。張光達所謂「弱勢族群」之說，在此可以成立。

　　台灣年輕學者楊宗翰在〈從神州人到馬華人〉一文中，討論了馬華旅台文學在台灣文學史上的價值與意義，他站在台灣學界的立場指出：「此刻人們更該清楚地認識到：旅台詩人的『台灣經驗／創作』也是文學史的重要組成部分，不該再讓他們在台灣詩史裡『流亡』了。文學史家除了要精讀文本，尚需努力思考他們的適切位置；而非藉『台灣大敘述』尚未竣工、仍待補強此類理由，再度使這群旅台作家成為被放逐者──若真是如此，逐漸成熟的新一代台灣作家與史家，難保不會也把這類殘缺的史著一起放逐」[26]。沒有人知道撰述中的台灣文學史會採取甚麼樣的態度／策略來處理馬華旅台文學，所以楊宗翰才感到憂心。由個人撰述的文學史專著並非一本定案的事實，後人若不滿可以隨時重寫。或許我們可以從更廣義的角度來界定「文學史」──由文學史專著、文學辭典、文學年鑑、年度選集、文學大系，乃至高中、高職及大專教科書，多層面構成的一個大時代的文學史觀。在上述八大類書籍的編選成果當中，除了太老舊與未出爐的文學史專著，旅台作家不但沒有缺席，他們還受邀主編了多部以台灣現代文學為主的重要選集：《天下散文選Ⅰ,Ⅱ：1970-2010 台灣》、《天下散文選Ⅲ：1970-2010 大陸及海外》、《天下小說選Ⅰ,Ⅱ：1970-2010 世界中文小說》、《台灣現代文學教程 2：散文讀本》、《台灣現代文學教程 5：當代文學讀本》、《九十四年散文選》、《一○○年散文選》、《原鄉人：族群的故事》。

---

[26] 楊宗翰〈從神州人到馬華人〉，收入《赤道回聲》，頁 182。

　　（二）文學獎：一直以來台灣各大報文學獎的包容性都很廣，幾乎每位第二、三代的旅台作家，都從大型文學獎中崛起[27]。台灣的兩大報文學獎——中國時報文學獎和聯合報文學獎——原是最重要的舞台，贏得兩大獎的次數越多，在文壇上的曝光率自然越高，後來又有中央日報文學獎和台北文學獎的加入，一時間台灣文壇變得很熱鬧。

　　不過自二〇〇〇年以降，台灣的文學獎已經失去了原來的重要性，得獎作品的水準大幅滑落，得獎者的光芒也黯然失色[28]，一獎成名的時代已經過去，連中文系學生都不再關心各項大獎的得主；歷史也算悠久的中央日報文學獎已經停辦，兩大報文學獎先後取消了部分水準下滑的文類，文壇的注意力轉移到一年一度的「十大好書榜」。崛起於九〇年代的年輕作家群，被稱為「最後的文學獎世代」。台灣文壇對這些年輕作家的注意力，已轉移到個人著作的出版。書，成為新的逐鹿舞台[29]。

　　一九九九年以後，旅台作家陸續退出參賽者的行列進入評審體系，短期內很難再看到以往的得獎盛況；不知多少年後才會產生另一批陣容可觀、旗幟鮮明的旅台作家。當前這一批旅台作家相對於整個台灣文壇，

---

[27] 旅台作家在台灣得獎的情況，參閱：〈馬華作家歷年「在台」得獎一覽表（1967-2003）〉，收入《赤道回聲》，頁 669-672。

[28] 二〇〇三年贏得聯合報新詩獎的冼文光，其作品水準實在令人失望，恐怕無法替「在台」的馬華文學加分。至於所謂的年度優秀詩人獎，不但名額多達八人，更常出現名不見經傳的寫手。各大文學獎評審對台灣文壇近五、六年來的得獎作品，大都抱持負面的評價。兩大報文學獎早已喪失以往的得獎效應。

[29] 不過台灣的出版品，從 1989 年的 6,802 種，暴增到 1999 年的 34,563 種，到了 2008 年更高達 44,684 種。新人更容易出書，也更容易被書海淹沒（出版數據詳見：《ISBN 全國新書資訊網・各年度書目筆數統計》）。

也許呈現 1：200 的人數比例，但在形同金字塔頂端的「兩大報得獎作家群」中，旅台作家的得獎次數大幅縮小了原來的比例。而且每個旅台作家幾乎都得過兩次以上，有效強化了旅台作家的「得獎印象」。在兩大報文學獎創辦二十幾年來（至二○○三年止），共四十九屆次的得獎名單上，旅台作家共得二十八個獎項，這個得獎頻率足以讓旅台作家在台灣主流文壇取得一席之地。如果再加上旅台作家在皇冠大眾小說獎、台北文學獎年金、華航旅行文學獎、中央日報文學獎、梁實秋散文獎、吳魯芹散文獎、洪醒夫小說獎、教育部文藝獎、行政院新聞局圖書金鼎獎、年度十大好書獎等重要大獎上的「豐收」（共五十一項次）。正好經歷台灣文學獎盛世的馬華旅台作家，更像一支專業得獎的勁旅，長期關注馬華旅台文學發展的齊邦媛即認為：「馬華旅台作家就在七○年代開始引人重視。一九七七年後的十年間，《中國時報》及《聯合報》兩大文學獎，把諸如李永平、商晚筠、張貴興、潘雨桐等名字，推上萬眾矚目的舞台。到了九○年代，馬華旅台作家已幾乎都是得獎作家」[30]。於是旅台作家群則被歸納成一個族群，全台灣最小，也是亮度最夠的小族群。很多時候，當其中一位旅台作家接受採訪或被評論時，在藝文記者與學者筆下，往往是論一人而兼及全體[31]。無形中產生連帶加分的廣告

---

[30] 齊邦媛〈《雨雪霏霏》與馬華文學圖象〉，收入李永平《雨雪霏霏》（台北：天下文化，2002），頁VIII。

[31] 即如齊邦媛在李永平《雨雪霏霏・序》中所言：「談及李永平的成就，不禁令我想起來自馬來西亞的那一系書寫血脈──馬華文學。馬華旅台作家從早期的潘雨桐、林綠、李永平、溫瑞安、方娥真，而中生代的商晚筠、林幸謙、張貴興、黃錦樹，以至晚近的陳大為、鍾怡雯，那真是一支浩浩蕩蕩、星光閃耀

效益。回顧過去二十年的旅台文學發展概況,各種高曝光率的文學大獎,是成就當代旅台文學的一大關鍵。

然而,部分西馬作家對旅台作家夠能在台灣頻頻得獎,深感不以為然。他們認為那是旅台文學作品的異國題材,迎合了台灣評審的獵奇心理。這個現象在小說方面比較容易引起誤解,可是極大部分得獎散文的馬華背景淡得幾乎不起作用,馬華色彩在散文評審過程中根本不受矚目,真正讓這些作品得獎的是作者的創意、語言和技巧本身。以鍾怡雯為例,雨林色彩較重的《河宴》並沒有受到文壇的矚目,讓她晉身主流文壇的是台北背景的〈垂釣睡眠〉;她後來被收入台灣高中及高職教科書、大學國文課本和各種散文選的多篇散文,全是以台灣為背景的故事。詩也一樣,陳大為曾經獲得四次兩大報新詩獎,前三首都是古代中國歷史、神話、佛典中的題材,第四首才是南洋主題。他的「南洋史詩」系列作品,只佔第三本詩集三分之一的篇幅。其實南洋歷史反而形成一種文化隔閡,而不是吸引力。

從西馬文壇對旅台文學的諸多誤讀,讓我們意識到:除非實地了解過台灣,否則馬華本地(以及大陸)學者根本不能了解台灣文壇、出版界和書市的習性。同樣道理,旅台學者也無法「百分之百精確」地掌握馬華本地作家在馬來西亞國家文學版圖裡,尋求國家文學承認/認同的焦慮與困境。這種問題必須交給像莊華興那樣長期關注馬來文學的學者來處理,他那篇〈敘述國家寓言:馬華文學與馬來文學的頡頏與定位〉(2003)便是非常內行的專業論述。文化語境並非透過資料便能還原或

的文學勁旅。」(《雨雪霏霏》,頁Ⅶ-Ⅷ)

重製的東西，它是一種必須長期親身體驗的抽象氛圍。除此之外，其他核心的文學史議題，或文本詮釋，旅台學者都可以透過本身的「雙重歷經」貼近事實。

自立於馬華文學土壤之外的旅台文學，並不是一個群體（唯有「神州社」例外），它只是「幾個各自為政的旅台作家」的歸類，非但沒有形成一套世代傳承的書寫傳統或精神，他們對很多議題的看法、創作理念也不盡相同，沒有誰可以成為代言人。更精確的說法是：他們的創作都是自己的選擇，各自累積，最後被論者歸納出一個具體的成果。我們很難去討論旅台文學作品對馬華文學的影響，雖然在某些七字輩作家的得獎作品中，可以輕易找到「旅台的影子」（甚至出現過被大量盜取詩句改寫成文，再得獎的事情）；旅台作品在馬華得獎的「量化統計」只能說明它在主流文壇的比重，談不上影響。但陳鵬翔、張錦忠、林建國、黃錦樹等幾位旅台學者，對馬華文學重要議題和重要作家的討論，不但更新了文學批評的視野和理論方法，深化了「馬華／華馬文學的定義」、「馬華性與中國性」等核心議題的討論。林建國的〈為什麼馬華文學？〉（1991）、張錦忠〈中國影響論與馬華文學〉（1997）、黃錦樹〈中國性與表演性——論馬華文學與文化的限度〉（1997）等三篇論文，用前所未見的深度和廣度，針對中國文學支流論進行高層次的理論辯證，並進一步確立了馬華文學的主體性。尤其張錦忠所運用的「複系統」理論，足以解決「中國－馬華」、「台灣－旅台」之間的諸多問題。陳鵬翔則借助多種西方文學理論，對小黑、吳岸、韋暈、姚拓等多位本地作家的文本詮釋，不但展現精闢的理論操作，更發掘出本地作品被粗略的評論文章長期掩埋的美學價值。

　　從議題討論到文本詮釋，旅台評論力量的回歸，對整個馬華文學評論水準的提升，有非常顯著的影響。由陳鵬翔、張錦忠、林建國、黃錦樹、鍾怡雯、陳大為、辛金順、高嘉謙等人組成的旅台學術團隊，已成為當代馬華文壇的評論主力。就學術能力而言，他們更是目前極少數有能力重寫「馬華現代文學史」的學者。這一點，沒有人可以否認。

　　不過，即使旅台作家群得再多的獎，我們還是無法將它界定為台灣文壇的強勢族群，只能視為強勢的個體，「偶爾」被化零為整，歸納成一個創作力非常活躍的小族群。這一點，是馬華本地文壇看不到的真實。研究旅台文學，跟研究東馬文學一樣，必須捨棄西馬文學的觀點與成見（以及可能的想像），實地了解之後，再下筆。

結語、去中心後的鼎立態勢

　　過去一直作為當代馬華文學中心的西馬文學，在面對東馬文學和旅台文學時，必須調整心態和視野。旅台作家一向以台灣文壇為根據地，發展出另類的馬華文學面貌，他們至少創立了：歷史反思、雨林傳奇、南洋敘述、邊陲書寫等突出的文學地景。東馬作家也有一塊豐碩的婆羅洲雨林，光是自然寫作的素材就取之不盡了，何況還有砂共事蹟、多元種族文化等創作原料。西馬獨享六百年的殖民地歷史資源，既可回溯城鄉發展下的社會、文化結構之變遷，又可發展潛力無窮的（都市）地誌書寫，當然也可以直探難度最高的族群和政治問題。

　　一個南中國海把戰後的馬華文學分割成——西馬、東馬、旅台——三大板塊，三足鼎立，不必存在任何從屬關係。「去西馬中心」之後的

當代馬華文學研究，應該可以更準確地掌握各地區的文學風貌和實況。因為三地的歷史、政治、社會與文化語境不同，用同一套標準去評斷「異地」的陌生事物，恐怕會失之主觀。否則，在西馬觀點裡的旅台作家永遠處於游離、飄泊的狀態，然後再以這個角度去追究、去曲解他們為何不寫馬來西亞的現實社會？為何要回過頭來書寫婆羅洲雨林或南洋，是否對台灣依舊存在著異鄉情感與文化隔閡？甚至對張貴興等人入籍台灣的原因進行一番學理分析。難道選擇「定居」台灣的旅台作家，就不可能產生「安定感」？台灣有沒有可能成為落地生根後的「第二故鄉」？他們在面對台灣本土勢力時，究竟是採取甚麼樣的姿態？諸如此類的「旅台想像」，不宜用目前西馬文壇一貫操作的思考邏輯和角度來論斷。

　　儘管旅台文壇加起來才十餘人，但他們的創作力卻不能以人數來評量。且以跟呂育陶同屬六字輩的作家來比較，便可看出他們的創作活力。在近二十年（1990-2009）的創作生涯中，他們的出書量（僅包含個人創作集、學術專著、正式出版的學位論文集）：黃錦樹八部、鍾怡雯十四部半、陳大為十六部半，平均每人十三部。此外，由他們主編出版的選集超過二十種。五十年來各世代旅台作家累積的著作出版量，更高達百部（不含溫瑞安〔旅港〕的四百本武俠小說）。其次，近二十年來旅台學者發表的馬華文學論文，不但處理了馬華文學史的核心問題、重要文類和作家，到了二○○九年夏天，總篇幅已突破一百二十萬字[32]，成為

---

[32] 這個數字以黃錦樹、張錦忠、陳大為、鍾怡雯已出版的幾部馬華文學評論集為主，加上陳鵬翔尚未結集的論文集，以及林建國和高嘉謙的幾個單篇論文。比《赤道回聲》的序文裡估算的還多二十萬字，一方面是這三年來的累積，另一方面是論文結集時，可以更精確計算出字數。

當代馬華文學評論的主力。

　　不管從創作或研究的角度來評量，旅台文學已經擁有足夠的「質」量自成一個板塊，跟五十年來至少累積了五百多部的創作與論述性著作的東馬文壇、作品產量更為龐大的西馬文壇[33]，鼎足而三。

　　當代馬華文學，本來就是三個獨立發展的文學板塊，如同一個文學的「聯邦」，沒有所謂「中心」和「邊緣」之分，它們一起構成「當代馬華文學」的全部內容。

　　　　　　　　　　　　　　[原稿 2003, 增訂 2006, 2009, 2012]

---

[33] 南方學院馬華文學館在二〇〇九年的藏書量，共八千三百種，雜誌六千餘冊，是目前馬華文學最完整的藏書，或可由此「推算」出歷來馬華文學出版品的規模。

中國學界的馬華文學論述

（1987-2005）

前言、馬華文學的學術版圖

　　當前馬華文學研究的版圖，主要分為三個根據地：馬華本地、馬華旅台＋台灣、中國大陸。馬華本地評論界對本國文學發展動脈的掌握，當然是最直接且完備，尤其九〇年代以降的評論水準已大幅超越以往，從讀後感式的「文章批評」進入理論運用的「學術評論」，雖然未成大氣，同時嚴重缺乏學術論文的發表管道，但逐漸累積的論述成果對當代馬華文學的詮釋權，有一定的護國／守土效用，不再像九〇年代初期那樣依賴中國學界的評析與評價。尤其年輕一輩的本地學者或評論家，如張光達、莊華興等人的評論文章，無論在現代性或國家文學定位等重要議題上，都有非常深刻的討論。

　　真正讓馬華文壇擺脫中國學界評價機制的力量，主要來自台灣。

　　以張錦忠、林建國、黃錦樹等旅台學者為主的馬華文學論述，自九〇年代始，主導了每個重要議題的討論，而陳鵬翔等人則針對重要作家，援用各種文學理論進行精闢的文本分析，深化了馬華文學作品的詮釋。旅台的馬華文學研究，在很大的程度上反過來影響了中國學界對馬華文學的論述向度。這方面的論述，在張錦忠〈馬華文學論述在台灣〉[1]和劉小新〈近期馬華的馬華文學研究管窺〉[2]二文中，有詳盡深入的討論，在此不贅。

　　不過，從大環境的現實面來考察，馬華文學論述（跟當代大陸文學一樣）在台灣幾乎找不到市場。我們先從兩個重要的觀測點，來檢驗馬華文學在台灣學界的研究實況。第一個當然是學術期刊的論文。張錦忠曾經就此作過統計與分析，最具體和扼要的結論是：馬華文學研究以旅台學者為大宗，當前真正出自台灣學者之手的論文，沒幾篇。全台灣有心於馬華文學研究的本地學者，只有中央大學的李瑞騰，以及佛光人文學院的楊宗翰。研討會的情況也好不了哪裡去，元智大學曾在二〇〇一年舉辦「第一屆新世紀華文文學發展國際研討會」，論文涵蓋世界各地的華文文學（其中只有一篇跟馬華相關），會議規模和出席人數都不錯。但暨南大學在二〇〇四年主辦的「重寫馬華文學史」研討會，參與者卻寥若晨星。其因有三：地點實在太過偏僻、專注在馬華文學實在太冷門、當年全台灣的研討會實在太多。儘管它催生出歷來最豐富的馬華文學評論成果，但場

[1] 收入戴小華編《紮根本土‧面向世界——第一屆馬華文學國際學術研討會論文集》（吉隆坡：馬華作協／馬大中文系畢協，1998），頁 90-106。

[2] 《華僑大學學報》1997 年第 4 期，頁 53-57。

面的冷清確實是一個殘酷的事實。

　　楊宗翰在〈馬華文學在台灣（2000-2004）〉[3]一文中，提到另一個很關鍵的觀測點：大學裡開設的華文文學課程。他就讀博士班的佛光大學文學所，已連續四年開設「世界華文文學」課程，二〇〇四年起大學部亦開設「世界華文文學作品選讀」。二〇〇三年，李瑞騰在中央大學中文系開設「東南亞華文文學專題」；二〇〇四年，陳大為在台北大學中文系開設「亞洲華文文學專題」。雖然這三門範疇大小不一的課都包含了馬華文學，但畢竟不是獨門獨戶的「馬華文學專題」。

　　台灣中文學界這些年來全力投入本土化運動，對域外中文文學（含中國大陸在內）的熱度完全冷卻，馬華文學自然不能倖免。反而是中國學界逐漸累積出成果，從量化及影響力的角度來看，它的「產值」絕對不容忽視。南京大學的劉俊曾發表〈台灣文學研究在大陸：一九七九～一九九九——以「人大複印資料」為視角〉[4]，從各層面探討中國學界的台灣文學研究。可是我們不宜從人大資料來審視馬華文學的曝光率，因為那是冷門中的冷門；而且以篇為單位的大資料庫，勢必錯過其他的文學史專著，以及正規學術論文以外的佐證資料。後者對解讀學者的研究這個冷學門的心態很有幫助。

　　中國學者對馬華文學研究的種種負面行徑與態度，在馬華文壇幾成「常識」，但真正的實況卻沒有任何學術層面的具體討論，道聽

---

[3]　《文訊雜誌》第 229 期（2004/11），頁 67-72。

[4]　劉俊《從台港到海外——跨區域華文文學的多元審視》（廣州：花城，2004），頁 88-104。

塗說，很容易淪為某種成見。早年那批始作俑者，應當受此惡名；但近年的幾位新進研究者，不該遭到池魚之殃。故本文將以最具規模和代表性的「世界華文文學（系列）研討會」、最早創刊的華文文學研究期刊《台港與海外華文文學評論和研究》（後來更名為：《世界華文文學論壇》）、馬華文學研究論文累積發表量最大的學報《華僑大學學報》（社科版）、篇幅最大的文學史論著《海外華文文學史》（四冊）、幾篇跟本議題相關的重要論文，以及學者們的「研究自述」，多層次地交織出近十餘年來中國學者在研究馬華文學，所面對的問題和所抱持的態度（屬於「接受史」的討論），以及研究方法（屬於「詮釋」的範疇）。

第一節、接受與進貢：高度被動的進出口貿易

在本文之前，共有三篇文章從較正面的角度敘述了中國學界對馬華（或新馬）文學研究的歷程，分別是：欽鴻〈略談中國大陸對馬華文學的研究〉[5]、古遠清〈馬華文學研究在中國〉[6]、朱文斌〈20 世紀後期中國大陸對新馬華文文學的研究綜述〉[7]。欽鴻那篇短文章屬

---

[5]　此乃第六屆世界華文文學研討會論文，刊載於《台港與海外華文文學評論和研究》1993 年第 2 期（總第 7 期），（1993/12），頁 42-45。

[6]　收入《紮根本土・面向世界——第一屆馬華文學國際學術研討會論文集》，頁 108-116。

[7]　收入壽永明編《世界華文文學研究・第一輯》（南昌：百花洲文藝，2004），頁 261-277。朱文斌表示的完整版原有三節，第三節以〈論海外華文文學研究的

於泛論，大略描述了五四以來中馬兩國的文學交流情況，其中提到一九九一年六月，雲裡風率領馬華作協訪問團到北京、上海、廈門等城市與學界交流，對中國學界的馬華文學研究，有不可估量的影響。這一點，古遠清在論文中更清楚指出「影響中國學者研究馬華文學的三個因素」：第一個，即是戴小華等人在一九九〇年九月馬來西亞政府開放中國旅遊之禁令之後，將馬華文學作品正式引進中國學界；在資料極其匱乏的九〇年代初期，她（們）的贈書遂成為中國學者首選的研究對象，從那幾年中國學者發表在各種期刊和學報上的論文，已可印證這一點。當時作為「資料交流大會／市集」的世華研討會，正好成為馬華作協進貢出版品和訊息的重要「節日」。

　　世華研討會的前身是一九八二年「第一屆台灣文學學術研討會」（暨南大學主辦），一九八四年加入香港文學，成為「第二屆台灣香港文學學術研討會」（廈門大學）；一九八六年加入東南亞和北美地區，成為「第三屆全國台港及海外華文文學學術研討會」（深圳大學），一九八九年（復旦大學）刪去「全國」二字；一九九一年加上澳門文學，成為「第五屆台港澳及海外華文文學學術研討會」（廣東社科院）；到一九九三年第六屆才正式改稱「第六屆世界華文文學國際研討會」（江西盧山），沿用至今，從一九九四（雲南玉溪）、一九九六（南京大學）、一九九七（北京中國社科院）、一九九九（華僑大學）、二〇〇〇（汕頭大學）、二〇〇二（復旦大學），到二〇〇四年（山東大學），共十三屆。前兩屆跟馬華無關，不必討論，但第三屆會議就值

方法論轉換問題〉之名，獨立發表在《人文雜誌》第 24 期（2004/09），頁 3-7。

得一提，因為它勉強算是中國學界對馬華文學論述的第一個「比較顯著」的起點。

　　一九八七年的第三屆會議，分香港文學（十七篇）、台灣文學（四十篇）、海外華文文學（十七篇）三個專題進行，其中屬於馬華文學範疇的只有一篇半：李君哲（蕭村）〈馬華文學滄桑〉和馬陽〈方北方論〉，兩位發表人當時都是所謂的「新馬歸僑」，本身跟新馬文壇就有很深的淵源，所以在眾多學者投入台港文學研究的熱潮中，他們選擇了第二故鄉。可惜二人的文章都只是篇名存目，沒有收錄在會議論文集當中。在同一場研討會上，新華文學論文卻多達七篇半，其中半數出自中國學者之手，包括後來分別撰寫海外華文文學史的陳賢茂和賴伯疆，共四篇收入會後論文集中。撇開量化的統計，仔細閱讀這四篇完整保存下來的論文／文章，依序為：陳賢茂〈新加坡華文詩壇的歷史回顧〉[8]、楊松年〈八方風雨會星洲──建國以來的新加坡華文文學（1959-1984）、劉筆農〈新加坡重要華文文藝副刊傑出編輯人簡介〉、賴伯疆〈中外文化意識融合和衝突的形象反映──新加坡作家趙戎小說初探〉。楊、劉二人的論述，著力在描述新華文學各環節的發展脈絡，以及各時期新華副刊之興衰；陳、賴二人則分別以文學史的宏觀論述和以個論的微觀分析，來呈現他們的研究成果。這四篇論文，讓新華文學有了相當好的「能見度」；加上在

[8] 這篇約八千字的論文，討論了二〇年代到一九八四年間的數十首新華詩作，就當時中國學者對海外華文文學的掌握能力而言，十分罕見。後來陳賢茂將此文修訂為《海外華文文學史初編》（廈門：鷺江，1993）的「第二章・新馬華文文學（上）・第七節：新加坡華文詩壇的歷史回顧」（頁 113-130）。

中國各大學海外華文文學研究中心的新華藏書支援下，後續新華研究的論文遠超過馬華。

從實質意義而言，馬華文學在中國學界還不算找到自己的位置。比較具有學術深度與價值的論文，出現在一九九一年第五屆會議，由印尼歸僑蘇衛紅發表的〈戰後二十年新馬華文小說概論〉[9]，同一屆的另有馬陽、陳賢茂、欽鴻、王振科等人的馬華論述，大多屬於泛論或作家個論。馬華作協從本屆開始長年參與會議，戴小華在該屆會議上發表〈八〇年代馬華文學思潮〉，第六屆就輪到雲裡風發表〈邁向 21 世紀的馬華文學〉，接下來的幾屆又陸續發表了〈海外華文文學的前途〉（戴小華／第七屆）、〈近年來馬華文學出版的狀況〉（雲裡風／第八屆）。馬華作家在大會上發表的「泛論」積沙成塔，終成古遠清所言的第三個影響因素。

這種急於出口的心態是可以理解的，也不是什麼壞事。它披露了兩個事實：馬華文壇／學界的評論能力低迷（或低下），沒有幾個學者投入馬華評論的行列。一個沒有出版與發行機制的文學市場，找不到大眾讀者已經夠寂寞了，如果連評論者（精英讀者）都沒有回應他們創作成果，一定非常苦悶。所以求助於中國學者，也合情合理。編撰《世界華文文學概要》（北京：人民文學，2000）的公仲教授，曾提到在世華會議上一些東南亞作家「呼籲國內學者和報刊、出版社伸出援助之手，提供廣大文學園地，對他們的華文創作給予

---

[9] 一九九一年十一月，蘇衛紅以蘇菲之筆名，出版了《戰後二十年新馬華文小說研究》（廣州：暨南大學，1991）。

充分的關注、評論和全面深入的研究」[10]。可見這並非馬華的個別問題。

其次，當馬華作協發現新華作協比他們早了幾年「進貢中原」，幾年累積下來，新華文學進貢的資料數量遠勝於馬華，所以在各種華文文學刊物上的研究論文，最早都以新華文學為主，甚至出現「新華優於馬華」的普遍認知。當年海外華文文學的重要研究學者，暨南大學台港暨海外華文文學研究中心主任潘亞暾，在一九八八年發表〈東南亞華文文學〉時，如此評價：「馬華文學雖不如新華，卻比菲、泰、印尼華文文學為佳。……限於客觀條件，對外交流不如新華頻繁，特別與母國較少溝通交流，致少為人知」[11]。馬華作協豈可落人後？從旅行解禁開始，立即向「母國」報到。

可是，正因為沒有馬華學者的評論援助，到世華研討會發表「文章」的，全是沒有學術能力的馬華作家，他們的泛論（以及其他「貢品」）為中國學者提供了一項「有限」的研究指引──將所有研究焦點都擺在作協會員身上。其次，世華會議對中、馬兩國的文學交流，確實起了決定性的作用，譬如蕭村在〈沐浴在友誼的暖流中──記同新、馬華文作家歡聚的日子〉[12]一文中，對鄉親的款待與踴躍贈書，就有詳細的描述。它可作為中、馬文人交流的一次抽樣觀察。

---

[10] 公仲〈信是有緣──我與世界華文文學〉，收入陳遼主編《我與世界華文文學》（香港：昆侖製作，2002），頁173。

[11] 潘亞暾等著《海外奇葩──海外華文文學論文集》（廣州：暨南大學，1994），頁86。

[12] 《台港與海外華文文學評論和研究》1991年第1期（總第2期），頁71-74。

從單篇論文的撰述方向，無法看出中、馬交流的成效，陳賢茂主編的那套兩百萬字的《海外華文文學史》[13]，是最好的觀測對象。一九八三年三月，陳賢茂從報刊上讀到蕭乾發表的〈救救新馬文學〉（《羊城晚報》）和〈為新馬文學呼籲〉（《時代的報告》），這兩篇文章替他打開一扇窗戶，初次窺見新馬華文文學的存在；往後更多的涉獵，讓他產生一個念頭：如果將來條件具備，他將轉向從事對海外漢語文學的研究[14]。從陳賢茂陸續發表的研討會及期刊論文看來，他對海外華文文學研究，的確下過一番功夫，探討的議題也能夠抓得住方向。但他在撰寫／增訂／主編《海外華文文學史》（廈門：鷺江，1999）時，再度犯下《海外華文文學史初編》的學術錯誤：「被動」，而且是「高度被動」。「被動」是中國學界和文壇最普遍、最不自覺的傳統毛病[15]。

就文字篇幅和涵蓋面而言，《海外華文文學史》絕對是空前的一部華文文學史「鉅著」，可是隨手瀏覽，即可發現撰史學者的資料來源非常被動，尤其論述分量最大的第一卷、第二卷，都把當地作協

---

[13] 陳賢茂主編《海外華文文學史》（廈門：鷺江，1999）。關於這部文學史著作的專文討論，詳見：陳大為〈世界華文文學與「中國中心論」思維——論《海外華文文學史》的學術視野〉，《書目季刊》第 38 卷第 2 期，頁 143-149；此文重新修訂後，融入《思考的圓周率：馬華文學的板塊與空間書寫》（吉隆坡：大將，2006）的「第一章・第一節、命名背後：世界華文文學的範疇與思考」。

[14] 陳賢茂〈我與海外華文文學研究〉，收入《我與世界華文文學》，頁 77-78。

[15] 這個可怕的毛病在編選集或大系時，特別顯眼。多種中國年度詩選都是以徵稿方式，取代主編主動蒐集資料的工作，不然就是反覆選用某些經典篇章。這種不負責任的態度，絕對編不出好書。

擺在卷首，再進一步評析其會員作品，這個論述架構暴露了新、馬、泰三地作家協會的圖書／資料支援，而作協以外的作家大都隱形了。這群學術資源匱乏的中國學者，要掌握全球各地華人社會及華文文學的概況，本來就是天方夜譚，所以這部文學史在先天上就是一次「蛇吞象」的行為。別的不說，最起碼他們必須親自到各地走訪，蒐集[16]第一手的資料。從最終成果看來，他們顯然沒有這麼做。

先從論述篇幅來突顯第一個問題：【第一卷】（華文文學導論〔49頁〕、一九六五年分家以前新馬〔162頁〕、新華文學〔549頁〕）、【第二卷】（馬華文學〔273頁〕、文萊部分〔36頁〕、泰華部分〔328頁〕）、【第三卷】（菲華部分〔228頁〕，其他暫且不計）。由此可以發現，（分家後的）新華文學的論述份量，剛好是（分家後的）馬華文學的兩倍，而且馬華的分量尚在泰華[17]之後，略勝菲華。這絕對是一個天大的學術笑話。正因為陳賢茂等撰史者閉門造車，沒有親自到各國大學圖書館蒐集資料，導致馬華文學的論述分量出現嚴重的偏差。

我們暫且不去討論這部文學史的史觀問題，我們也不討論它的

---

[16] 這裡指的是親自到各大圖書館閱讀、影印文獻，到書店去採購圖書，而不是在接受當地文學社團的盛情款待下，蒐羅「名家」的鉅著與人情。

[17] 這是最不可思議的部分，根據泰華作家暨（唯一的）評論家泰曾心所編撰〈泰華文學著作書目（1927-2000）〉，這期間正式出版的泰華文學書籍約三百六十種（本人讀過其中一百四十種），無論從質或從量的角度來評估，都不該擁有跟馬華文學相當的篇幅。

論述架構[18]，那不是本文的重點；單從內文來檢視，《海外華文文學
史》最嚴重的疏漏是：徹底錯過八〇年代中期以後（近二十年來）
馬華文壇真正的創作主力[19]——六字輩作家。以散文為例，竟把整
個八〇年代最受矚目的「前六字輩」馬大作家群——何國忠、祝家
華、潘碧華、林春美、禤素萊、程可欣、祝家華——完整地忽略，彷
彿不曾出現過。從論述結果來推斷，撰寫者根本不知道曾經有過這
一股曾經引領文壇創作風潮的大專生／知識分子散文，相關出版品
的質量，足以改寫馬華文學的篇幅。如果再加上九〇年代隊伍更龐
大的「後六字輩」及「前七字輩」作家群，馬華的篇幅可暴增一倍。
　　關於原始資料的缺失，撰述者辯解說：「無論是馬華文學發展的

---

[18] 從各卷的章節安排，即可發現陳賢茂等人並沒有真正掌握各國的華文文學發
展脈絡，在卷首完成文學史的簡短概述之後，就進入作協的歌頌階段（第一節），
接下來到個別作家論（小說散文為先，新詩殿後），每一節大約評述二～三位作
家，各小節的標題是：（第二節）雲里風、夢平；（三）慧適、馬漢、愛薇；（四）
陳雪風、甄供；（五）陳政欣、葉蕾；（六）小黑、朵拉；（七）戴小華、商晚筠；
（八）曾沛、融融；（九）梁放、雨川、洪祖秋；（十）鄭良樹、伍良之；（十一）
駝鈴、碧澄、李憶莙；（十二）年紅、潘雨桐；（十三）其他散文小說家；（第二
章・第一節）吳岸；（二）吳天才、孟沙；（三）田思、韓玉珍；（四）李宗舜、
小曼；（五）田舟、冰谷；（六）其他詩人。熟悉馬華文學的讀者，一眼就可以
看出上述名單的排序根本沒有史觀的成份，也看不出其中的合理性，更談不上
架構。就小說部分而言，缺了李永平、張貴興，當然也少了溫瑞安、方娥真、
溫任平、陳強華、傅承得等重要中生代作家。
[19] 根據各世代作家的出版品數量、在各大副刊的發表量、最具代表性的花蹤文
學獎推荐獎得獎名單、評論文章的對象，都可以輕易看出六字輩作家群，已經
成為馬華文壇真正的「主力」所在。

高潮，還是低潮，在小說和散文的園地上，始終是郁郁蒼蒼、人才薈萃。八〇年代以來，更是新人輩出，薪傳有人，顯示出良好的發展前景。然而，由於資料不足，還有為數不少的作家我們無法進行詳細的評述，只能在下面作一些『蜻蜓點水』式的簡要介紹」[20]。結果我們只看到艾雁、黃葉時、黃群楓、黃子、文采、閏土等幾位能見度不高的散文作家。既然是「資料不足」（只夠「蜻蜓點水」），又何來「新人輩出，薪傳有人」之說？他們手頭上的資料根本就是嚴重匱乏；明知資料缺漏依舊貿然下筆，這是非常錯誤的治學態度。

　　為了忠實呈現問題，我們列出新詩部分的論述名單。此章各節討論的詩人，按實際討論的順序羅列如下：

　　第一節：吳岸（1936-）；第二節：吳天才（1937-）、孟沙（1941-）；第三節：田思（1947-）、韓玉珍（1937-）；第四節：李宗舜（1954-）、小曼（1953-）；第五節：田舟（1940-）、冰谷（1940-）；第六節：其他詩人──顏龍章（1925-）、莊延波（1945-）、草風（1944-）、李壽章（1939-）、章欽（1945-）、瀟楓（1942-）、周錦聰（1971-）、關渡（1950-）、方昂（1952-）、夢羔子（1955-）。

　　上述詩人的出場順序，既沒有出道的先後關係，也不按照出生年，當然更談不上任何詩史或詩學發展的相承脈絡，只是撰寫者依個人好惡（或所謂的「評價」高低）來排隊。細讀之下，便發現被討論的詩作，主要集中在六〇～八〇年代，九〇年代的只有寥寥幾語。這也暴露了撰寫者的「資料期限」問題很大。而且非常神奇的是──

---

[20] 陳賢茂主編《海外華文文學史（第二卷）》（廈門：鷺江，1999），頁180。

—整個六字輩徹底蒸發！形同文學史的巨大斷層。更神奇的是——跳過六字輩，突然出現一名七字輩的周錦聰。這還像是一部文學史著作嗎？我們總算領教了中國學界的文學史觀和撰史能力。種種怪象，只有兩種解釋：（一）陳賢茂手上沒有半本六字輩的詩集[21]；（二）九〇年代馬華文壇創作質量最高的六字輩，在陳賢茂看來，根本不重要。

　　從馬華卷所論述的作家及作品來判斷，這部一九九九年出版的文學史著作，討論的焦點（等同於資料的掌握）主要滯留在八〇年代前期，不但缺漏十分嚴重，更抓不到馬華文學各文類、各時代的創作思潮、風格與重心。一連串的作家個論，無從展現馬華文學的

[21] 我這篇論文的原稿在吉隆坡宣讀後，很快就聽到陳賢茂的不滿，第一個修訂版在朱文斌編《世界華文文學研究（第二輯）》（北京：新星，2005）刊出時，緊隨在論文後面的是陳賢茂的書信體回應，他提到一九九六年重新增訂文學史的時候，面對六、七字輩的崛起，「除了零星篇章之外，我手頭竟連一本這一作家群的作品集都沒有」（頁 259），準備在九七年到吉隆坡參加馬華文學研討會時向作者索取，「但是，當我在會上目睹了黃錦樹目空一切的傲氣和不可一世的霸氣和源於政治偏見的偏執，竟有點手足無措。先是目瞪口呆，繼而臨陣怯場」（頁 260）。陳賢茂不回應還好，這篇短文結結實實地暴露了他糟糕的治學態度。身為文學史家，絕對不能因人廢文，必須忠實地記述文學史的活動，六親不認地去評議重要的作家和作品。結果我們看到他對作協的人情回報，以及對我輩的怯懦與逃避。我身為六字輩一員的筆者，雖有瓜田李下之嫌，但實在沒有必要為了自身的缺席，而抨擊此書，因為下一部馬華文學史的撰述工作，終究還是掌握在我輩手裡，完全沒有缺席的焦慮。只是這項重大的缺失，非但產生人為的馬華斷層，更大大減損了馬華部分的論述篇幅，實在說不過去。這個學術公道，必須討回。

主體價值，以及文學史的發展脈絡。最糟糕的是整體論述過度偏重／集中於馬華作協。

這個「作協化」的現象不只發生在這部《海外華文文學史》，公仲主編的《世界華文文學概要》對馬華的了解，也深受馬華作協的資料主導。

公仲論及八〇年代以後的馬華文學，只有區區五百多字的綜論，其中一百字轉述當時馬華作協主席雲裡風的看法，其餘敘述全是馬華作協的叢書出版和活動內容[22]；接著論及馬華「代表作家」三人：方北方、雲裡風、戴小華，論述篇幅最小的戴小華部分也有兩千字。其餘作家都消失了，連名字羅列的機會都沒有；九〇年代以降的馬華文學論述，更別奢望了。公仲最大的敗筆在「新馬不分」，將兩者合而為一，文學史發展的脈絡混淆不清，作家的國籍歸屬也是一片泥濘，暴露了他對兩國文壇的掌握能力嚴重不足。其根本問題首先出在「蛇吞象」的急功心理，在非常有限的時間和學識能力之下，勉強以廣大的世華文學為對象，可惜他們這支「研究生撰史團隊」，根本不具備撰述《世界華文文學史》的能力，比起陳賢茂的團隊實力差了好幾大截。強行名之為「概要」，其論述架構問題依舊很大。

先天篇幅不足，卻硬要填塞整個世界，本來就是一大錯誤；他們應該以各國文學史的主要發展輪廓為軸，再探討各時期的思潮、議題、現象，實在沒有必要在極有限的篇幅內，作掛一漏萬的作家簡介。無論是小孩玩大車，或小鞋塞大腳，都是很不負責任的學術

---

[22] 《世界華文文學概要》，頁 498-499。

行為。最要命的是——它竟成為中國境內若干大學相關課程的教科書。而且是一部長期誤人子弟的長暢書（從版次估計，銷售逾萬本），非常要命。

身為主編的公仲，雖然「深感資料的匱乏，時間的倉促」[23]，但他終究沒有到各地實地考察、蒐集資料，僅在「1997 年初，便組織人馬專程到廣州中山大學、暨南大學、廣東社科院文研所進一步查找資料，還特請國內這方面的資深專家饒芃子、王晉民、潘亞暾、許翼心、王劍叢等教授審閱書稿」[24]。很遺憾的，中國境內的資料顯然相當匱乏（就其論述成果來判斷），而且這群名教授對馬華的了解跟公仲不相上下，幫不上忙，只好讓僅有的作協作品集牽著鼻子走。「嚴重作協化」與閉門造車的治學態度，再次導致馬華文學研究在世華平台上的徹底失敗。這種不負責任又好高騖遠的學者，根本沒有資格編撰文學史。

上述兩部華文文學史在第一手資料蒐集上的「高度被動性」和「嚴重作協化」現象，造成論述和評價上的落後與偏差（新華、泰華的情形也一樣），對他們構築出來的東南亞華文文學版圖，必須持保留態度，不可全盤接受。當然，這並非馬華作協的錯，反而因為有了他們及時的進貢，馬華文學的篇章才不致淪落在菲華和越華之後（真不敢想像這些中國學者會寫出什麼東西來）。從上述兩部文學史的教訓，我們發現：文學史主編跟各地作協靠得越近，偏離實況

---

[23] 《世界華文文學概要・後記》，頁 612。

[24] 《世界華文文學概要》，頁 612。

就越遠[25]，一切研究都必須親自、實地蒐集第一手資料，否則非常危險。

　　福建社科院的年輕學者劉小新認為：「在海外華文文學研究領域，深度的文學史寫作為時尚早。……文學史料的準備還遠遠不足以撐起一部文學史的宏大敘述」；況且「文學史必須從紛繁雜亂的文學現象抽繹出其演繹的內在邏輯。然而世界不同地區的華文文學其歷史文化政治背景差異甚大，如何歸納出共同的規律？一種海外華文文學的整體文學史是否可能？」[26]說穿了，所謂《世界／海外華文文學史》便是一種「大一統」思想和「急功」心態下的產物，在沒有能力掌握各國文化政經教育實況，沒有主動蒐集足夠的創作與評論資料，便貿然下筆，去撰寫一部大而無當、掛一漏萬的超級文學史。它的真正意義不在文學史的功能，也談不上蓋棺論定的公信力，

---

[25] 從論述的作家樣本顯示，公仲所謂「（新加坡）華文作協與中國大陸交流頻繁」（《世界華文文學概要》，頁 25），其實是指跟新加坡作家協會，而不是跟後者勢不兩立的新加坡文藝協會，所以公仲只讀到半壁新華文學。各國作協可能被大陸學者視為當地文壇的創作主流，其實不然。譬如越華作協，根本就是官方對民間文壇的宰制機關，另有一股被埋沒在官方論述以外的在野力量；泰華作協日趨老化，無法吸引年輕作家；（泰、越兩國的文學，我曾經實地考察和研究，接觸了不同陣營的聲音和論述，有足夠的資料可以瓦解公仲的敘述）。至於馬華作協，大部分作家已經非九〇年代文壇的主流創作者，但被熱情接待或鼎力支援的大陸學者可能渾然不察。

[26] 劉小新〈海外華文文學研究的幾個問題〉，收入陸士清主編《新視野新開拓——第十二屆世界華文文學國際學術研討會論文集》（上海：復旦大學，2002），頁 98-99。

但作為一座各國文學史料的「倉庫／大賣場」，確有其實用價值，我們可以從中認識許多陌生國度的作家和作品，但對其中的評價必須有所保留。

從馬華作家或學者的角度去看這兩部文學史，感覺非常複雜。我們相信——由具備在地生活經驗的馬華學者來撰寫自己的文學史，比較中國學者更能夠準確、完整地勾勒出文學和歷史的真相與價值。但這一部馬華文學史，不管由誰來撰寫，都只能呈現一己的史觀，以及本身較擅長的文類和時代脈動。最理想的組合是：分別由馬華本地學者或評論家、馬華旅台學者、中國大陸學者，以不同的角度和架構，各自撰寫一部馬華文學史（或文類史），多部史書的相輔相成，才能夠讓馬華文學史在多元視角或眾聲喧嘩中，獲得最完善的論述。

第二節、必然的誤差：世華文學架構下的馬華詮釋

從文學交流的角度來看，世華研討會確實是一項非常熱鬧的「文學嘉年華」或「文學博覽會」，同時又是一座很重要的「文學貨櫃碼頭」——輸入各國的文學原料，輸出各國文學的評論成品。其實中國學界對海外華文文學的評論與研究，存在許多相當嚴重的問題。在第三屆世華研討會上，後來出任中國世界華文文學學會會長的饒芃子教授曾表示：「在目前手頭資料都不足的情況下，強調微觀研究尤其重要，只有把微觀研究搞得紮實，才談得上宏觀研究的把

握」[27]。很遺憾的，四屆（八年）下來，情況卻更糟，欽鴻在綜述第七屆大會時，開宗明義地指出這次會議以「團結、交流、友宜」為宗旨，文中如此記述代表們的看法：「迄今對海外華文文學的研究方法還較陳舊，評論海外作家熱情鼓勵有餘，深入分析不足，特別是較少進入學術探討理性分析的層面；會議開到第七屆，但停留在交流資料的初級階段，未能達到應有的深度。有些代表則認為，海外文學發展很艱難，對他們真正意義的批評較為困難，還是應以鼓勵為主，否則容易挫傷他們的積極性。」[28]

在同一期刊物當中，林承璜談到東南亞華文文學的質量問題，打抱不平地表示：有人對此地的作品不屑一顧，是不對的，他所接觸到的黃孟文和雲裡風的部分作品，「都是思想性和藝術性和諧結合的佳作，可列入世界華文文學精品之列」[29]。這文章裡所謂的「世界華文文學」至少涵蓋台、港、澳三地在內，那是很高的評價[30]！我們暫且不去質疑兩國作協主席的作品是否達到頂尖水平，但這段辯駁未免過於草率，作為一篇學術論文，林承璜必須指出哪幾部著

---

[27] 饒芃子這段在會議上的發言，轉引自潘亞暾、徐葆煜〈國際共研學術‧相互促進提高──第三屆全國台港及海外華文文學學術研討會綜述〉，收入大會學術組編選《台灣香港與海外華文文學論文選》（福州：海峽文藝，1988），頁 412。

[28] 欽鴻〈華文文學已經走向世界──第七屆世界華文文學國際學術討論會會議綜述〉，《台港與海外華文文學評論和研究》1995 年第 1 期（總第 10 期），（1995/03），頁 23。

[29] 林承璜〈漫談世界華文文學〉，《台港與海外華文文學評論和研究》1995 年第 1 期（總第 10 期），（1995/03），頁 53。

[30] 這段空泛的文字，正好說明新馬作協在交流上的努力，確實「成果斐然」。

作具備如此高妙的藝術水平，才不會流於印象式空談。

　　眾所皆知，在世華文學研究領域，學術良知與人情壓力之間的拉鋸，是資料匱乏之外的另一個超級難題。誠如賴伯疆所言：在華文文學的研究和評論工作中，「也存在『人情性』甚至『商業性』的研究和評論。有的是從良好的動機出發，主觀上是想鼓勵和扶持華文文學的發展，或是應人之情，人情難卻，出於禮貌或其他原因，把一些水平、品位不是很高的作品，拔到不應有的高度」[31]。這種「不辨魚龍，混雜拿來」[32]的華文文學研究論文，不但逐漸引起海華作家的不滿，連中國學者都看不下去。

　　其中一個被點名批評的例子，研究老舍的學者宋永毅，把戴小華的《沙城》譽為馬華文壇的《子夜》，而遭到其他中國學者的抨擊：「《沙城》無論在反映社會的廣度和深度上，還是藝術創造的成就上，都無法與《子夜》相提並論。這種過譽中固然有著出於對他國華文作家創作的尊重而導致的差異，但評判尺度上缺乏充分的科學依據不能不說是主要原因」[33]。劉小新也呼應了這個批評：「華文作品的藝術水準參差不齊，以往學界隨意比附已經傷害了本學科的學術聲

---

[31] 賴伯疆〈世界華文文學研究中幾個問題的管見〉，收入陳遼主編《世紀之交的世界華文文學——第八屆世界華文文學國際學術研討會論文選》（南京：台港與海外華文文學評論和研究編輯部，1996），頁15。

[32] 潘亞暾〈世界華文文學發展中未盡理想的幾個方面〉，收入《世紀之交的世界華文文學——第八屆世界華文文學國際學術研討會論文選》，頁31。

[33] 陳紅妹〈關於海外華文文學研究中的標準選擇和資料搜集雛議〉，《華僑大學學報》1996年第4期，頁69。

譽，諸如把戴小華的《沙城》譽為馬來西亞的《子夜》或者贈送某作者荷馬的桂冠，都是不智的」[34]。我們不必去追究宋永毅是否看過大部分的馬華戲劇創作，戴小華的《沙城》即使寫得再好，被如此胡亂吹捧一番，只會造成重傷害。這種學術惡行，經少壯派學者的反省和反彈，近幾年總算稍稍收斂。

　　如果馬華文壇跟其他沒有自身學術評論能力的海外華文壇一樣，持續仰賴中國學界的評論，是很危險的。所幸到了九〇年代末期，三場先後由馬華作協、留台聯總、南方學院舉辦的馬華文學國際學術研討會，有效驅動了馬華本地與旅台的評論動力，為二十世紀馬華文學評論留下一個強而有力的結尾，足以構成自我評量的實力。雖然年輕一代的馬華學者已經具備足夠的評論力量，但放任這種純粹以作協／前行代作家為主的「進出口貿易」，對馬華文學的國際交流不是一件好事。也為中國學者虛耗的心力感到婉惜。這個失衡的現象，唯有透過更有吸引力的產品，才能逆轉整個局勢。從九〇年代中期以來，先後出版了陳大為編《馬華當代詩選 1990-1994》（台北：文史哲，1995）、鍾怡雯編《馬華當代散文選 1990-1995》（台北：文史哲，1996）、黃錦樹編《一水天涯：馬華當代小說選》（台北：九歌，1998）、黃錦樹《別再提起：馬華當代小說選 1997-2003》（台北：麥田，2004）、陳大為、鍾怡雯編《馬華文學讀本 I：赤道形聲》（台北：萬卷樓，2000）、陳大為、鍾怡雯、胡金倫編《馬華文學讀

---

[34] 劉小新〈海外華文文學研究的幾個問題〉，收入陸士清主編《新視野新開拓——第十二屆世界華文文學國際學術研討會論文集》（上海：復旦大學，2002），頁 95。

本 II：赤道回聲》（台北：萬卷樓，2004）等重要選集，從一九九六
年始，便陸續在各種學報和研討會上，讀到以此為對象，或主要依
據的論文³⁵。最好的成果驗收，就在二○○四年九月山東大學與馬
華作協合辦的「第二屆馬華文學國際學術研討會」，中國學者的主要
討論對象已經轉移到六字輩作家，並頻頻引用上述選集的資料，對
馬華文壇現況的掌握有明顯的改進，也更新了他們腦海中的馬華文
學版圖。

　　世華研討會只是一個形而下的學術架構，馬華文學的「中國處

---

³⁵ 就在《馬華當代詩選 1990-1994》、《馬華當代散文選 1990-1995》出版後的一
兩年內，就出現好幾篇相關論文。其中包括：劉小新〈解構與遁逃：馬華新世
代詩的一種精神向度〉，《華僑大學學報》（社科版）1996 年第 3 期，頁 82-86；
劉小新、黃萬華〈九十年代馬華詩壇新動向〉，《華僑大學學報》（社科版）1997
年第 2 期，頁 37-40；楊匡漢〈熱帶韻林：生存者呼喚至深者——馬華詩歌的精
神投向及藝術呈現〉，《台港與海外華文文學評論與研究》1997 年第 4 期，頁 3-
8；王振科〈一道亮麗的文學風景——關於馬華文學「新生代」作家群〉，《世界
華文文學論壇》1998 年第 3 期，頁 14-17；黃萬華〈馬華新世代的話語實踐〉，
《文化轉換中的世界華文文學》（北京：中國社科：1999），頁 224-233。在《赤
道形聲》和《赤道回聲》出版後，短期內便出現幾篇專題討論的論文：劉俊〈「歷
史」與「現實」：考察馬華文學的一種視角——以《赤道形聲》為中心〉，《香港
文學》第 221 期（2003/05），頁 64-70；袁勇麟、李薇〈盤旋的魅影——試論馬
華散文中的鬼魅意象〉，《華文文學》2004 年第 5 期，頁 61-68；黃萬華〈兩種文
學史視野中的馬華文學——《馬華文學大系‧評論》和《赤道回聲》的對照閱
讀〉，收入黃萬華、戴小華主編《全球語境‧多元對話‧馬華文學——第二屆馬
華文學國際學術會議論文集》（濟南：山東大學，2004），頁 14-27；馮昊〈馬華
文學的記憶與想像空間〉，收入《第二屆馬華文學國際學術會議論文集》，頁 160-
168。

境」可以先從專論篇章作量化統計，再初入論述內部。但我們絕對不能忽視在各屆大會中，討論得最熱烈的主題──世界華文文學的定義。「世界華文（或華人）文學」在名義上包含了「中國現當代文學」，但從實質的研究行為和學門界定而言，後者並不納入所謂的「世界華文文學『研究』」範圍之內[36]；不過每當這個名詞被討論時，中國現當代文學都暫時納入，虛晃一招。他們對世界（海外）華文文學充滿了敬意，討論命名時都小心翼翼、不傷和氣（畢竟是聯誼大會），問題反覆討論了十幾年，還在原地踏步。

　　二〇〇四年，廈門大學的周寧在主持一項世華文學圓桌論壇時，提出一個很霸道的世華文學版圖概念。他認為世華文學可分成：中國、東南亞、歐美澳等「三個中心」，以及「一個中介帶」（台港澳）；但三個中心的意義不同，東南亞華文文學屬於半獨立狀態，對所屬國家有依附性；歐美澳則是初始狀態，未成氣候；所以「中國內地文學，在傳統與淵源上處在世界華文文學的中心」[37]。換言之，中國大陸文學才是號稱多元中心的世界華文文學實質意義上的「終極中心」。周寧不但矮化了台灣文學（淪為一個仲介區／過渡地帶），

[36] 關於「世界華文文學」命名與定義問題，討論的文章很多，其中兩篇觀點較全面且深刻的是：劉登翰〈命名、依據和學科定位──關於華文文學研究的幾點思考〉，收入《新視野新開拓──第十二屆世界華文文學國際學術研討會論文集》，頁9-18；饒芃子、費勇〈海外華文文學的命名意義〉，《本土以外──論邊緣的現代漢語文學》（北京：中國社科，1998），頁7-21。

[37] 周寧〈走向一體化的世界華文文學〉，《東南學術》2004年第2期，頁155-156。

而且各國的華文文學最後都得「走向一體化」，「以民族語言為基礎，建立一個『想像的疆域』，一個『文學中華』」。華文文學「大一統」的思想痕跡，處處可見。所謂的馬華文學，只是「東南亞（次）中心」裡的一部分（如同小包裹裡的一件小東西），無論怎樣看，都不是跟中國大陸文學對等的文學主體。最要命的是：這種「大中國中心」思想，讓許多（年長的）中國學者以為海外華文文學都是中國文學與文化的延伸，而且海外華社都同樣處於一種惡劣的文化處境，「伸出評論的援手」便成為一項恩澤，這些學界大老對海外華文創作常帶有「鼓勵」的良善言詞和心態，形同先進國家對第三世界國家的布施。從他們的實際批評文字中，可以發現大多是泛泛之談，真正深入的論文不多[38]。

對於「中國內地文學，在傳統與淵源上處在世界華文文學的中心」這種族群沙文主義的心態，早在二〇〇一年，福建社科院的蕭成就提出一種比較符合事實（海外多元文化）的觀點。他大力推薦文化人類學的研究成效，並指出：「在海外華人的社會生活裡，不僅源於中國的儒、釋、道等思想流派多元共存、相互滲透；而且基督教（包括新教和天主教）、伊斯蘭教，甚至印度教、猶太教，以及一些地方神道（譬如媽祖信仰、關帝信仰等）的思想文化也是多元共

---

[38] 前行代學者特別喜歡泛論或綜論，或在所謂的宏觀論述中，隨手夾帶點評幾篇「佳作」，表示他們真的有在看書。這種論文在各屆世華研討會上俯拾皆是。中堅及少壯輩的學者對理論的掌握較佳，比較能夠切入重要的議題或創作文本，展現出他們日益成熟的評析與詮釋能力。

存，互相滲透的。它們無法被普遍化為一種中國文化的共識」[39]，他甚至呼籲華文文學的研究者，「補上異質文化『田野作業』這一遲來的必修課」[40]。

「田野作業」或「實地／田野考察」是世華文學研究最重要，卻經常被忽略的一環。

在研究馬華文學的眾多中國學者當中，劉小新和黃萬華的評論質量最高，其餘學者如蕭成、朱文斌、劉俊，在史觀與論述角度上較客觀而且紮實，朱崇科的論點雖然比較偏激，但他勇於深入核心問題，提出異議。

劉小新評論馬華新世代詩歌那幾篇論文，頗能抓住馬華詩史／詩壇的革變與脈動，堪稱佳作。然而，當他選擇黃錦樹（現象）為論述對象時，便出現以下的偏見／成見：「馬華旅台文學有一種與台灣文學不太相同的另類品格。在一個喜歡文化消費的社會，旅台作家的南洋情調或馬華性是打入台灣文化市場的最佳賣點。潘雨桐、張貴興、黃錦樹等旅台作家的小說，一再描繪渲染南洋熱帶雨林的神奇和異國情調。在旅台作家筆下，熱帶雨林故事的傳奇魅力和婆羅洲家庭秘史的獵奇性表現得淋漓盡致。以異國情調、『他者』身分和『另類』美學成功介入台灣文學場是旅台作家的生存策略。」[41]

---

[39] 蕭成〈文化人類學與世界華文文學研究一體化的可能性〉，《人文雜誌》第 10 期（2001/07），頁 100。

[40] 《人文雜誌》第 10 期（2001/07），頁 104。

[41] 劉小新〈論黃錦樹的意義與局限〉，《人文雜誌》第 13 期（2002/06），頁 91-92。

　　劉小新完全不了解台灣以文學獎、評論和媒體運作三合一的文壇生態，更不了解台灣喜新厭舊的書市，便貿然下判斷，導致嚴重的詮釋偏差——將台灣讀者的品味膚淺化，將台灣文壇的生存機制簡單化平面化——完全略去雨林小說本身的藝術性、創造性，和思想深度，好像只要寫雨林就一定得到肯定。最致命的因素就是：缺少「實地／田野考察」。如果旅台作家「以異國情調、『他者』身分和『另類』美學」當作「生存策略」，早就被淘汰了。從來沒有一個寫書潮流可以光憑本身的素材／議題，支撐十餘二十年。雨林固然是一個旅台文學的重要地景，但它並不是成功的唯一憑藉或保證，經過數十個文學大獎反覆磨練、肯定的寫作能力，才是核心支柱。劉小新只看到劍器，卻沒有看到劍手的劍技。

　　除去諸多成見不談，這篇論文還算是華文文學研究中罕見的類型。透過一個年輕作家（而不是德高望重的作協主席或文壇大老）的全面性分析，進而勾勒出文壇的變革因素，並正面迎擊許多爭議性的問題。這種寫法很大膽，劉小新必須很有自信地掌握當前馬華文壇的論戰與紛爭，否則會鬧笑話。尤其馬華文壇的論爭多半發表副刊上，蒐集不易。據了解，福建境內的社科院和幾所東南亞（政治或文化）研究中心，都有訂閱馬華重要華文報刊，所以劉小新才能夠將馬華作家在雜誌和副刊上對文學史分期、續編大系、國家文學等問題的爭論，寫進〈近期馬華的馬華文學研究管窺〉。劉小新對馬華文學的基礎研究，讓他清楚感受到黃錦樹對九〇年代以降馬華文壇與學界的影響，所以他才會這麼說：「從更深層更廣泛的視域看，所謂『黃錦樹現象』是由一特定的文學社群的文學活動構成的。這

個群體大多出生於六〇至七〇年代並大多有旅台文學背景，人們習慣稱之為『新世代』。新世代的崛起已成為九〇年代以降馬華文壇的重大事變，表明馬華文學開始進入世代更替和美學遞嬗的新時期。『黃錦樹現象』便是馬華文壇思潮嬗變、範式轉換和話語權力遷移的某種聚焦性表徵」，深入研究黃錦樹的創作和評論，即是「把握九〇年代馬華文學思潮的一種契機和途徑」[42]。雖然我們不一定完全認同這篇論文內部的學理辯證，但劉小新在馬華文學研究方面，以逐步累積、建構的治學態度，應該給於肯定。

　　山東大學的黃萬華是一位非常重要的馬華文學研究學者，他的重要著作《新馬百年華文小說史》（1999）具有相當高的學術價值。在這裡，我們要討論的是一篇研討會論文〈兩種文學史視野中的馬華文學——《馬華文學大系‧評論》和《赤道回聲》的對照閱讀〉，因為它同時處理了兩本分別代表「馬華作協」與「旅台學界」視野的論文選集。黃萬華很敏銳地選擇了這個對照組合，這兩種截然不同的聲音，都不足以代表當代馬華的全部內容，但加起來正好相輔相成，拼湊出一個更完整的馬華文學（史）面貌。

　　這兩部論文選的每頁字數不相上下，但收錄年限較小（1990-2003）的《回聲》比《大系》（1965-1996）多了一百頁，換言之，《回聲》在呈現九〇年代以降的馬華文學史面貌，遠比《大系》來得結實、豐富。黃萬華指出：從作者構成看，《大系》更多呈現的是馬來西亞本土視野，而《回聲》則力圖呈現出多元視野。而且《回聲》致

---

[42] 《人文雜誌》第 13 期（2002/06），頁 91。

力於建構一種新的文學史觀（部分論文根據預設的文學史藍圖所需，而撰寫或修訂），《大系》則以「舊文照錄」來反映三十二年來的馬華文學評論狀況。這是兩者最根本的差異之一。黃萬華接著鉅細靡遺地分析、比對了兩書論文在議題上的不同，最後他歸納出——《大系》著重於見證過去，紀錄了馬華文學與社會的發展歷程。而《回聲》則梳理了當前的問題，同時又焦慮於馬華文學的前景。尤其，《回聲・重要議題》卷的前瞻性，存在著某種歷史的無奈感，那些充滿危機感的思辨論述，讓他感受到這些議題對馬華文壇的未來至關重要[43]。黃萬華的評比相當客觀、超然，完全跳出中國中心論者的窠臼，直接面對當代馬華文學評論的兩項重要成果，並看出雙方可以互補（而不是互斥）之處。

另一篇重要論文〈馬華文學八十年的歷史輪廓〉[44]，是其小說史的延伸研究，約二萬四千字的篇幅中，洋洋灑灑地敘述了馬華文學的發展脈絡，各時代與各世代的重要作家及特色，都涵蓋在論述範圍之內。雖然作為一部馬華文學史的雛型，還有一段很長的距離，但也可以從中看出十分務實的治學態度。這種針對單一文壇的長篇綜論，遠比世華研討會上最常見的（三、五千字的）泛論，來得有意義；不但可以讓我們知道論者究竟下了多少功夫，它對（未來的）馬華文學史的建構，也比較有實質的參考價值。

---

[43] 黃萬華〈兩種文學史視野中的馬華文學——《馬華文學大系・評論》和《赤道回聲》的對照閱讀〉，收入《全球語境・多元對話・馬華文學——第二屆馬華文學國際學術會議論文集》，頁14-27。

[44] 收入《全球語境・多元對話・馬華文學》，頁32-63。

結語：評價與方向

　　所有的詮釋，都是主觀的。學者資料掌握方面的誤差，尚可修正；觀點上的異同，就有待更多的學術辯論。馬華文學在當代中國學者的詮釋下，誤差日益縮小，只有少數半路出家或臨時客串的論者，會寫出令人啼笑皆非的馬華論述。大體而言，近年較活躍的幾位學者，都能夠展現一定的嚴謹度和準確度，不再出現太過空泛的溢美宏詞，或評價時嚴重的輕重失控。

　　至於歷久不衰的世華文學研討會，它在一定程度上代表了中國學界對世界華文文學研究的生產機制和態度，如果從嚴格的學術研究角度來看，前十屆的論文當中，有很大一部分根本不及格，頂多算是「文學印象批評」或「文壇活動報告」；直到近幾屆的會議，多位年輕學者的參與，才真正提升了學術研究的水平。作為一場重要的國際學術會議，它應該只接納正規的學術論文，各國文壇的活動報告，轉移到類似作家大會的舞台。其實，世華會議最大的敗筆就是沒有長程的計畫，去推動各地區華文文學的研究工作。每次大會都找不出真正具體的成果，各方學者各自經營了二十年，結果各地區的華文文學沒有獲得專注或全方位的討論。它應該擬定每一屆的主題，並集中研究人力與資源去進行某個國度華文文學的重點研究。雖然馬華文學無需依賴它的經營，但學術力量的虛耗，未免可惜。

　　近十餘年來中國學界對馬華文學的論述，值得討論的層面和方向不少，譬如個別作家的專論，應該可以讀出一些發人深省的訊息。

這方面的研究往往比較能夠有效運用不同的文學理論和批評方法，論文的深度當然比綜論或泛論來得可觀，譬如九〇年代初期對小黑小說的研究、二〇〇〇年以來對林幸謙散文的研究，以及二〇〇四年山東大學對新生代作家的研究（計畫），可以看出方法學上的沿革。以林幸謙的散文為例，他在文化鄉愁、中國性、離散、文類疆界方面，很能夠吸引各種理論的「套用」，以致出現多篇理論先行的論述。這個現象，很值得關注。限於篇幅，僅止於此，其餘未了的問題，留待日後再行處理。

[2005]

一個文人的戰爭
——論傅承得「趕在風雨之前」的思維結構

前　言

在正式討論政治詩之前，我們先進行初步的定義，將之限制在詩人針對國家政策的偏差或弊端、執政者或政客的言行與主張、族群之間的相處與磨擦，以及重大政治事件所提出的省思與批判。很多時候，政治詩表現的主要是詩人跟政權的對立或對話。換言之，「對立」是政治詩誕生的基礎，甚至是賴以成立的條件。馴良如羊、聽話如狗，乖乖蹲在政權身邊的政治（宣傳）詩，是最可恥的，只能算是政治文宣，或頌德之大賦。唯有站在政權的對立面，奮力抵抗、控訴，才寫得出一些像話的東西來。理論上，政權越暴虐，與之對立的群眾規模就越大，政治詩的立足之地當然也相對肥沃，取之不歇的素材、燃之不盡的民怨。這讓我們想起「後文革時期」的北島。

　　一九八〇年代初期的北島，曾經擁有一整個世代的知青讀者，那是一千七百萬名被硬生生剝奪了受教權而產生巨大閱讀渴望的年輕讀者群，從白洋淀和各地知青的地下藝文沙龍，到《今天》的影響力，都可以很清楚的洞察到詩歌在那個時代所產生的力量。不管是對時局的批判，或震撼人心的啟蒙效應，當時的中國地下詩歌比二十世紀中國的任何時期都來得重要，尤其在北島等人的手裡，詩歌竟成為一種充滿英雄主義色彩的代言與立言的媒介。再加上當時地下文學的手稿傳抄風氣極為興盛，詩歌的篇幅遠比其他文類來得短小，適合傳抄，適合在情緒特別容易波動的知青群體中朗誦。艱困的生存環境，加上龐大的知青讀者，造就了中國政治詩百年難得一見的「產地」和「市場」。

　　從歷史經驗來看，高質量的政治詩必然伴隨著重大的政治衝突而誕生。

　　馬來西亞政府在一九八七年十月廿七展開的「茅草行動」（Operasi Lalang），以「馬來西亞內安法令」之名，搜捕反對黨領袖、華教人士、社運份子、宗教人士，共一百餘人，並勒令關閉了三家報社，整個大馬社會登時陷入一片風聲鶴唳、草木皆兵的緊張氛圍當中。超越在一切法律之上的「內安法令」，以及殺一儆百的「茅草行動」，對大馬華社確實產生了十分深遠的威嚇作用。這是馬來西亞民主發展史最黑暗的時刻，卻是馬華政治詩最光明的時刻。

　　這件大事，發生在傅承得（1959-）從台灣畢業回大馬的第三年，他在一九八七年九月～一九八八年三月間，寫下一輯十首的「政治抒情詩」，冠上「趕在風雨之前」的輯名（此輯單獨以罕見的紅色鉛

字來印刻），連同其他數十首詩作結集成第二部個人詩集《趕在風雨之前》（1988）。本文不打算討論傅承得的政治思想，或者多元種族政治體制的省思，這部詩集最吸引人的地方就在「第一輯、趕在風雨之前」的十首政治抒情詩。為何定位為「政治抒情詩」？它的形成受到什麼因素的影響？傅承得如何擬訂他的創作策略，以及對讀者反應的預設。這裡頭有很多的疑問值得探索。

一、預設的讀者規模與效應

選擇透過詩的形式來回應動盪不安的社會現實，傅承得首先得考量到「誰來讀詩」的問題。馬華現代文學在過去數十年的漫長歲月裡，一直處於自費或獎助出版的窘境，根本無法形成一個像樣的文學市場。在這個「文字大破產」[1]的時代，誰曉得讀者在哪裡？一首刊登在副刊角落的嘔心瀝血之作，又有誰會仔細讀上幾句？

馬來西亞的新聞傳媒雖然受制於政府的法令，沒有完全的言論自由，但在官方監督和自我約束的有限報導範圍內，國內的政經資訊和國際間的大事都有一定的透明度，跟北島所面對的「文革後期」和「後文革時期」完全封閉的中國政治環境大不相同，在馬來西亞，沒有一大群等待啟蒙的熱血青年，或求知若渴的知青，現代詩的群眾效應和啟蒙作用，完全不被華社所期待。那些無法在報章傳媒上明白討論的事情，一首詩又豈能說得清楚？一旦有敏感的事件發生

---

[1] 傅承得〈另一種焚書〉，《等一株樹》（吉隆坡：十方，1987），頁73。

了，大夥兒在私底下口耳相傳，得出自己的看法，不管怎麼無奈或憤怒，任誰都不會去期望現代詩能夠帶來任何卓見，任何改變。所謂的政治詩，只能向極其有限的讀者敘說眾所周知的境況，抒發感受。對廣大的華裔同胞而言，一首馬華政治詩的誕生，跟一顆尋常雞蛋在無名雞寮中的誕生，沒什麼兩樣。

北島的政治詩面對的是無比龐大的知青世代，傳承得則面對一個對文學高度冷感的華人社會，他的政治詩，只能打動極其有限的華裔菁英讀者。這麼一來，舞台就自動萎縮成極小眾，進而扼殺了「群眾－廣場」意識的產生。「群眾意識」產生於真實存在的廣大讀者群，他們對北島詩歌的回應，足以誘發其他中國詩人在創作政治詩之際，在腦海裡萌生數量龐大的假想讀者。這一大群必須用上好幾個天安門才容納得下的詩歌讀者，在地下詩人的胸臆中順勢形成一種「廣場意識」。寫詩，不再是一個詩人獨自在燈下埋首的私事，它可是天下大事，有那麼一大群讀者聚集在廣場四周，準備聆聽一首詩的發表。這些潛在讀者的規模，如同一個超級大市場，一舉拓寬了政治詩的視野和格局。有了「群眾－廣場」意識作為創作的後盾，才有可能催生出引領天下英雄的（革命）領袖意識。

先天上缺乏「群眾－廣場」意識的傳承得（以及每一位馬華詩人）在政治詩的書寫進程中，能夠預設的讀者規模和閱讀效應，極為有限。取而代之的是「菁英－書齋」意識，當他的詩篇離開書房進入政治議題的戰場時，找不到嚴陣以待的敵軍和隨行的盟軍，也找不到引頸期盼的百姓（所以創造了忠實的聆聽者「月如」），在空曠的戰場上只有自己的詩句。原來這只是「一個文人的戰爭」，在詩

歌文本中獨自對抗一個抽象的惡勢力（亦可名之為「風雨」）。

　　高度萎縮的「群眾－廣場」意識，讓傅承得主動將所有的預期效應壓縮在一個平衡點上，他並沒有直接評議時政與事件（包括當時的茅草行動），改用浪漫主義的抒情筆調，將內心的政治理想、抱負，以及為華社赴湯蹈火乃至殉道的情操，投注在詩裡行間，打造出一種充滿彈性的「政治抒情詩」。傅承得很清楚這一輯的政治抒情詩寫得再怎麼鏗鏘、壯烈，影響都十分有限，一如華社的反抗力量，多半是紙上文章，頂多就是關起門來吶喊。他寫下這些詩篇，為的是把它交付給未來：

> 是啊！月如，就算不多
>
> 我們總得留下，連同
>
> 一些不滿的文字
>
> 以及抗拒的疤痕
>
> 讓後代，學習、記取，和警惕[2]

這是全書第一首詩〈為的，是把它交付未來〉（1987.12）的末段[3]，看似壯志凌雲又滿紙無奈的「預期成果報告」，預告了一個馬華詩人在政治版圖上最大的作為，只是留下一些供後來者分析和研究的詩篇（所謂「學習、記取，和警惕」云云，恐怕只是詩人的奢望），鍾怡雯直言：「詩一開始以抒情之筆點出華人面對華人困境的無力感，

---

[2]　傅承得〈為的，是把它交付未來〉，《趕在風雨之前》（吉隆坡：十方，1988），頁5。

[3]　這不是第一輯詩作中最早完稿的作品，但從詩集內容編排的順序，以及它隱含的序曲味道看來，應當視為第一輯（乃至全書）的序詩。

這困境既是歷史的，亦是當下的，它成為華人無法克服的痛，就一個有使命感的創作者而言，唯一能做的，是留下文字（及傷痛）[4]。對當時年僅二十八歲的書生承得來說，沒有什麼東西比傳世的文字更永恆，更崇高。這是文人腦子裡十分常見的「菁英－書齋」意識。

　　「菁英－書齋」在潛意識裡的運作，有別於「群眾－廣場」意識引發的革命精神，前者追求的是一種「傳世」的效應──雖不能改變現世的困局，但求在青史留下不可磨滅的文字，特別是這段歲月所累積的「狐疑、憤懣、失望、擔憂，甚至恐懼」[5]。

　　從來不具備「群眾－廣場」意識的書生承得，並沒有完全放棄讀者，他在大量運用──菁英讀者（尤其書生）所能夠接受的──中國意象和歷史典故之餘，尚在許多段落保留了清晰的訊息，「我的手法轉向明朗和淺白，是因為只有這樣，讀者才能產生共鳴」[6]。近百行的長詩〈浴火的前身〉（1987.09.07，鬼節）是一個值得關注的例子。此詩的寓意由深至淺，意象由濃而淡，記錄了傅承得從原本的文人語言逐步轉換到明朗口語的路線上：

> 什麼時候，月如
> 我的心中，交織風雨
>
> 當年，項羽揚起火把

---

[4] 鍾怡雯〈遮蔽的抒情──馬華詩歌的浪漫主義傳統〉，《馬華文學史與浪漫傳統》（台北：萬卷樓，2009），頁104。

[5] 傅承得〈自序〉，《趕在風雨之前》，無頁碼。

[6] 〈自序〉，無頁碼。

> 焚燒阿房的手勢
>
> 我曾親睹；當年
>
> 驚人烈焰，像霸王的轟然笑聲
>
> 教往昔化作灰燼，教蜀山
>
> 運來的畫棟雕樑
>
> 化作春泥，茁壯一株
>
> 三千丈直插雲霄的碧竹
>
> 等待殺青，重寫史書[7]

傅承得以中文系讀者最熟悉的火燒阿房宮場景作為此詩的開頭，乍讀之下，似乎在暗示新興力量對舊勢力（或暴政）的顛覆和瓦解，雄偉如斯的帝國建築全然經不起一把火。到了下一段，卻出現「讓一介草夫，跟前凝視／直到雙眼皆裂，腸熱心焚／然後跪下，在衣襟翻紅／胸口波伏的時候／靜思社稷的去路」[8]，這可是亡國秦人的思維，在極度哀慟之餘，努力冷靜下來思索國家未來的去路。究竟傅承得意圖表述的重心何在？是用暴秦來譬喻大馬的現況嗎？霸王手中的火焰還象徵著什麼？雖然傅承得企圖以中國歷史上最著名的火勢來拉高此詩的氣勢，一口氣把胸中鬱悶燒個乾淨，但此詩的前四大段落，確實有部分意象和思辯邏輯可能對大眾讀者造成詮釋上的障礙。或許有讀者會質疑這場先秦大火，與當今馬華的政治現實有何相關？（儘管詩人說：「那是我的前身」），眾多的詮釋問題，會

---

[7]　傅承得〈浴火的前身〉，《趕在風雨之前》，頁6。

[8]　《趕在風雨之前》，頁7。

在細讀的過程中逐漸浮現出來。

　　政治詩誕生於現實的生存困境，然而它本身也構成詩歌創作的困境，寫深了沒人懂，寫淺了不耐讀。傳承得在前四段照顧了菁英讀者的研讀需求，大眾讀者意識在第五大段猛然抬頭，他說：

> 什麼時候，月如
> 我的心中，風狂雨怒
>
>
> 是的，狂怒，因為在這地方
> 有人高唱言行不一的理論
> 有人散布煽情的課題
> 關於政治、文化、經濟和種族
> 更有人識了時務，收了名利
> 成為自相殘殺的豪傑英雄
> 縱使無劍，也要高舉雙拳
> 緊握，教噼啪的火光四迸
> 甚至焚燃筆直的肉身
> 教魑魅魍魎無所遁形
> 教歷史重翻新頁[9]

這段詩句的字面意思，大部分人都能讀懂。如此層層逼近，刀刀見血，從現象批判到殉道自焚的描述，煽動性十足的筆法志在激盪起讀者的熱血，字裡行間，蘊藏著濃烈的朗誦詩的韻味。運筆至此，

---

9 《趕在風雨之前》，頁 9-10。

詩人預設的讀者規模驟然倍增，他不由自主的用上情緒性語言來擄掠讀者的心智（也許他認為，熱血沸騰的敘述可以獲得最大的閱讀效應）。進一步細讀，卻發現這些詩句——「縱使無劍，也要高舉雙拳／緊握，教噼啪的火光四迸／甚至焚燃筆直的肉身」——背後隱藏的是消極的殉道想像，而非顛覆舊時代、舊權威的革命精神。自焚云云，乃書生之言，看似壯烈，其實還是困在書齋之中，兀自狂想。

　　書齋與廣場，同時意味著兩種語言策略的拉鋸。兩者在預設讀者的規模方面，相去甚遠，該如何為自己的政治抒情詩定調，確實是個難題。同期創作的〈山雨欲來〉（1987.09）透露了一些重要的訊息，此詩在詮釋難度和意象精彩度同步上升的原因，在於「菁英－書齋」意識的適度提升：

> 山雨欲來，曲徑風緊
>
> 古樹洞空的枯幹，指揮
>
> 四面楚歌急驟的撩撥
>
> 小心，月如。前頭多難
>
> 我們得戰戰兢兢，留心
>
> 枝椏擋道，石走沙飛
>
> 所有伴奏的天籟，可能
>
> 盡是掩飾巧妙的咒語[10]

一般政治詩預設的大眾讀者，理應看不懂詩人在這個段落苦心經營的意境和眾多的寓意。傳承得將古典意象巧妙地融合到現代詩，語

---

[10] 《趕在風雨之前》，頁13。

言變得更加凝練，充滿國畫質感的山林意象叢，構築出動人的敘事氛圍。尤其是幾近陳腔的「山雨欲來」，被「曲徑風緊」的空間描述加以牽動，產生了立體感十足的空間想像，讓緊接其後的景物和心境，在風雨的曲線流動中，隨詩裡暗押的音韻起伏。惟有面對菁英讀者時，傳承得從中文系古書堆中苦苦錘煉出來的典雅中文，方能大展拳腳。

　　礙於惡劣的閱讀環境和諸多的政治禁忌，傳承得不可能在創作意識裡預設龐大如「後文革」的讀者規模，縱然是最具群眾效應的政治詩也一樣。「菁英－書齋」意識主導了傳承得的創作意圖，未必是件壞事，他為了征服極小眾的菁英讀者／學者，才在政治抒情詩中維護了一定的語言藝術水平，不至於變成詩質盡失的大白話。事實上，「菁英－書齋」意識並非唯一的影響因素，「月如」的設計產生了十分關鍵的作用。

二、有關「月如」的敘事策略

　　「菁英－書齋」意識的潛在影響之下，傳承得在構思整輯詩作的調性和形式時，採取了跟一般馬華政治詩很不一樣的敘事策略，他塑造了「首席聆聽者／傾訴對象」——「月如」[11]。「月如」不必

---

[11] 傳承得在「月如」的形塑上，可能受到台灣詩人楊澤的影響。傳承得留學台灣期間（1980-1984），正巧見證了楊澤詩歌創作的黃金時期。楊澤先後出版了《薔薇學派的誕生》（台北：洪範，1977）和《彷彿在君父的城邦》（台北：龍田，1979；台北：時報，1980）這兩部已成台灣詩壇珍品的傳奇詩集，他在詩中形塑

視為真實存在的人物，它比較屬於以功能取向的道具，或符號。

重要的是詩人內心的聲音，透過「月如」這個女性聆聽者的特質，得到一個柔軟的出口，並降低了詩的剛烈成份，以及面對群眾專用的高分貝戰鬥姿態。以「月如」作為首席聆聽／傾訴對象，反而擁有較大的創作自由，不必針對政權或議題進行面對面的硬式批判，傳承得可以進退於時政的評議和文人的抒懷之間，進退於現實境況與理想國度之間，除了政治詩慣用的諷諭、戲謔、抨擊等尖銳的筆法，他在「政治抒情詩」的設定之下，得以免去政治詩的慣性思維和策略，回到敘事主體的內心世界，進行比較柔軟、抽象和細膩的心理刻劃。同樣以〈山雨欲來〉為例，詩人嘗試為「月如」注入婦道人家的思考角度，借此讓決意殉道的男人表現出層次更為豐富的心理活動：

> 妳的驚悸，月如，自內心
>
> 傳來，婉轉的傳達
>
> 一份輕微的責備：明知
>
> 山會咆哮，林壑會無情的
>
> 吞噬所有的生命
>
> 然後教溪流，沖去暴行

了非常有名的聆聽者／對話者──「瑪麗安」，瑪麗安出沒在詩裡行間的身影（及其句構模式），已成為一種獨特的抒情手法，亦為楊氏的標籤之一。其次是楊澤對古典意象的運用，上承楊牧之風，然後開創出融合了浪漫色彩、神秘感、古樸氛圍，以及現代感的敘事風格。傳承得在出現「月如」的政治抒情詩上，不時顯現出楊澤的抒情基因。

> 半點也不留痕跡
>
> 妳的手，我僅能沉默的緊握
>
> 月如，那是無言的辯說
>
> 明知山雨欲來
>
> 陷阱熱忱的招手，危險
>
> 用最隆重的儀式迎迓
>
> 這趟行程，我堅持要走[12]

「月如」在這裡被賦予最大程度的互動功能，幾乎成為真實的對話人物。當讀者反覆讀到——「妳的擔憂，月如，自眼神／流露，哀怨的訴說／一份固執的後果：明知／狂飆與淫雨，足以／塗抹歷史的真相／粉飾虛偽的記載」[13]——類似的敘述片段，「月如」的無奈和哀怨越來越真實。傳承得藉「月如」的心思（不管是「自內心傳來」或「眼神流露」），襯托出殉道者的執著（和盲目？），政治詩不再是簡單的討奸伐惡或從容殉道，它可以提煉出更細緻、更富有情感和血肉的訊息。「我」和「月如」的心思互動遂成為全詩最具吸引力的元素，這一幕山雨欲來的政治風暴，即使事過境遷，依然留下值得回味的藝術表現。

在同輯的其他詩作當中，「月如」多以扮演著聆聽者的角色，彷彿是書齋裡的伴讀，或知音。〈濠雨歲月〉（1987.10）裡的「月如」算是典型：

---

[12] 《趕在風雨之前》，頁 14。

[13] 《趕在風雨之前》，頁 15。

> 走在雨中，月如
>
> 這赤道多變的氣候
>
> 真像無常的禍福
>
> 難以預測，或防範[14]

表面上看來，此詩即使抽掉「月如」也不會產生多大的變異。依本文的估計，會出現兩種可能：（一）假設此詩抽掉「月如」的字眼，讀者便成為第一順位的聆聽者，詩人胸臆中的言語，直接面對他預設的讀者群來訴說，眼前的畫面當然會不同（如今，讀者讀到的是敘事者間接的心聲，是「我」對「月如」說的內心話，「月如」的存在會降低「我」的分貝，柔和了戰鬥姿態）。（二）假設此詩在構想之際，已排除「月如」，整首詩的語言節奏和敘事姿態勢必有重大的改變，但這個假設是無法印證的，只能參考其他沒有「月如」的詩。第一個例子是〈夜雨〉（1987.09），傅承得編了一個政客的行動日誌來挖苦、諷刺他們的醜惡嘴臉：

> 各位同志，這次的緊急會議
>
> 討論改選面對的難題
>
> 股票市場的升降變化
>
> 不比政治局勢的詭譎
>
> 從溫柔鄉把各位拉起，咳
>
> 抱歉，那秘密的黑甜窩
>
> 換上是我，也不情願

---

[14] 《趕在風雨之前》，頁18。

　　　　但事關大家的利益，咳

　　　　我該說：黨才是大前提[15]

此詩的敘事策略大異於其餘九首同輯詩作（卻高度暗示了未來傳承
得在政治詩的寫作方向），傳承得為了模擬政治的口吻和念頭，任憑
粗糙的大白話去主導詩歌的語言風格，「批評與諷刺，憤怒和憂傷，
加上方言、粗口，模擬政治表演秀，一種近乎巴赫汀筆下的嘉年華
氣氛」[16]，寫得熱鬧，卻不耐讀。少了「月如」的柔性牽制，立即喪
失了抽象語言和具象語言的巧妙平衡，彷彿脫口而出的日常台辭，
透明之餘，少了韻味。企圖從書齋往外暴衝的書生，顯然還沒學會
如何面對一大群想像的讀者。

　　「月如」缺席的詩篇當中，表現得較理想的是〈刪詩〉（1987.09;
1988.03），此詩原本跟〈夜雨〉同年同月生，半年後重新修改，總算
勒住了詩歌語言的暴衝，稍微偏快的節奏，精簡俐落的敘述，此詩
勉強重返傳承得應有的水平：「據說有人刪詩／不懂節奏，不諳結構
／卻精研政治風向和氣候／留下安全的內容／精神煥發的將偉大歌
頌」[17]。

　　從上述詩作的分析結果，可發現一旦少了「月如」，等於少了抒
情的基因，殺氣騰騰的抨擊與詰難，立即成為正統的政治詩。在傳
承得政治抒情詩的敘事策略中，「月如」好比水質穩定劑，起了非常

---

[15]　《趕在風雨之前》，頁 22。

[16]　鍾怡雯〈遮蔽的抒情──馬華詩歌的浪漫主義傳統〉，《馬華文學史與浪漫傳
統》，頁 105。

[17]　《趕在風雨之前》，頁 32-33。

關鍵的作用。「月如」的存在，不但能夠牽扯政治詩在語言操作上最容易發生的暴衝，還可以進一步深化、豐富敘述主體的殉道思想，在相對舒緩的節奏中構築出動人的意象系統。傅承得獨自開闢了一個文人的戰場，虛構「月如」為伴，眼前的風雨就有了不一樣的意涵。

三、「風雨」中的家國想像

　　「菁英－書齋」意識影響了傅承得的讀者預設心理，「月如」影響了敘事語言的抒情調性和凝練度，「風雨」則是最重要的假想敵，少了它，這場文本中的戰爭便打不起來了。此三者，從不同層面組成這輯詩作的思維結構。在書名上宣稱「趕在風雨之前」的傅承得，早已深陷風雨之中，書齋以內是書生的天堂，重重圍困著書齋的「風雨」，則是大馬華裔族群的無邊苦難。

　　從過去在馬來半島現實生活的天文經驗中，沉澱、累積，轉化而來的「風雨」意象，其實不具殺傷力。這裡沒有颱風或颶風，午後雷陣雨的威力頂多造成有限的淹水。普遍來說，馬華文學中的「風雨」意象比較屬於一種阻礙、圍困、壓迫的負面力量，同時也是催化出憂患意識的逆境。與之相對的意象組合，是既脆弱又強韌的「薪火」。「風雨」嚴重威脅到象徵著華教文化的「薪火」傳承，所以大馬華社總是在「風雨飄搖」的刻板論述中，自我砥礪、奮戰不懈。留台歸來的傅承得並沒有借用「颱風」來譬喻大馬華人的生存困境，那是台灣製造的舶來品。他選擇了在地天文經驗裡不會致人於死地的

「風雨」，同時也援用了華社對它的普遍定義，是很合理的決定[18]。

　　火焰的激情和風雨的幻象，是詩中二元對立的基礎組合，彼此依存，缺一不可。在〈浴火的前身〉當中有四段的風雨變化：「我的心中，交織風雨／………／我的心中，風急雨促／………／我的心中，風狂雨怒／………／我的心中，雨晏風收」[19]，分別代表不同程度的險惡境況。「山雨欲來」尤其適合用來形容「茅草行動」之後緊張的政治氣氛。無論作為正統的政治詩，或別出心裁的政治抒情詩，「風雨」絕對是所有大眾讀者都能讀懂的象徵符號。從以上兩節引述的「風雨」意象，即可發現它的危險性在詩中被誇大，當「山雨欲來」之際，伴隨而來的是：死神、毀滅、殘垣、破碎、骷髏、粉身、碎骨。少了風雨，烈士便失去想像中可供殉難的戰場。所以「風雨」的存在變得很重要，生存的危機、逆境、苦難，往往成為創作的資源和舞台。

　　描述一九六九年「五一三事件」的〈驚魂〉（1987.10），借用了滂沱大雨來譬喻這場排華的災難：

　　　　我是悲憤，月如

　　　　三十年來家國，仍是

　　　　教人透氣艱辛的厚重陰霾

　　　　籠罩生長於斯的上空

---

[18] 大馬政府雖然以茅草行動濫捕反對人士，但還不至於暗殺或屠殺，那是「強烈颱風」的等級。以此類推，馬華人士感受到的應該屬於赤道地區常見的午後雷陣雨。在地的「風雨」想像，當以此為據。

[19] 《趕在風雨之前》（吉隆坡：十方，1988），頁 6, 7, 9, 10。

　　教人想起：一九六九年

　　記憶猶新啊那場滂沱

　　氾濫成災，洪水掠奪

　　無數一文不值的生命[20]

沉重的敘事氛圍，在滂沱雨勢中更顯哀傷，可是，傅承得並沒有明白指出事件的禍首、禍根、禍害。到底是誰幹的好事？掠奪無數生命的「洪水」究竟是誰？百姓的生命財產和國家的政經體制，到底受到何等的傷害？在這個惡法如地雷密佈的專制國土，每個人都心照不宣，都學會如何迴避潛在的危險。暗示性十足，同時飽含詮釋彈性的「風雨」，可真是一個安全、方便又好用的詞，它在不同的敘述語境中，自動取得不同讀者的主觀詮釋，於是有心人在其中不斷地貯存——不能直呼其名的某人（He-Who-Must-Not-Be-Named）、不平等的政策和法令、族群生存的苦難、文化傳承的危機——各種對華社不利的事物和隱喻。傅承得以「風雨」為詩集之名，即可召喚出蘊藏其中的所有訊息。

　　傅承得當然明白一個事實——「風雨」是無法擊潰、顛覆、瓦解的邪惡力量，手無吋鐵的文人只能以身殉道，守護自己的家園（當然，文人筆下所有的殉道都是精神層面的，永遠看不到行動，或有關行動的描述）。潘永強對華社的順民性格有這麼一番見解：「華人政治固然有反對意識的一面，但這種反對與抗議只用於民族自衛的關頭，並未發展為進步的現代公民意識，反而處處流露出國家崇拜

---

[20]　《趕在風雨之前》，頁37-38。

和賢人期待。在權力跟前，華人未脫子民（subject）心態」，而且「華
人社會對體制和秩序有強烈的依賴，故對急遽變化有所恐懼」[21]。
傅承得在書序中也說過：「而自我的最大希望，是時下感覺有心無力
的華族青年，能藉這些作品發洩苦悶，進而激勵振奮，教方向明確、
熱血沸騰」[22]。以不變應萬變，企求安居樂業，一向是大馬華人的
普遍願望；不幸發生重大變故，也不會揭竿起義，這也是很肯定的。
毫無革命意識的書生性格，對風雨「之後」的想像格外耐人尋味。
傅承得對此表現得相當樂觀：

> 火終將熄滅，但焦土
> 一個充滿生機的墳場
> 必讓摩天巨樹，迅速成長
> 可以擎起大纛，可以
> 枝葉蓊鬱，蔭庇千里[23]

不僅如此，傅承得筆下多次描繪了風雨之後的太平盛世，那是一幅
幸福的農業社會田園風光：

> 是吧！月如，就是那樣的
> 清平心境：在清晨
> 有荷鋤農夫的沙啞曉唱
> 在黃昏，成群牛羊喧嘩歸欄

---

[21] 潘永強〈抗議與順從：馬哈迪時代的馬來西亞華人政治〉，收入何國忠編《百年回眸：馬華社會與政治》（吉隆坡：華社研究中心，2005），頁226。

[22] 〈自序〉，《趕在風雨之前》，無頁碼。

[23] 《趕在風雨之前》，頁30。

　　而蒨蒨夜月，傾聽院前講古

　　或書房朗朗吟誦[24]

為什麼「太平盛世」的描繪一定得套用前現代的田園想像[25]，恐怕
不是傅承得當時會察覺到的問題，他比較關心的是烏托邦，一個以
「書齋」意識為基石的理想國，幸福的耕地加上朗朗書聲，那是深
層自我催眠的美麗畫面。詩人需要營造這麼一個理想國，作為所有
美好事物的載體，然後在外層罩上凌厲的風雨，如此一來，所有的
犧牲才值得。（從創作的角度來看，還真少不了「風雨」，久而久之，
它便滋長成慣性的思維套件。）

　　傅承得在風雨中設計出一個烈士的旅途：從容赴難的殉道精神
——挑戰險峻的生存逆境和惡勢力——抵達最終的理想國。其中最
重要的原因，是他深愛這個國家。在〈因為我們如此深愛〉（1988.03）
一詩中，傅承得如此描述他的家國情結：「這片大好河山，月如／我
們是多麼鍾愛／遊子的故鄉，種籽的土地／不論是現實中或睡夢裡
／都與思念和生死，關係緊密」，「月如，這是我們的河山／我們關
心，我們痛惜／因為我們如此深愛」[26]。深愛著這片土地，即是傅
承得創作「趕在風雨之前」這一輯政治抒情詩的最大理由。

---

[24] 傅承得〈浴火的前身〉，《趕在風雨之前》（吉隆坡：十方，1988），頁 11。
[25] 根深柢固的「城鄉二元對立」的道德命題，在此再度發揮它的作用。
[26] 傅承得〈因為我們如此深愛〉，《趕在風雨之前》（吉隆坡：十方，1988），頁
43, 45-46。

結　語

一九八八年三月，傅承得出版了政治抒情詩集《趕在風雨之前》，翌年五月推出《動地吟（詩帖）》，六～七月間在馬來半島巡迴演出五場，由傅承得和游川擔任主朗誦人。這裡要關切的不是「動地吟」造成什麼樣的轟動，而是它的活動宗旨，以及傅承得在選詩方面的考量。

沒有署名作者的〈序〉只有短短四段，二百七十四字，其中第二段話很有意思：「現實是<u>多風多雨</u>的。從族群到國家，從文教到政經，我們再也無法閉起雙眼，掩緊雙耳，置身事外，高蹈踏空。我們要文學在讀者眼裡跳動關懷的脈搏，我們也要聲音在聽眾耳中激盪熱血的迴響」[27]。他們按照慣性思維用上了「風雨」意象，當然也很現實的評估到詩歌活動有限的閱聽人口（但估計會比到書店購買詩集的人多），它不會引起整個華社的波濤，詩歌朗誦會再怎麼熱鬧，也只是五個夜晚五個場子裡的事，在主辦人的潛意識裡，這是一次只能撼動活動場地的吟誦大會，散會之後呢？政治冷感的華人群眾自動回歸冷感，不會有擦槍走火的革命事件發生。「動地吟」志在讓詩來熱一熱血，保證大夥兒都很安全。

在《動地吟（詩帖）》中，傅承得自選詩作三十一首，屬於「風雨十首」的僅有〈為的，是把它交付未來〉、〈寫給將來我兒子〉、〈因

---

[27] 未署名〈序〉，收入何乃健等合著《動地吟（詩帖）》（吉隆坡：紫藤，1989），無頁碼。

為我們如此深愛〉三首；主題與之相近的政治詩，至少有六首：〈靈魂的自白〉（1988.08.27）、〈夜讀《老舍之死》〉（1988.08.29）、〈告訴我，馬來西亞〉（1988.09.05）、〈我的夢〉（1988.09.09）、〈我們愛不愛您，馬來西亞〉（1988.09.24）、〈馬來西亞註〉（1989.02.19），從整體的表現看來，傅承得似乎在預設讀者和敘事策略上，作出巨大的改變，舞台表演性格幾乎侵襲了全部的創作意識。以〈我的夢〉為例，他是這麼寫的：

> 月，睡在河中
>
> 河，睡在大地上
>
> 大地，睡在我的夢裡
>
> 我的夢，就是您
>
> 　馬來西亞
>
>
> 　馬來西亞
>
> 這夢裡，有金黃色的
>
> 民主、自由與均分
>
> 和月的顏色，河的顏色
>
> 以及大地的，一模一樣[28]

當這首政治詩抽離了「菁英－書齋」意識（為了準備走入群眾？），抽離了聆聽者「月如」和「風雨」（為了與群眾更直接的溝通？），它

---

[28] 傅承得〈我的夢〉，收入何乃健等合著《動地吟（詩帖）》（吉隆坡：紫藤，1989），頁57。

同時喪失了傳承得錘煉多年的凝練中文、支撐詩歌運轉的意象系統，
以及政治詩在情緒、思想表達上的層次感。一首十行短詩，只剩下
淺易、簡陋的文字，在朗朗的演出中，走向一大群不知詩為何物的
預設讀者。「廣場－群眾」意識，雖可載舟，亦可覆舟。雄才大略者，
從中激盪出引領天下的英雄氣慨；反之，則毀詩於庸俗之世道。

　　預設讀者的規模與水平，足以主導政治詩的風格走向。張光達
在評論傳承得的時候，特別關注到政治詩的發展趨勢：「步傳承得後
塵在詩中宣洩議論、感時憂國的詩人有小曼、艾文、游川、黃遠雄、
辛金順（1963-）等，他們注重詩人與讀者間的溝通問題，試圖在溝
通問題和詩語言的藝術經營上求取折衷和協調，但往往因為好發議
論，非文學性的企圖蓋過藝術處理手法的認知，致使這些詩品質不
高，難產生出優秀的作品。況且隨著政治風波的平息，九〇年代的
讀者回頭去看這些作品，詩中的憂患意識恐怕已無法在讀者心中激
起感情，因為詩的語言形式沒有為讀者提供這些審美的感知」[29]。
張光達這番評議，赤裸裸地指出了政治詩創作的問題核心，同時正
好襯托出「趕在風雨之前」（十首）的研究價值。

　　本文討論的這一輯名為「趕在風雨之前」的政治抒情詩，在特
殊的政治語境中急速催生出來，在很大程度上沿襲了傳承得第一部
詩集的語言風格與優勢，在抽象的氛圍營構與具象的政治現實描繪
之間，口語敘述與典雅修辭之間，取得巧妙的平衡。本文先後分析

---

[29] 張光達《馬華當代詩論——政治性、後現代性與文化屬性・「第一章、馬華
當代詩論（1987-2000 年）」》（台北：秀威，2009），頁 8-9。

了由「菁英－書齋」意識、「月如」策略、「風雨」幻象，三者組成的
思維結構，經由三者不同比重的化合作用，創造出別具一格的政治
抒情詩，更是一九八〇年代馬華詩壇最出色的創作成果。其後，路
子卻走偏了，《有夢如刀》裡的純種馬華政治詩，反而失去了原有的
魅力。[30]

　　最後，本文要為「趕在風雨之前」（十首）的整體表現作一個總
結：這是一個文人的戰爭，獨自帶著他的書齋意識、菁英讀者、月
如策略、風雨幻境，和愛國精神，企圖趕在（下一場）風雨之前，寫
下一些文字，記載茅草行動之後的不安年代，和心靈。

[2010]

---

[30] 馬華政治詩自此走下坡，直到二十一世紀初，由呂育陶（1969-）另闢途
徑，才攀上第二座高峰。

風格的煉成

──評呂育陶詩集《黃襪子，自辯書。》

[1]

　　風格是詩人的靈魂。極大部分詩人窮盡一生之力，寫了數百首詩，也無力創造出自己的風格。如果把作者姓名遮住，便淪為無主的孤魂。風格並不等同於粗淺的閱讀印象，也不能夾帶他人的陰影，那只能稱為路數；風格比較像是一種足以產生「識別」作用的獨特元素，即是最主要的輪廓，又是支撐著整個寫作生命的骨架；即便是在一個偉大的詩學譜系當中，它必須具備不可取代的獨特性和創造性價值。如果他只是某位大詩人陰影底下的卓越的模仿者，其價值也十分有限。影子永遠只是影子。唯有風格獨特的詩人，才能成一家之言，這個層次的詩人本來就不多，在馬華新詩長達九十年的發展史上，更是罕見，尤其當我們翻開一部兼容並蓄（或有容乃大）

的文學大系，這個風格上的問題便一目了然。

　　馬華新詩在近二十年來的發展實況，絕對不是單純統計詩集的出版量和銷售量足以反映的，更不是那些鬧哄哄的詩歌朗誦活動，或詩人所獲的大小獎項，這都不是詩歌創作的核心價值。要深入且嚴格地檢驗馬華新詩的創作成果，就得回到「風格的數量」上——我們究竟有多少位風格獨特的詩人，他們寫下多少擲地有聲、過目難忘的名篇。

[2]

　　呂育陶（1969-）是近二十年來馬華詩壇最受矚目的一位詩人，馬華重要詩評家張光達認為他是「馬華文壇六字輩中最具潛力最優秀的年輕詩人，他將帶領其他新生代的詩人作者邁進 21 世紀，成為世紀交替裡一個分水嶺的文學標桿」[1]。從馬華都市詩和後現代詩的角度來審視，張光達的評價是相當有說服力的；即便從客觀的得獎表現來評斷，先後獲得兩次中國時報新詩獎（以及其他馬華本地新詩大獎）的呂育陶，絕對是六字輩當中最突出的詩人。然而，我真正關心的是風格。被譽為六字輩代表詩人的呂育陶，是否已經具備一個獨特的風格？

　　要準確讀出呂育陶的詩風，勢必迂迴地繞過一些看似可貴卻幫助不大的資料（好比得獎記錄、詩社經驗，或參與過驚天動地的吟

---

[1] 張光達〈詩人與都市的共同話語〉，收入呂育陶《在我萬能的想像王國》（吉隆坡：大將，1999），頁 18。

誦等等），就詩人與詩歌的核心價值而言，這些身外之物無法代表真正的價值。有關風格的追尋，必須持續前進，直到它找上核心的詩篇，以及詩篇的核心。在這裡，呂育陶必須用他全部的技藝來說服我們，來震攝我們翻山越嶺而來，尚未安穩的心神。換個角度的說法是：他必須用一種屬於自己的、獨家的詩歌語言，在詩歌文本的世界中建立一個叫「呂育陶」的標誌。

　　從風格的純粹度來檢驗呂育陶的首部詩集《在我萬能的想像王國》，它比較是一部容許辯解或略過某些缺失的成長之書，雖然書中有多首佳作，但他的都市詩創作跟同輩的馬華詩人一樣，擺脫不了台灣都市詩的影響；更進一步觀察，便能發現從六字輩的陳強華（1960-）以降，所謂的馬華後現代詩，幾乎所有的創作理念、手法、取材，乃至語言特徵，都在模仿／師法台灣後現代詩人夏宇、林燿德、陳克華等人的詩風[2]。《在我萬能的想像王國》尚不能看到呂育陶自己的風格。但其中的〈獨立日〉（1999）和〈你所未曾經歷的支離感〉（1996）等少數幾首詩作，強烈地暗示了足以自立門戶的潛力。

　　〈獨立日〉本該是一首完完全全的好詩，如果呂育陶能放鬆敘述，將略嫌較冗長的詩句重新排列，改變它的節奏，並轉化掉那三項硬生生嵌入的「條例式詩句」（①②③）。我總覺得這種林燿德式的詩句，是「台式後現代詩」在發展進程中，讓詩歌語言的質地逐步崩裂的致命筆法。〈獨立日〉要是能夠捨棄此陋習，會更上層樓。

---

[2]　這方面的討論，詳見：陳大為〈第七章：九〇年代馬華新詩的都市影像〉，《思考的圓周率：馬華文學的板塊與空間書寫》（吉隆坡：大將，2006），頁 163-182。在此不贅。

〈獨立日〉的一小部分缺失，在翌年發表的〈只是穿了一雙黃襪子〉（2000）持續延伸，同樣寫得很重，長長的句子裡填滿剛性的意象，和急迫傳達的陌生訊息（對非馬來西亞籍的讀者來說，那是很難解讀的訊息），讀起來要有耐心。此詩不容小覷，它非常嘹亮地展現了呂育陶在政治詩方面的天份——敘事的力道。或許它還不能被稱為「道德批判力量」，因為這股聲音和力道的來源，有很大的比例是來自書寫的策略和選材的習慣，不全然來自靈魂深處的悲憫之心。在馬華有關國族政治或社會批判主題的詩作當中，從未讀過撼動心靈的佳構，能夠讓讀者產生悲慟或憤慨的政治詩，更是千載難逢。雖未臻顛峰，但此詩有著罕見的衝擊力道。

　　這首收錄在第二本詩集《黃襪子，自辯書。》（2008）中的〈只是穿了一雙黃襪子〉，透過大學生的身份視角，逐步揭開多元種族和諧共處的偽裝，所有的事物都以膚色來決定，這些大家都知道。究竟呂育陶要告訴我們什麼？此詩的前兩節的情境鋪陳顯得有點冗長，花了很大的篇幅才進入思想的核心，進入詩人營造出來的那股濃烈如酒的敘事氛圍，語言中充滿拳擊的節奏，和力道。虎虎的語言，迅速籠罩著讀者的眼睛和呼吸，一種緊張的閱讀狀態鋪天蓋地而來。到了第三節，所有的讀者便能清楚聽見一種音色堅硬、混濁的控訴：

> 僵硬老舊的大學校舍充滿稜角
>
> 只是穿了一雙黃襪子
>
> 獎學金悄然掉落另一個不同膚色的杯子裡
>
> 海報中文字體不可過於肥大

　　　　以免傷害國家主義教徒狹窄的瞳孔

　　　　我們小心拐過歷史的雷區思想的兵營上課寫報告[3]

暫且不管這段註解意圖相當明確的詩句，是否成為異國讀者的詮釋
關鍵，呂育陶在此很巧妙地設計出一個詭異的意象天秤：此端是龐
大且繁複的種族問題，彼端只有這句「只是穿了一雙黃襪子」，呈現
出一種體積懸殊的平衡。每個穿黃襪子的傢伙都沒犯什麼大錯，先
天的色差使之失去一切應有的公平和權益，它是那麼委屈和不平的
面對自己的族群命運，以及背後的政治因素。它在提醒我們：真正
的禍首，是我們不敢追問或刻意刻忘記的陳年舊案——「五一三」。

　　政治的命題在此詩的五個小節，進行了單方面的辯證，那是一
個華語詩人的詰問，問急了，偶爾會稍稍失控，接著便讀到對選舉
的批評，以及更多的險惡的政治，彷彿千軍萬馬。在這團顯得有些
混亂的意象叢中，要不是有那麼「一雙黃襪子」在灰濛濛的鏡頭裡
出沒，此詩可能沒法子把讀者閃神的思緒，重新帶回原來的位置。
主意象的詩學效應，在此便充分發揮出來了，像黑洞在吸納著散佈
全詩的訊息。圍繞著這「一雙黃襪子」，讀者得以重新組織腦海裡的
呂氏意象大軍，觀測變化的方位，推敲其中的玄機。嚴格說來，呂
育陶下手確實過重，此詩應該再精簡一些，句子的輕重進一步再調
整，會呈現更壯麗的輪廓。

---

[3]　呂育陶《黃襪子，自辯書。》（吉隆坡：有人，2008），頁 30-31。

[3]

　　上述提及的毛病，總算在這部詩集的壓卷之作——〈一個馬來西亞青年讀李光耀回憶錄——在廣州〉（2003），獲得全面的改善。這個篇名巧妙地拉開一幅遼闊的思考面積：〔一位馬來西亞青年（詩人）——在廣州（南洋時期的移民「輸出地」）——讀李光耀回憶錄（歷史的見證者）〕；並且在空間的敘述架構裡，設計了另一個歷史時間的省思路徑，形成呂、李視野的重疊效應。開篇的首句——「而我錯過了那個可以選擇人或植物的年代」——即產生敘述視角上的詮釋縫隙，讓讀者在閱讀過程中不斷猶豫，不斷調整。這個充滿創意的構想，不容易駕馭，最能夠考驗一個詩人的能耐。這種寫作難度，是我最感興趣的要素之一。

　　全詩的開篇是一行頗長的詩句，其敘事力道的拿捏有舉重若輕的傑出表現。敘事主體「錯過」一個風起雲湧大時代的心情，相信每個活在太平盛世無所作為的詩人，都有深切的體悟。我們只能回顧它，不能為錯失的年代做出什麼樣的決定，或決定自己在舊時代裡的角色。

　　這個感受或共鳴，在詩人的感慨裡徐徐展開：

> 而我錯過了那個可以選擇人或植物的年代
>
> 昨日之風從打開的頁面吹起
>
> 猶如犁開市中心精緻的花園廣場
>
> 翻出深埋在歲月下層

打破的誓言、撕裂的國旗、結疤的刃首[4]

陳年的歷史舊事，透過《李光耀回憶錄》的閱讀，重獲生命，詩人在
廣州替讀者重溫了一遍南洋移民史。抽象與具象的事物在詩中交錯，
比例適當的沉重與輕巧，詩人在敘事的轉角處現身，他說：

自粵菜館出來我胃囊消磨著果子狸和黃鱔

冬日冰涼的陽臺我繼續翻閱

高溫的年代

我看見整個半島的工蟻放下不識字的自己

相約把一天的糧食扛往南方

用如磚的意志構築

南洋海島上唯一的方塊字大學[5]

胃囊裡的粵式野味不但（戲謔地）突出了在廣州的地理感，更強烈
對照出當年馬來半島的華人社會（尤其工蟻般的文盲勞工），為南洋
大學的建校所出的血汗。全詩簡單而準確的語詞和意象，不但輕鬆
完成了詩人交付的任務，也很精彩地表現出呂育陶舉重若輕的敘事
能力。雖然那所「方塊字大學」的意義和命運，無法在文本中充分
闡述，它的下場被很殘酷地記述下來：「乾枯成島嶼上一個瘡疤」[6]。
不過，我沒能讀出李光耀在這事件扮演的角色和評價，有點可惜。
不能只因為那是個「不忍深究的年代」[7]，就一筆略過，畢竟這是李

---

[4]　《黃襪子，自辯書。》，頁33。

[5]　《黃襪子，自辯書。》，頁33-34。

[6]　《黃襪子，自辯書。》，頁34。

[7]　《黃襪子，自辯書。》，頁34。

光耀的回憶錄。

　　由於是參賽之作，一方面受到行數的限制，另一方面則必須兼顧到今昔交錯的時空結構，故此詩的敘事策略是以「現代人的讀史感受」來驅動全詩，讀讀停停，停停想想，不斷跳躍和銜接。在二十一世紀初的廣州，詩人感受到四面八方而來的經濟力量，衝擊、瓦解、重構著一個全新的世界，當「我閉上雙眼，一顆急速旋轉的地球／逼近眼前，國界模糊不清／我聽見大批轟隆的機群與船隊繞過半島／向東北挺進」[8]，在同一條偉大的航道上，當年從廣州大舉南下移民和經商的船隊，走的卻是相反的方向。地球急速旋轉，沒有人能夠預料到這巨大的逆轉。這個構想同時拉出一個今昔對照的、相當具有思辨性的時空場景，令人印象深刻。這首題材龐大且沉重的詩篇，在呂育陶筆下有非常靈巧、精闢的演出，理性思維和感性的語調，得到良好的平衡，如其收尾處的一句：「黃昏般慢慢轉藍」，不急不躁，反正一切早已錯過。這是一首重量級的好詩，非高手莫能為之。

　　也許有人質疑：歷史有什麼好寫的，不就是那麼一回事，除了回顧，什麼也做不了。歷史是證明一個國家或族群曾經存在的依據，無論是光輝或慘烈的大事，都是重要的思想行為之遺產。它在書卷裡高分貝地說話，可惜大音希聲，唯有真心聆聽的智者，才得以窺見真理，或真相。很多時候，真相是不容許披露的，更別說要深入探索或議論。

---

[8] 《黃襪子，自辯書。》，頁 35。

　　一九六九年的「五一三事件」是馬來西亞歷史上的「頭號雷池」，
也是創作的重要資源。呂育陶再次處理它，用不同的角度和手法。
當我們逼近雷池，放眼望去全是：

> 喋聲的童年喋聲的公路
>
> 喋聲的軍營喋聲的咖啡廳
>
> 喋聲的電話亭喋聲的圖書館
>
> 喋聲的羽球場喋聲的日記
>
> 喋聲的精神病院
>
> 喋聲的母親[9]

十個「喋聲」，形同十面埋伏。不見刀光劍影，沒有殺氣的「喋聲」，
貼切地勾勒出無所不在的言論禁錮，以及「喋若寒蟬」的社會氛圍。
但這首〈我的五一三〉（2006）並不打算（也實在無法）告訴我們真
相，因為它「一一被法令埋葬」，「舅父的骨灰和許多被暗夜收割的
頭顱／在中學歷史課本／簡化成輕輕帶過的一行文字」[10]；它也不
準備植入大量的意象和冗長的詩句，以製造如同〈只是穿了一雙黃
襪子〉的批判力道（和閱讀壓力）。這是一支輕騎兵，化繁為簡，以
鏗鏘嘹亮的短句，直取五一三議題的核心。

　　同樣是站在華族大學生立場的詰問，呂育陶這次下筆就比六年
前更從容，他鎖定以族種比例為原則的大專入學「固打制度」，道盡
華族青年的內心怨懟：「不斷地跨越，跨越／標杆後面／更高更闊的

---

[9]　《黃襪子，自辯書。》，頁 36。

[10]　《黃襪子，自辯書。》，頁 37。

天空／但我們不能質疑／不准提問／為何有人／可以私下繞過標杆／悄悄／被保送到我們嚮往的天空」[11]。呂育陶終於領悟到：在有限的篇幅裡不能填入過多的訊息，尤其面對歷史的細節與真相，恐怕不是一首短短數十行的詩作，可以完整地交代清楚的。其實也沒那個必要。詩不是陳述歷史的工具，它是詩人對歷史的發聲。五一三事件的後遺症，光是「固打制度」對華社精英的培育而言，就是最深遠的傷害。雖然「標杆」不及「一雙黃襪子」來得突出，但此詩的整體表現，依舊十分亮眼。

[4]

在呂育陶早年的詩作中，很容易發現林燿德都市詩的陰影，主要影響了三個環節：冗長且不兼顧節奏感的詩句、繁複又灰暗的都市文明詞彙、粗糙的條例式及圖形化技巧。從八、九十年代台灣詩壇對林燿德都市詩的評論角度，便可發現：評論者只關心詩作所傳達的（後現代）題旨，下筆解剖，各取所需，完全漠視全詩在語言藝術層面的表現。這些被論者強行膨脹或誇大的「負面優點」，確實影響了台、馬兩地新銳詩人的都市詩書寫策略。

呂育陶早期詩作因而得了一些小毛病，也不幸殘留下來。譬如本書中〈世界無聲地降雨〉的「雨勢構圖」（呈現雨點及都市天際線），以及夜色、廢墟、混亂、終端機等有待更新的都市意象，都

---

[11] 《黃襪子，自辯書。》，頁 36-37。

不該出現在現階段的詩作。又如〈21 世紀大專文學獎徵文法〉這種
條例式或表列式的造型、〈與 ch 的電郵，網站，電子賀卡以及無盡
網絡遊戲〉的林式意象／語彙和支離的結構設計，以及〈造謠者自
辯書〉的括弧手法等等，對整體的閱讀質感，造成相當大的破壞，
遠不及〈一個馬來西亞青年讀李光耀回憶錄——在廣州〉（2003）、
〈未來的戰爭〉（2006）、〈浮生〉（2007）等長詩，更比不上〈同學的
婚禮〉（1997）、〈時間如風〉（2000）等短詩。

　　林燿德式的理念傳遞和結構設計，在都市詩寫作中，絕對是一
種敗筆（他寫得最好的不是都市詩，是非常抒情的〈聽你說紅樓〉）。
這方面做得比較理想的是陳克華，題材創意和語言技藝都能兼顧得
很好的陳克華，才是值得師法的對象。事實上，呂育陶根本不再需
要任何詩人的陰影，從〈波〉（2000）的一幕，便可看出他過人的想
像力：

　　　　我急速倒退十里
　　　　無數座電梯在大廈體內
　　　　隨著血壓
　　　　上升，下降
　　　　我以眼睛畫著虛線就串聯成
　　　　波[12]

電梯（昇降梯）和鐵筋水泥建築的發明，徹底改變了現代都市的容
積量和天際線，城鄉人口的密度從此朝兩極消長，這還只是宏觀的

---

[12]　《黃襪子，自辯書。》，頁 11-12。

結果。呂育陶從微觀出發，赫然發現電梯在有限的空間中承載著都市人的工作與生活，是一個生命形態的縮影，遂建構出一幅遼闊的都市透視圖，運轉的電梯連成虛線，「城市就波動起來了」。這是一個相當成功的都市文明構想，足以媲美林群盛的名篇〈那棟大廈啊⋯⋯〉。呂育陶在都市詩方面的創作成果獨步馬華，這是公認的事實，但在早期的詩作裡常有別人的東西，不夠純粹，直到〈浮生〉（2007）的出現。

　　〈浮生〉是一首非常富有「個性」和「生命感」的都市詩，讀其詩如讀其人，比起林燿德寫過的數百首都市詩，更勝一籌（甚至遠遠超越了林氏）。在我研究台灣及亞洲華文都市詩的十幾年歲月裡，對都市詩的模式化創作早已厭煩至極，尤其在描寫那些去背景、去身世後的孤獨情境，永遠離不開那幾招老掉牙的技倆——每個敘述者很刻意的把自己毫無理由地孤立起來，不明就裡的困在入夜的高樓斗室；「我」是扁平的，鄰居、同事、友人全是扁平的，親人通常是「從缺」，都市呢，連都市也失去真實的血肉和位址。乍讀之下，好像有那麼回事，若透過我們的都市經驗去檢測，往往站不住腳。都市詩創作者企圖創造出「放諸天下皆準」的寫作迷思，反而導致「放諸天下皆不準」的結果。

　　〈浮生〉一詩，完全擺脫這種沒有意義的寫作模式。從文本中可以看到一個清晰的身影，在北方唯一的島城（檳城），他的思緒建立在一個具體的身世／生平之上，換言之，文本中的敘事者感覺上是活的，真實的。當他告訴我們：「終於我確實有了不回島城的理由

／堅固，厚實如牆磚的理由」[13]，還以為又是那種空洞虛無，強作愁容的陳腔，細讀之下卻有了不一樣的感受。他先後提到：「已注定週日早晨／不再有兩個悠閒的輪胎／虛線般經過林蔭的葛尼道」[14]，「關於島城的房間／定格著一幅水彩／和童年玩伴放風箏的隴山堂邱公司」[15]，不但詩裡行間的情緒十分逼真，連都市的畫面也有高解析度的質感。最厲害的是，詩中居然出現一位婦人的事跡，就在這三段，呂育陶的敘述比其他時候都富有情感，語調中流露著幽幽的哀傷：

> 在內心城府幽深的王國
>
> 停著一輛車籃裝滿蔬菜鮮肉
>
> 菜市回來的斑駁腳車
>
> 她幫 13 歲的侄兒洗濯
>
> 汗臭的校服
>
> 她召一輛三輪車
>
> 接割盲腸的 19 歲侄兒出院
>
>
> 而去年死神突然拔除
>
> 她微弱如腕錶的呼吸
>
>
> 當我合十，插上最後一柱香

---

[13]　《黃襪子，自辯書。》，頁 64。

[14]　《黃襪子，自辯書。》，頁 64。

[15]　《黃襪子，自辯書。》，頁 65。

> 我確實知道這島
>
> 隨著最後的家園飄散
>
> 在裊裊遺煙中
>
> 已沉落成旅遊地圖一個景點
>
> 右腹那道割盲腸的疤痕竟隱隱作痛[16]

看似輕描淡寫，裡頭卻暗潮洶湧，哀而不傷，悲而不慟，潦潦數筆，竟令人感到巨大的衝擊。它很真摯而且飽滿地暗示了「我」跟「她」的姑侄親情，尤其那道盲腸的疤痕，真是神來之筆，一方面把隨時溢筆而出的感情，牢牢地縫合在疤痕裡面；另一方面，「我」即從旁白角色，巧妙的「歸位」到事件中的「侄兒」。至於「她」，則是唯一將「我」跟「島城」聯繫起來的親人（以及所有相關的生命記憶），一旦「她」被「死神突然拔除」，人與城便徹底斷裂了，島城立時轉換成沒有太多牽掛和關係的景點。這個主客體的關係變化，刻劃得很深，且合理。

　　綿綿的敘述到了結尾處，呂育陶並沒有鬆懈下來，語言的詩意依舊在很高的水平運轉，他如此描述：「黴的孢子／在天地間擴散開來／有些降落在蒲種／雙威鎮，有的附在賀年卡上／郵寄到年復一年祝福會發亮的遠方／／浮生若寄／我也有了不流動的理由」[17]。「蒲種」和「雙威」都是他難以忘懷的地方，用來結尾，讓此詩內部流動不止的複雜感情，有了在現實世界落錨的據點。

---

[16] 《黃襪子，自辯書。》，頁64-65。

[17] 《黃襪子，自辯書。》，頁66。

全詩在語言音色和節奏的掌握上，完美且動人。促使它達到如此精湛境界的力量，來自那個「年復一年祝福會發亮的遠方」。這首令我動容的一流好詩，詩歌語言裡只有呂育陶式的感情和技藝，非常純粹。比起多首得獎大作，更勝一籌。都市詩應該寫成這個樣子，把傳統都市詩最貧乏最灰暗的部位，明亮地充實起來。呂育陶的〈浮生〉，看似漂浮，卻擲地有聲。

[5]

政治、歷史、都市，都是呂育陶長年經營的重點，他對這類主題／素材的處理，特別出色，已開拓出一條值得持續前進的道路。本文重點討論的兩首詩，是呂氏風格較為純粹的例子，沒有雜質。他的敘事力道在此拿捏得最好，剛中帶柔，注入不同程度和類別的情感；詩歌語言的強大穿透力，便從容顯現出來了。可惜這種風格在呂育陶手中剛剛煉成，風格相似的詩作不夠多；反而在同期的其他詩作當中，不時夾帶著各家各派的一招半式，造成閱讀的干擾。嚴格說來，後現代詩的創作在呂育陶詩中很難成為加分的正數，因為它在理論或理念上沒有原創性；尤其部分嬉戲意味較重的後現代技巧，使得一些原本較深沉的、必須多層次思辨的主題，在形式化的操作下失之淺顯，反而降低了詩的耐讀性。況且它們在不同程度上，帶有前人的影子。

詩人在一首詩作中所預設的「訊息數量」、「意象密度」、「理念陳述的（躁進）速度」等三大因素，加上習慣性的「詩句長度」，會

直接影響整體的「敘述重量」，往往成為決定性的成敗因素。當它們調降到一個讀起來很舒服的水平，雜訊銳減，音質中自然浮現獨一無二的「呂育陶」。尤其當呂育陶偏離／捨棄了後現代，把詩歌語言的全部力量焦聚在馬來西亞政治和文教議題上，它更越來越清晰，越來越純粹。

《黃襪子，自辯書。》很明顯地記錄了呂育陶敘事風格的轉變跡象，它可界定為一部「風格煉成之書」，在近二十年的馬華新詩版圖上，它的價值和意義都是重大的，我們已經看到一種馬華詩人獨有的詩風在書中成形，雖然在整體質量上還不夠強大，但我們可以如此預估：馬華詩壇的一位（嚴格意義上）的「強者詩人」，將在呂育陶的第三部詩集中（完整地）誕生。

[2009]

原聲雨的音軌分析
——論方路詩歌的灰暗抒情與苦難敘事

[1]

方路（1964-）二十八歲才正式開始創作，比同齡的馬華詩人晚了幾年，差了那幾歲，讓他的少作多了幾份穩重感，尤其是對生命苦難的抒懷與沉思，那是一條孤寂之路，方路的詩就像獨自苦行的一個旅人，低調，灰暗，沒有展現傳承得（1959-）對大馬華人社會議題的那種火熱的抒情詩之進擊，或陳強華（1960-2014）對台式後現代的沉溺與模仿，也不像呂育陶（1969-）在都市文化和國族政治的糾葛中以實驗性的姿態崛起，當然，他不會為了急於成名而強行套用時髦的理論套路。他的詩，不受文學思潮牽動，孤獨地寫他自己想寫的主題，緩緩地發展他覺得稱手的技藝。讀方路的詩，必能感受到他的寧靜，節制，以及壓抑，還有形象感十分強烈

的雨勢，不是大雨，是一陣又一陣看似毫無殺傷力的微雨，靜靜下著竟能滴水穿石，終成氣候，細數馬華詩壇大將，絕對少不了他。

　　不管是什麼樣的讀者，一旦踏進方路的詩土，很難繞過瀰漫其中的雨勢，那是一座顯眼，又十分誘人的迷宮。雨的迷宮，迴異於馬華小說長年經營的——見林不見雨的——雨林圖象，它若隱若現，更像是一支伺機而動的背景音樂，連方路自己也不自覺的受困其中，帶著讀者一起淋雨。

　　從量化的統計結果來看，降雨區域的面積並不特別大，其實方路的寫作路線相當寬廣，從個人的自傳敘述、日常生活的心情隨筆、文人心境的抒發、城市空間的地誌書寫與氛圍建構，到國際局勢的感懷和批判，都有穩定的路線和比例，但他寫得比較動人，而且語言技藝較出色的詩篇，絕對不是〈致策蘭〉（2004）、〈致索因卡〉（2004）、〈魚骨天線——致佛羅斯特〉（2011）、〈波蘭邊境——致辛絲卡〉（2012）等對國際重量級詩人的閱讀札記；也不是〈伊朗的搖籃〉（2004）、〈連戰在穀雨初歇八日訪中國誌〉（2005）、〈一個孩子睡在利比亞的雞啼聲中〉（2011）、〈對奧沙馬最後逃亡地址的研究〉（2011）等較具新聞性的詩作；或許有人會認為是〈陳氏書院〉（1997）、〈茨廠術習作〉（1998）那幾首跟吉隆坡地方文化相關的地方書寫。地方書寫不過是學徒期的習作，方路將主要的創作資本，投注在以雨為意象系統的苦難書寫，從無意識到有意為之，早已累積出雄厚的資本額。隨手翻閱方路的詩集，皆能發現其詩藝較淋漓盡致的演出，往往跟「灰暗抒情」或「苦難敘述」有關，他通常會（習慣性的）為憂傷或苦難配上一些

雨，綿綿細雨，調校出幽深的意境、迴腸的節奏；這雨，也把應該遠放的視線擋住，收回來，成為明信片裡的詩化雨勢。詩化的雨，正好將哀慟稀釋到方路預設的程度，哀而不傷，言而不盡。若要從早期詩作中挑一個範本，〈母音階〉（2001）是首選。此詩不長，情韻飽滿，前四段著力在營建一種質樸的聽覺，寫得很清澈：

　　冬至

　　替母親錄製聲帶
　　一卷原鄉
　　帶有雨滴的音帶
　　像午後剛醒的啄木鳥在咳嗽

　　姪女放學回家
　　把書包掛在釋迦樹上
　　聽我們錄音

　　母親把閱歷堆積成長輩的骨節
　　如墳頭的硬度可敲醒幾頭打盹的野狗
　　聲帶在轉
　　時光的舌
　　臉上的魚尾紋長出植物的菌[1]

---

[1] 方路《傷心的隱喻》（吉隆坡：有人，2004），頁12。

卡式錄音帶本身即是懷舊的東西，又比黑膠唱片來得平民，它能夠隨機錄製生活的點滴，方路選擇用錄音帶來留聲，是個巧思，很能夠挽回遠逝的歲月。當然，此刻還得來一手溫馨、漂亮的，而且緊密的意象轉化，「母親把閱歷堆積成長輩的骨節／如墳頭的硬度可敲醒幾頭打盹的野狗」，母親的閱歷→長輩的骨節→墳頭的硬度，如此環環相扣，且形象感十足的筆法，很有說服力的詩化了母親繁複的生命歷程。「聲帶在轉／時光的舌」更是一組難得的多重譬喻，既有時光的意涵，也有說話的動作，時間流轉，記憶留傳。詩的最後一段也只有兩句：「我從母親口音中看到原鄉／像姪女在屋前聽到原聲雨。」[2]要是方路在詩末寫下：「看到原鄉」，就毀了，那是可預期的一般詩句。唯有聽到原汁原味的「原聲雨」，才是神來之筆，頓時昇華了全詩的聽覺層次，超越了刻板的歲月鄉愁、親子互動。方路特有的，靈光乍閃的詩才，在此一覽無遺。

　　任何細讀過方路詩文集《魚》（1999）和詩集《傷心的隱喻》（2004）的讀者，應該會發現方路的利器：二句式思維。一如上述分析的三組詩句。它們通常隱身於段落之中，往往肩負意境轉化、推波助瀾的作用。〈那天〉（1996）、〈時間的祈禱者〉（1997）、〈休息在一棵荳蔻樹下〉（1997）、〈大山腳詞匯〉（1997）、〈陳氏書院〉（1997）、〈魚〉（1998）、〈屋簷〉（1998）、〈墓前〉（1998）、〈沉默〉（1999）、〈井〉（2001）、〈針車〉（2001）、〈萬宜樓〉（2001）、〈煙花〉（2001）等多首短詩（以及由短詩連

---

[2] 《傷心的隱喻》，頁 13。

綴而成的組詩）都用上大量的二句式段落，在極短的篇幅裡糾纏著心靈的傷痕，編織出時光的纖維，由此釋放一些意在言外的，不可解或不必解的灰色思緒，以及詩歌語言的純粹光澤。這些詩作一字排開，還真有那麼幾分「短詩聖手」的架勢，在馬華詩壇難逢對手。篇幅稍長的〈荒涼的窗戶〉（1995）則是通篇運用，雖然用得不是很靈活，應該可視為粗胚般的源頭，有原創的生澀，更保有後來演變的基因。兩年後發表的〈陳氏書院〉是成型的樣本，視覺和聽覺都是三維的，語言剛柔並濟，有力，也有餘韻，其中最醒目的是雷聲——

> 　走進去的時候　　午後的幾句雷
> 　模仿從前打樁的回音　　跟隨進來[3]

書院的百年主體建築，當年用的應該是古早的木樁技術，有別於現代打樁的巨大聲響，方路對樁聲如雷的想像（或誤解），正好構成古今交會的畫面。再隔四年才發表的〈母音階〉，則是這一系列二句式思維的完熟版，歷經七年的磨練，方路終於很自然的將之融貫在詩篇當中，有時偽裝成 2+2+1 的五句段落，有時現身成獨立的一段，揮灑自如。

　　二句式思維有兩個巧妙的功能：「凝聚」與「彈跳」。基於幅員的狹窄，方路必須將靈感緊緊聚集，並完成在二句之中，讀來凝練，亦無贅字，顯得晶瑩剔透；然後蓄勢，用一種銜接度不高的彈跳，跳到下一組靈感，借由思維的小跨度斷裂所產生的縫隙，遂有

---

[3] 《傷心的隱喻》，頁 59。

了「言而不盡」的空靈效果。要是把話說全了，思維都跳接上了，便喪失空靈感和留白的詮釋空間。到頭來母親說了些什麼？是什麼樣的閱歷堆積成長輩的骨節？都不重要。表面上看來，方路煞費苦心錄製了些一美其名為原鄉的東西，其實沒半點具體的內容。或者說，方路根本沒打算要有具體的內容，他志在將母親的生命形象轉化為雨聲，或類似明信片的雨景。「原聲雨」才是〈母音階〉的終端效應，亦是靈感的起點與終點。言而不盡，是依隨在二句式思維背後的大戰略。

不盡，以便意在言外。意境才是方路當時追求的內容。

不盡，終究只能徘徊在故事的外緣。以灰暗抒情為主軸的方路，再怎麼寫都不會寫出完整的身世。

這是二句式思維的先天限制。

[2]

二句式思維普遍存在於《傷心的隱喻》，到了五年後出版的第二部詩集《電話亭》（2009），方路決定將之大規模開發成「二句成段」的「雙排扣結構」，作為全書的主要風格。看起來，這是合理的一步，卻危險。全方位或大規模的思維彈跳，首先犧牲的是邏輯，再來是敘事效能。

以《電話亭》裡的〈伊朗的搖籃〉、〈連戰在穀雨初歇八日訪中國誌〉，以及同系列的時事新聞詩來說，全詩通篇二句成段的「雙排扣結構」，多次斬斷了陳述的邏輯和連貫性，政治視野和批

判思維難以展現，只讀到點狀的巧思，缺乏深度與氣勢。且看這首描寫汶川地震的〈兩片凸鏡〉（2008），a. b.兩節（共十二行）是這樣寫的：「a.／菜館打烊／砧板在搖／／濺些土／濺些土／／很快失去了光／埋了自己的背景／／b.／有同學蹲在課室／以為是一次短暫的懲罰／／蹲久了／頭晃動／／地在轉／地在旋」[4]，乍讀之下很像新加坡詩人黃廣青的慣用筆法，之所以會產生技術層面的相似感，乃因為詩裡缺少了──黃廣青同樣缺少的──兩樣東西：痛的感覺（或悲憫之心），以及災難的毀滅感（或撼動感），如此一來，別人的苦難始終只是別人的，被詩化的策略隔了厚厚一層，沒了血肉的氣息。此外，通篇過於簡略的描述和輕快的彈跳，也未能昇華出意境，反而剩下詩句表層的趣味性。趣味性跟方路的生命情調是衝突的，它必須體現某個程度的灰暗色澤，畢竟寫的是苦難。另一首以家族移民史為題的長詩〈南洋淺水位〉（2004），也面臨相似的問題，全詩以「雙排扣結構」鋪陳了四十一段（共八十二行），雖偶有佳句，但歷史的大脈絡或小情節都在二句式思維裡遭到肢解，方路的創作主旨也因而流失。

　　「雙排扣結構」要用在對的地方，方路的詩才能展現應有的神韻，在這部詩集裡比較成功的例子是〈羊水的旅人〉（2004）。方路出生於檳州威省北部的瓜拉姆拉（Kuala Muda），一處沒沒無聞的小漁村，但這河口是他生命的起點，那是「我和母親共同擁有的

---

[4] 方路《電話亭》（吉隆坡：有人，2009），頁53-54。

羊水的河口」[5]。方路在〈羊水的旅人〉將兩個出生地——河口與
子宮——疊合在一起，河水疊合了羊水，兩者都是生命的上游，他
的返鄉之路遂有了涉羊水而上的深意，顯現出一種追念母親懷胎十
月的意味，這個疊合可謂天衣無縫。這還不夠，方路想進一步深化
羊水的寓意，加入輪迴的元素，讓羊水衍生出忘川的味道，特別是
第一節：

> 涉過水位時我想念十月
> 像九重葛繞過午後的牆
>
> 身體貼成窗前
> 明月光
>
> 我和醃好的背影玩迷藏
> 母親替我躲藏
>
> 野地上學習呼吸
> 呼叫輪迴
>
> 相隔一條河
> 我涉過水

---

[5] 方路〈羊水的河口〉，《單向道》（吉隆坡：有人，2005），頁 53。這篇散
文發表於 2000 年，比詩版的〈羊水的旅人〉早四年。

> 　母親藏在心底的羊水
>
> 　把心事擱成九重葛[6]

前世的靈魂過了忘川，潛入羊水，遂有了今生的肉身，有了今生的母子關係。成年後的孩子溯水而上，回到原初的所在（河口與子宮），羊水旅人企圖尋找、守護的，其實是愛和記憶。讀者在解讀（或純粹去感受）詩句彈跳所形成的縫隙時，羊水即是一道虛線在導引著詮釋的路徑，盛開如烈焰的九重葛（馬來西亞的九重葛最常見的是艷紅色），象徵著火宅或現世的生活據點，跟羊水形成今昔的對照。面對生活裡的諸多甘苦，母親選擇「把心事擱成九重葛」，沉默無言。在段落訊息與縫隙之間，方路注入濃烈的親情，讓這套雙排扣結構取得若即若離的牽連效應，不需要清晰的邏輯或敘事架構，即可完成心靈的構圖。情感是維繫方路詩句結構的核心元素，不可缺席。

　　前後兩部詩集在二句式技法上的運用，高低有別，處於探索期的《傷心的隱喻》反而能夠透過小篇幅的巧思，讓二句式思維取得有利的效應，晶瑩剔透的語言特質本來就不適用於議題式的、較具有情節長度的長篇詩作，所以在《電話亭》裡持續演化成「雙排扣結構」的「大寫的律詩」，反而不及舊作裡的「小寫的絕句」。不過，這項實驗是必須的，他不能讓方式絕句原地踏步，一定要朝律詩的方向走走看。

---

[6] 《電話亭》，頁125-126。

　　方路對絕句／二句式思維的倚重，在第三部詩集《白餐布》
（2014）裡起了變化，除了重新收錄的一輯舊作（來自《魚》的
〈天涯的邀請〉（1996）、〈南方澳〉（1997）、〈樹林車站〉
（1998）等九首方式絕句），新作當中只有〈魚骨天線〉
（2011）、〈關於鳥〉（2011）、〈關於魚〉（2011）等一輯七首
的短詩用上二句式，可惜技術並無吋進，可視之為上一場戰役的殘
部，依依不捨的盤踞在此。所幸它們並非《白餐布》的重心，〈父
親的晚年像一尾遠方蛇〉（2010）、〈像鄉愁一樣的殖民區〉
（2012）、〈寂寞手藝〉（2011）、〈七種意境〉（2012）、〈禿
樹討論〉（2013）等五首組詩，才是全新武裝的主力部隊，強勢地
展示了「方路 1.5」的蛻變軌跡與成果。箇中玄機，竟是減量使用
二句式思維，在段落裡以一體成型的陳述來呈現訊息容量較大的事
物，老把戲只用在幾處可以產生正面效應的地方，其實作用也不
大。〈寂寞手藝〉的第一節，見證了這項變革：

　　　　童年。我渴望和一個砍柴師傅學藝

　　　　循著年輪劈下

　　　　進行深層的分析

　　　　骨頭通常在裂開時溢出一股屬於江湖的痛

　　　　像師傅坐下來點煙時以斷過的臂複習斧具的疑惑

　　　　在暗色中對準光的實體砍去

　　　　精確而入

　　　　直到從師傅分裂的骨質

　　　　漸漸聽到一場雨

　　一種屬於命理的低語

　　砍柴唷
　　砍柴唷

　　童年時我渴望複習的一門
　　寂寞手藝。[7]

所謂手藝，說穿了，不過是一門靠勞力維生的生活技能。寂寞（冷門）手藝更糟，那可是一種沒落、低層、邊緣的人生境況。想學冷門手藝的，是找不到頭路的人；學會了手藝，往後的日子仍舊是一場苦難。砍柴、理髮、掘墓、耍蛇，其中三門是死路（理髮是熱門手藝，不該出現在這裡）。方路為何要處理這些絕望的人生？是因為它們符合他最拿手的灰暗抒情？還是他想借別人的身世來演練苦難敘述的能力？從技術層面來看，方路描述的學藝念頭是連貫性的，必須一體成型，連最適合彈跳的兩組句子都忍住，沒把它們處理成──「骨頭裂開時／溢出一股屬於江湖的痛」或者「師傅坐下來點煙／斷過的臂複習斧具的疑惑」，此外，他依舊保有虛實互換的描述，把手藝衍伸成命理：「漸漸聽到一場雨／一種屬於命理的低語」。苦命，道盡苦難者的絕望和認命。在這麼一段砍柴師傅的身世故事裡，方路忍不住引進──可以跟末句押韻的──雨勢，把苦難幻化為雨，是他的核心詩意。敘事比重的提高，改變了方路思

---

[7] 方路《白餐布》（吉隆坡：有人，2014），頁 26。

維的完整性和清晰度，在具象與抽象之間，取得較佳的平衡。這也是一門手藝。

[3]

　　哀而不傷，是詩意。言而不盡，則是迷宮找不到出口的原因。

　　兩者相輔相成，也互相牽制，構成方路外顯的灰暗抒情。這種風格會不會產生刻板化的危機呢？

　　鍾怡雯曾在〈沉浸在雨水或淚水裡的魚——感傷主義者方路〉裡指出：「方路的散文、詩和小說反覆書寫死亡、貧窮、病痛、對文學單純的追求，這些『事件』全都被壓縮在憂傷的『情緒』裡，事件是背景，情緒是核心，抽象的抒情營造出低靡的氛圍，雨則成為方反覆出現的主意象。實際上，雨在方路筆下並非單純的景，而是情感的外化，即情之所托」[8]。情感外化而成雨，天地皆淚，卻不聞哭聲，最初它可能是潛意識裡的雨勢，後來漸漸成為一種戰略性意象，在散文和新詩裡乍伏乍出，兩翼行軍，讓方路的創作如魚得雨，有了不容忽視的神采。方路在二〇〇五年的一場對談中提及：「『雨』的意象，自己在寫作過程中沒有發覺到，後來累積的時候，才發覺這是很重要的意象」[9]，隔年再經鍾怡雯明確點出雨的深意和功能，進一步廓清了方路的風格，也貼上標籤。

---

[8] 鍾怡雯《馬華文學史與浪漫傳統》（台北：萬卷樓，2009），頁249。

[9] 陳聯利整理〈前往春天的路上——方路與張惠思對談〉，收入方路《電話亭》，頁218。

風格標籤利弊互見，其弊端是侷限了讀者對詩作的詮釋向度。方路當然意識到這一點。

在上述那場對談中，他說過文學創作的三個階段：傷感、悲情、懺悔，而他正朝悲情走去，可能還沒抵達。五年後，在二〇一〇年的專訪裡方路再次指出：「文學創作要經歷三個階段，首先是感傷，其次是悲情，最後是懺悔」[10]，現在他「已開始要擺脫感傷，邁入悲情階段。……現在要處理一些悲情的題材」[11]，看來方路是執意往「悲傷－悲情」的方向走下去。悲傷和悲情，是苦難寫書的兩個表現層次，總結起來還是同一個苦難，雖然他提出了自己的一套說法，究竟是什麼樣的誘因令他離不開苦難，或者說，遲遲不捨得離開？迷宮深處，難不成是一個愜意的住所？

從第三部詩集《白餐布》（2014）的苦難書寫，可以歸納出五個發展成熟的核心元素：（勞苦的）父親、（亡故的）母親、（上吊的）二哥、（象徵的）雨、（歧義的）蛇。在〈父親的晚年像一尾遠方蛇〉一詩裡，五者俱全，是最完整的展示。以下是頭尾兩節：

a.

父親徘徊在母親雙穴墓前
以為自己是一尾遠方蛇
偷窺穴腹深不深

---

[10] 《電話亭》，頁218。

[11] 張慶祿〈專訪方路：創作如二次重生〉，收入《白餐布》，頁162-163。

泥土虛掩了整個早晨

剛好一塊碑石

懸空著遺像

碑面刻好祖籍生辰只差卒時的體溫

香爐還點著

去年的煙[12]

d.

蹲在懸空的遺像前

父親偷偷哭泣

像狗冰涼的鼻尖嗅一嗅墳邊野生菇

黃昏時從肉鋪推來腳車

掛好兩片剛燒好的花肉

在墓前睞了眼打瞌

點一根煙

構思暮色如何掩蓋晚年如蛇巢的

雙穴腹。[13]

這首詩的構圖原貌來自另一首〈父親的晚年〉（2007），但它比舊作有更豐富的句子足以構成同一系列詩作的索引，反過來說，它即是集大成的思父之作。父親的形象在最初的詩作裡，總是沉默、很

---

[12] 《白餐布》，頁 16。

[13] 《白餐布》，頁 17-18。

累、獨自點煙（這是父親最具象徵性的動作），他跟方路的互動極少，有深刻的愛，很疏遠的交談，更多時候是無言的相處。父親和方路在許多詩裡的疏離與互動，交織著彼此的身世，最後，晚年的他終於成為這首詩裡的「遠方蛇」——明明是這片野地的地頭蛇（這個家園的主人），感覺上卻像是從遠方而來，疏遠，陌生，連他自己都「以為自己是一尾遠方蛇／偷窺穴腹深不深」，試圖重新認識在地的一切，細細構思生前死後的疆界。此詩 a.節對父親的描述是靜態的，結合了墓碑，由慣性彈跳轉為相對連綿；到了 d.節，畫面裡每個動作幾乎都是前後連接的，父親的心理活動可以獲得相對完整的解讀。情感完整，情境完整，把身世講得比以往清楚的關鍵，是敘事。〈父親的晚年像一尾遠方蛇〉象徵著方路的詩，從「朦朧的灰暗抒情」，過渡到「有身世的苦難敘事」，其中扮演著關鍵性角色的「敘事基因」，並非一項遲到的技術開發，那是方路多年來低調經營的另一條路線。

[4]

　　方路的敘事路線一向不怎麼起眼，即便他再三用書名暗示了它的重要性。

　　書的命名，往往隱藏玄機，有時取自作者最滿意的單篇，有時呈現出涵蓋性的深意。《傷心的隱喻》、《電話亭》、《白餐布》，皆為單篇詩作的篇名（同時也是一輯詩作的輯名），既非得獎的詩篇，亦非階段性的代表作，它們卻有一個共同點：散文詩。

這三部詩集都有一輯散文詩，表現得中規中矩，卻大剌剌的佔了一輯（在《魚》裡頭也有五首散文詩）。三部詩集皆以三首／三輯不具代表性的散文詩來命名，必有深意，方路肯定在暗示些什麼。

　　《傷心的隱喻》有十五首散文詩，「傷心的隱喻」同時是書名、輯名、篇名，所以這首〈傷心的隱喻〉（2002）必須加以重視，它在詩集裡只排成六行：

　　　你。在夜間臥成垂直的橋。時光流過臉頰。長成
　　　兩岸淺淺石苔。你站在潮水漲過的欄杆。

　　　過橋嗎。
　　　就今夜。

　　　你從自己掌心看到斷掌。如站在剛退的河心。
　　　划過淺淺的夜。你。傷心的隱喻。[14]

讀起來，感覺像是二句式思維和正規散文詩的混合體，不過，彈跳（的抒情）和連續（的敘事）在互相拉扯、抵制，最終抵銷了方路短詩固有的優點，很難從中挖掘出重大的訊息，也看不出有何傷心之處。方路的命名玄機，應該不在其中。真正值得關注的是輯中篇幅較長的〈城隍廟〉（1999）和〈那年〉（2001），它們是正規的散文詩。座落於新竹市北門街和東門街的城隍廟，是全台灣最大的城隍廟，方路在〈城隍廟〉寫的是一次約會，前三段是這樣寫的：

---

[14] 方路《傷心的隱喻》（吉隆坡：有人，2004），頁90。

「城隍廟東門街口等我吧。／／你說／／城隍廟口延伸一條冗長的
巷廊。很疲倦的樣子。巷尾，你就在那裡打著臨時工，終日鑽入十
分傾斜的木梯，到地下室替滿室的冬裝衣服標價，然後給其他過季
的服裝找一個角落坐上一會兒」[15]，毫無疑問，這是敘事性較高的
散文詩，事件的情節敘述相當完整。〈那年〉則演練方路詩中罕見
的人物對話，寫的是一則男女感情的故事：「你指著一間店舖的門
匾，說：『1978，我在那年出生的呀。』／／那時雨還沒停，你手
上的鴨舌帽也沒戴上，讓雨珠弄濕了髮絲。我用相機的皮袋遮著額
頭，說：『我的年紀，快淋不起雨了。』／／你說：『1978 年
呀。』／／我說：『那年，我快上初中了，你才呱呱嬰兒學叫
呢。』」[16]，這首以對白為主的散文詩，接近小說，情節敘事比
〈城隍廟〉更加完整，完全不像方路的詩。然而，從〈城隍廟〉→
〈那年〉→〈傷心的隱喻〉的演化軌跡，卻能看出方路透過散文詩
來磨練各種敘事技巧，並企圖將原本經營的正規散文詩，跟二句式
思維結合，可惜未能產生新的面貌。《電話亭》裡的八首散文詩，
也有兩首是變種的，一是跟〈傷心的隱喻〉同年發表的〈瓜丁雨
景〉（2001），方路在視覺結構上放棄了前者的二句式思維，卻試
圖讓整首散文詩產生更細密的詮釋縫隙和靈感彈跳，全詩如下：

> 雨下了。馬來少女的胸脯在雨中晃動。她在街上疾走。因
> 為雨來了。街道弄得很濕。少女的身體也濕了，雨貼近她

---

[15] 《傷心的隱喻》，頁 92。

[16] 《傷心的隱喻》，頁 105。

的胸脯。曲線的胴體。髮絲。嘴唇。舌尖。紅暈乳頭。氣
息微喘。脈跳加速。她在雨中感覺到激情。像貼向一個日
思夜想的情人。雨。是激情之物。[17]

上述詩句，短的很短，長的也不長，方路幫每個句子都配上句號，
表面上阻斷了語氣的連貫性，造成閱讀上的停頓，其實語意卻是連
貫的──由窺伺者的念頭和少女的肢體動作所構成的畫面，自遠而
近，從整體到局部，最後轉入少女的內心（同時是窺伺者的臆
想），偶有彈跳，但綴連不斷。這種散文詩跟一般散文有明顯的區
隔性。在這個基礎上，方路又嘗試了另一首變種散文詩〈白蝴蝶〉
（2002），詩分兩大段，第一段是分行體（十三行），第二段是散
文體（一百字），全詩如下：

大廈管理員走過來。／在我背後站會兒問／寫些什麼。／
幾行字。我說。／今天是假日呀。／是的。我說。／上午
有車子載好多人到墓園。／是嗎。我問。／管理員搖了手
上整串鑰匙說。／快要鎖門了。／好的。我說。／寫完就
走嗎。／寫完就走。我說。

大廈籬笆外白蝴蝶繞出了夜色。我把身子更深更緊伏在桌
面上。管理員看到身影有些顫抖。踱步過來拍了我肩膀安
慰說。一個人也可生活吧。桌上有紙巾。別跪在地上。他提
高喉音說。我沒理會他。只寫幾行字。我說。我沒哭呀。[18]

---

[17] 《電話亭》，頁175。
[18] 《電話亭》，頁179-180。

第一段分行體由一連串的對白構成，稍稍接近日常口語，又很刻意的脫漏了一些字，顯然是方路要把它剪裁得失去真實感，在兩人的答問之間產生詩意，以免成為散文或小說極短篇。第二段減少了對白，畫面裡加入白蝴蝶，究竟是亡者的魂魄，還是「我」那幾行悼亡文字幻化而成的思念，都不重要，讀者可能感興趣的是故事究竟在講什麼？這個故事故意抽掉部分內部之後，會變得更有詩意嗎？從這座辦公大樓的管理員口中那句「一個人也可生活吧」，可以知道──管理員了解「我」失去伴侶的哀慟，這句話也暗示了「我」的伴侶亡故不久，時值清明（上午有車子載好多人到墓園），所以格外傷心，也格外令旁人擔心。比較奇怪的是「我」似乎沒去掃墓，留在假日的辦公室，只為了「寫幾個字」。這種表達思念的方式是很壓抑的，同時省略了大量的故事內容。此詩寫得迂迴，透過外圍訊息建構起來的，只有事件的局部，以及感情最抽象、最難以名狀的局部，方路總是言而不盡，但他提高了苦難書寫的敘事比重，還特別磨練了對白技巧。

對白技巧的極限實驗出現在詩集《白餐布》，在「白餐布」一輯中有九首散文詩，〈鬼魂〉（2012）一詩竟然由十七句對白構成，連一丁點的情境或情節敘事都沒有。人鬼對話要寫出幽冥的味道，很難，要幽默，更難。方路這項對白實驗並不成功。另一首〈筊杯〉（2012）也是如臨深淵，差半步就成小說極短篇：

> 在骨灰塔靈位前，聽到一中年男子問：「吃飽嗎。」擲兩個硬幣，著地時，一對皆花。男子喃喃自語：「還沒飽。」十分鐘擲一次，第八次了，兩個硬幣仍是花。男子

　　跪在靈位前，對著一張年輕女逝者肖像，流淚說：「我知
　　道你不願意吃，吃飽就再道別一次啊。」[19]

全詩就一段，方路以全知觀點特寫了男子祭拜亡妻的言行，一鏡到
底，直白的語言，再加上過於連貫的小說化敘事，無疑傷害了——
像〈白蝴蝶〉借由敘事縫隙所產生的——詩意。雖然讀起來感覺是
一則虛構的故事，仍不免讓人聯想到方路的父母親，有了這種可供
移情的元素，比較容易帶出一絲招牌的感傷味道。至於敘事和詩意
之間的調校失衡，不妨視之為警訊，或散文詩寫作的底線。作為書
名和輯名的〈白餐布〉，已越紅線，少了感傷元素的支援，剩下虛
無的畫面。

　　方路從一九九二年至二〇一二年，至少發表了三十七首散文
詩，其中八成作品的詩質掌握是相當理想的。這批散文詩肩負的——
——敘事技術的移轉——任務遠大於它們自身的藝術水平，況且作為
敘事語言的練兵校場，損傷總是難免。在研究方路對苦難敘事的經
營（特別是二〇一〇至二〇一三年間發表的幾首篇幅較長的組
詩），絕對不能忽視其散文詩的創作。

[5]

　　不管在散文詩或一般詩，方路在詩裡習慣性的壓抑了苦難敘
事，言而不盡，或許是為了營造空靈感，導致故事陳述的不完整，

---

[19] 《白餐布》，頁75。

甚至形成迴圈，不得不反反覆覆的去書寫它；又或許是方路始終還沒準備好去面對它，把生命中的苦難完完整整的一次性的挖掘出來。所以每次只寫一點點，便打住。

對身世的壓抑，已成為方路寫詩的基本姿態，好比習武者久紮的馬步。

如此一來，詩的發展性也遭到間接的壓抑。

要是把觀景窗從散文詩轉移到散文，立即讀到相對完整——其實也是超濃縮——的童年方路：「拾荒。對一個稚童來說，像在自己延伸的想像中尋求無法兌換的現實。我的童年小徑，從拾荒的記憶開始。雞舍、牛車、廟埕、騎樓、菜巴剎、魚市場、垃圾堆沾滿濃烈的酸味、腥味、腐蝕味、發霉味⋯⋯，緊緊抹成記憶底色，釀成成長中的體味。漫長無邊的拾荒日子，漫開了童年淡景，也掀開我長大後不時回過頭張望的一束回憶」[20]。在這一輩的馬華作家裡，恐怕沒有第二個人遭遇過「方路等級」的苦難，童年的困苦只是一個很小的開端，更錐心的傷痛還在後頭。〈三十九歲的童年〉（2004）是最清晰的自述，「陳述了方路生命中一段無法忘懷的貧窮與苦難。絕境中掙扎求存，匱乏的物質條件，長年累月地在方路內心積累成一層又一層的感傷厚土，漸漸成為面對現實世界的一種態度。雖然我們無法論斷童年對創作者的影響有多大，甚少可視之為作者人格和創作風格塑成的重要原因之一」[21]，可是在方路詩

---

[20] 方路《單向道》（吉隆坡：有人，2005），頁102。

[21] 《馬華文學史與浪漫傳統》，頁261。

裡，找不到類似的作品。

身世是苦難寫作的資本，在方路早期的灰暗抒情裡，總是蜻蜓點水般帶出一些情境，然後就外化為雨，該說的都在說與不說之間，含糊過去。資本的實質支出（或耗損）是極少的。後來的苦難敘述雖加重了身世的曝光比例，人物的輪廓、心理、事件，都有了較清楚的描述，仔細讀來卻發現許多跟身世相關的傷心事只寫了結局，或者把同樣的結局寫了兩三次，至於事件的來龍去脈，始終不願的交代。言而不盡的負面效應是壓制了方路對身世的釋放，不管他是為了製造留白的詩意，還是不願意面對一些事情的全貌。根據方路的長程寫作策略——「首先是感傷，其次是悲情，最後是懺悔」——歷經二十二年才進行到悲情，太慢了，要寫到哪一年才開始懺悔呢？這場雨，還要永續經營嗎？儘管它是那麼的迷人。

方路應當釋放多年來壓制在心底的悲情，一次過，透透徹徹完完整整的進行他的苦難敘事，以及預告中的懺悔，寫下一部里程碑大作，從此讓所有的文字從雨的迷宮撤離，完成並告別「方路2.0」。

[2016]

現實與想像的土壤

（1957-1969）

前　言

　　斷代，是文學史論述非常重要的問題。二十世紀馬華文學史在不同的評論家手裡，因史觀或理念的差異，前後出現了許多斷代的版本。各家的斷代是否成立，不能光憑幾篇論文的滔滔雄辯，就可以定案。它至少得透過一部數十萬字的文學史，或者一套數百萬字的文學大系，才能有效展現具體的輪廓，讓其他研究者得以清楚地評量各文類創作成果與時代思潮的相應程度。當然，這輪廓是主觀的，可以不斷修正的，畢竟沒有人能夠讀遍所有的出版品，而他所服膺的美學理念，將產生決定性的主導力量。不管如何斷代，有兩個歷史性的時間刻度無從迴避：一是日本對大馬的侵略戰爭，二是獨立建國。一個國家政治局勢的演變，對文學創作的影響是無從估

計的，尤其戰火和改朝換代這等大事，所有文人都不會輕易錯過，它也不會輕易放過所有的文人。古往今來，都是如此。

一九四一年，這個馬來亞半島淪陷在日軍刺刀下的時間點，自然被視為馬華文學史的非常重要分水嶺，以散文來說，方修主編的《馬華新文學大系・（7）散文集》（新加坡：世界書局，1971），收錄的作品從五四新文學運動以降，到大馬淪陷為止（1920.01-1941.02）。同年出版的趙戎主編《新馬華文文學大系・散文（1,2）》（新加坡：教育出版社，1971），則以戰後二十年為編選範圍（1945-1965）。方修後來續編（未完成）的《戰後馬華文學大系》亦始於一九四五年。被日本軍政府侵略的三年零八個月，對大馬華人的生命和財產，造成很大的傷害，戰後大量反映在社論和創作題材上面，同時催化了追求獨立建國的思潮。這三年零八個月的國家創傷與文學創作的「真空期」，絕對可以成為重要的斷代刻度。

其次，當然是獨立建國。如果從日後的多元種族政治的發展結果，來回顧二十世紀的馬華文學，獨立建國的影響遠比戰火更為深遠。馬來族群在建國後取得壓倒性的政治優勢，而且逐年增長，他們透過各種不公平的經濟和教育政策，蠶食、壓迫華裔的生存空間。當馬來政權將馬來文文學定位為國家文學（Sastera Nasional）或國民文學（Sastera Kebangsaan）之際，馬華文學便徹底失去所有國家資源的援助，在惡劣的發表及出版環境底下，兀自奮鬥了五十年。從馬來西亞文學版圖的結果論來看，一九五七年獨立建國是另一個重要的斷代刻度。

馬華文學史的論著，目前只有方修《馬華新文學史稿》、《馬華

新文學簡史》、《戰後馬華文學史初稿》和楊松年《新馬華文現代文學史初編》等幾部專著，但其有限的篇幅以及對散文的忽視，無法完滿地呈現馬華散文發展的脈絡。反而是趙戎主編的《新馬華文文學大系・散文（1,2）》，能夠做到這一點。趙戎為散文卷撰寫了兩篇合計三十三頁的導論，大略交代了戰後二十年來馬華散文的發展趨勢，以及重要作家的作品評析。更重要的是：趙戎根據各散文家的重要性，選錄不同篇幅的佳作，創作質量較高的苗秀、韋暈、杏影、王葛、慧適、憂草等六人，都在十篇以上。這套拒絕「齊頭並錄」的選本，充分表現出主編對當代散文的評斷。即使不加論述，從入選作品的質量，即可讀出一個散文史的輪廓，和主編的史觀。它比一部文學史的「散文概述」或「簡介」，更有價值。後來的讀者要了解獨立初期的馬華散文，這是最好的選擇。

其後，又有碧澄主編《馬華文學大系・散文（一）1965-1980》（吉隆坡：彩虹，2001）和小黑主編《馬華文學大系・散文（二）1981-1996》（吉隆坡：彩虹，2001）。這兩卷散文，以作者自行提供稿件的方式來編選，每位作家一至三篇，拼湊成書，先天上就失去大系（或任何選集）的功能和意義，只能視為一套龐雜的自選集或大合集。這種蜻蜓點水和大拜拜的編輯成果，完全失去研究價值，遠不及趙戎主編的《新馬華文文學大系・散文（1,2）》。

一、大系的視野

獨立初期馬華散文的宏觀輪廓，主要呈現在《新馬華文文學大

系‧散文（2）》（以下簡稱《大系散文（2）》），趙戎的〈導論（二）〉如此評析戰後第二個十年（1955-65）的馬華散文創作：「馬來西亞的青年是份外熱情底，比任何國家的青年也顯得更突出更奔放。在文學界方面也是如此。所以我們的青年散文家當中，如王葛、慧適、憂草、白荻、魯莽、高秀、林綠、莫河、端木虹、林瓊、夢虹、君紹、梁誌慶等等，都有優良的表現。他們都是可尊敬的青年人，有著火熱的感情，通過筆端底細緻刻劃，抒發胸中的希望與信念，創作了無數的優美底篇什，使散文界大放異彩。我相信這些作品與中國或別國的並列而無愧色底。另一方面，由於我們的散文家都是土生土長的一群，他們誕生在這熱帶的土地上，在這裡養育長大，自然而然地對當地的一山一水，一草一木和各民族的生活風俗習慣，有了深刻的關係和不可磨滅的感情。他們熱愛這裡的一切，所以在字裡行間流露出真誠的無限的激情。」[1]

　　從上述這段文字，可以讀出兩個訊息：

　　（一）高度的自信：趙戎對當時馬華散文的水平充滿自信，相較於中國大陸和海外各地區，也「無愧色」。當時大陸文壇正值十七年時期，政黨機器牢牢操縱著散文和雜文的創作，遭受政治力干擾，再加上意識形態掛帥的散文，水平自然低落。趙戎的自信在面對中國內地散文概況時，有相當的根據；但較諸同期的台、港散文，恐怕不是如此。總的來說，趙戎對馬華散文的高度評價，沒有太大的偏差，因為他的用詞是「無愧色」，而非凌駕他人之上。

---

[1] 趙戎〈導論〉，《新馬華文文學大系‧散文（2）》（新加坡：教育，1971），頁2。

（二）對土地的熱情：趙戎對創作主體情感十分看重，尤其這十年正值全國人民高呼和平獨立建國，並高倡「愛國主義文學」的時期，作家們高亢的寫作情緒直接投映到創作素材和抒情筆調上面，於是在現實主義風行（主要在新詩和小說）的時代，散文創作卻出現大量的抒情文章，特別是對大馬風土文物的詠嘆與記述，蔚為大宗。無論從文學大系所收錄的散文來檢視，或直接翻閱王葛、高秀、林潮、憂草、魯莽等人的文集，結論都一樣。

趙戎在卷中大量收錄抒情性較高、描寫鄉土風情的文章，連唯美散文都有很高的比例。他在〈導論（二）〉的結尾處強調：「第二代的馬華散文作家，他們都是土生土長的。他們對熱帶的土地有著真摯的愛情，就像一株植物在這裡生了根，開枝發葉，是不可以移易的了。他們的愛國主義底精神，就反映在愛鄉土，愛人民，愛風物底篇什上。這將長遠地影響我們的廣大讀者群，促進他們擁抱這塊土地，昂揚熱愛家邦底浪潮。」[2]

根據自己的審美角度，趙戎為戰後到獨立初期的馬華文學，勾勒出一幅美好的版圖。大系成書至今，經過三十幾年的世代交替和沉澱，加上我們對各國華文文學的交流與研究，是時候重繪一幅有別於趙戎的散文史版圖。從獨立後五十年往回探索，在眾多文獻的回顧過程當中，趙戎的散文卷依舊扮演著最吃重的角色，尤其由他主編的史料卷，更是一部令人欽佩的大書，對馬華文學研究有很大的幫助。

---

[2] 《新馬華文文學大系‧散文（2）》，頁 21。

　　二〇〇七年秋天在台灣出版，由鍾怡雯和陳大為主編的《馬華散文史讀本 1957-2007》（台北：萬卷樓，2007），從「精神層面」承續了趙戎《大系散文（2）》的編輯成果，再加以修正、擴大和補充。此選集收錄獨立後的三十家（特別收錄獨立前的兩家）散文創作，另附上十萬字的導讀和論文，從三個角度呈現獨立後五十年來的馬華散文發展面貌和成果。這套厚達一千兩百頁的《馬華散文史讀本 1957-2007》（以下簡稱《散文史讀本》），雖不取大系之名，但格局上仍以大系為基準，只不過它選錄的家數更少、更精要，每位入選散文家的篇數都在四篇以上，最多可達十七篇；沒有足夠的個人篇幅，無法有效判讀出一家之言。其次，每位入選者皆以其最具代表性的散文集為主要選稿對象，所以這是一套以文集為里程碑的散文史讀本。它同時具備大系和讀本的兩重功能，以二十一世紀的閱讀品味，重新檢視五十年的散文風華。

　　《大系散文（2）》卷中入選篇數最多的，首推：王葛（14 篇）、君紹（6 篇）、苗芒（7 篇）、林潮（6 篇）、慧適（13 篇）、憂草（9篇）、魯莽（9 篇）、沙燕（6 篇）。上述八位名家的散文語言功力，在當年確實已達到「無愧色」的水平。趙戎所選的文章，在他們的個人散文集中，都算是優選之作。不過，五十年後讀這些舊作，有些當初以語言的唯美和抒情風取勝，偶爾強行植入人生哲理的省思，或努力營造出某種隱寓於萬物之中的思想深度，反而顯得膚淺的散文，難免要重新評價一番。王葛為一代散文大家，其散文多為短篇抒情感懷之作，對事物投注的情感，以及所謂的「哲思」，往往止於表面，無法進一步深化或擴展筆下的主題，優美有餘，血肉不足。

林潮、慧適、憂草三人亦偏好以抒情之筆，詠物寫景、寓哲明理，慣以情感牽動敘述，常有佳景佳句，獨缺動人的元素。魯莽的文字比前述四人猶勝一籌，〈苔蘚〉、〈鷹〉都是不錯的文章，在意象運用和細部修辭方面，十分出色。趙戎給他的評價很高，趙戎覺得魯莽的作品，「有一種濃厚的凝煉的氣氛，至於詩的情愫底豐滿，尤其是餘事了古人說『無隻字虛語』，魯莽是可以當之無愧的」[3]。不過魯莽華美的文字少了穿透力，除了上述兩篇之外，其餘作品如〈翡翠帶似的多情河〉就犯了華而不實的毛病，空有佳句如天馬奔馳，卻少了令人佇足、回味的事件或情境，十分可惜。

這幾位散文名家的情感模式，相當類似，主要維繫在敘事主體與客體之間的，是一種平和、穩定的情緒，主客體之間嚴重缺乏真正有意義或有作用的事件或情節，更鮮見其他人物角色的參與（形同路人甲的「佈景式人物」不算）。換言之，他們對寫作懷抱的熱情，僅僅投注在某些風土景物上面，很難讀到作家自己的故事，更別提故事中的人、事、物。唯有纏繞在事件裡的情感，因主客互動而產生的情緒波瀾，才能有起伏和深淺的變化，從中讀到作者的真實性情和思緒，如此方能動人。當時的唯美散文，在語言技藝的表現都有一定的水平，偏偏欠缺這個重要的元素，使得彼此間的抒情風格與選材日益接近。更可怕的是：此乃當時眾多散文作家的通病，趙戎的《大系散文（2）》很忠實地反映了這個現象。

---

[3] 《新馬華文文學大系・散文（2）》，頁 12。

二、歷史與現實的關照

再大的大系也會有漏網之魚，不幸被《大系散文（2）》疏漏的是伊藤（本名汪開競，1912-1976），他的《彼南劫灰錄》在《大系史料》卷裡，列入「散文・雜文」類，在此類目底下再界定為「雜著」，實在令人不解。趙戎既然在《大系散文（1）》收錄了抗日份子惠斌的戰爭記實散文〈我怎樣在敵人的刺刀下生活〉（1947），理應能夠接受文學性更高、文筆更佳的《彼南劫灰錄》。

《彼南劫灰錄》（檳城：鍾靈中學，1957）不但是獨立後出版的第一部散文集，更是一部反殖民的「歷史散文」，它非常精彩地再現了檳城一地被日本軍政府統治的悲慘歲月，無論從文學或歷史角度來看，都是一部深刻地關照著國族歷史浩劫的散文佳作。

一九四一年十二月到一九四五年八月，日軍佔領馬來半島之後，開始對中日抗戰期間大力支持反日活動的華人社會施行「大檢證」，逐一清算舊賬，大規模逮捕與屠殺涉嫌抗日的華人。尤其那些有名的籌賑抗日份子及其家屬，更是抄家滅族，連那些跟他們打過交道的友人也一併遭殃，此等惡行當時稱作「瓜蔓抄」。僅僅檳城一地，被屠殺的百姓就多達一萬至一萬五千人；不幸殉難、下獄或逃亡的知識份子不計其數。「逃亡」和「悼亡」遂成為戰後初期馬華文學非常重要的主題。當時的悼亡文章分兩大類別，一是悼念殉難的文友，一是悼念遍及馬來亞各地的大屠殺。這些文章見證了日據時代殘暴的軍國主義政權，以及截然不同於英殖民的苦難經驗。

汪開競（伊藤）曾在一九四六年寫下〈鍾靈中學員生殉難記〉，

記述了那場親身經歷的牢獄之災，並哀悼因此殉難的數十位鍾靈師生。後來，他正式用「伊藤」為筆名，以《光明圈外》為題，在一九五四年的《南洋商報‧商餘副刊》發表一系列以日據時期的檳城為主的歷史散文。這系列散文，於一九五七年九月正式結集成《彼南劫灰錄》（列為趙爾謙博士主編的「鍾靈叢書」第二種），是馬來亞獨立後出版的第一部華文散文集。

專精於中國古典小說的伊藤，曾以史家的眼光評述《水滸傳》，結集成《舊小說新談》（南洋報社，1954）一書。從水滸傳奇的評述，到彼南劫灰的紀錄，伊藤試圖以史家之筆，融入散文的意境，寫下這部反殖民的《彼南劫灰錄》。

伊藤在〈後記〉裡表示，如果此書能夠在日本投降之際立即出版，在飽經戰火憂患的星馬人民心中，會留下更深刻的印象。事隔十年，世局已變，在檳城各大商行裡充斥著東洋貨，人們似乎早已忘掉「彼南時代」的一切慘痛經驗。他始終認為歷史是最可貴、最無私的紀錄，他並不仇恨日本人，他痛恨的是日本軍國政府的法西斯和武士道精神。他最憂心的是日本降軍自昭南島（新加坡）撤退時，居然公然聲稱：「日本將在三十年後重回馬來」，一向缺乏憂患意識的馬華社會，恐怕不會牢記歷史的教訓。他於是決定寫下彼南的劫灰錄，作為警世之言。[4]

伊藤的遺憾和憂患，造就了一部出色的歷史散文。

歷史散文有別於一般史料或純散文，它必須在記述客觀史實的

---

[4] 伊藤〈後記〉，《彼南劫灰錄》（檳城：鍾靈中學，1957），頁191-193。

同時，維持一種敘事語言和手法相對柔軟的散文筆調，萬萬不能僵化成冷硬的史料，畢竟它是散文。歷史散文可以自由呈現主觀情感的收放起伏、個人的生活見聞和文化視野，並關注大敘述夾縫裡的小事件（這些小事件正是大歷史的局部見證）。

　　正因為經過近十年的沉澱，此書的敘述文字並沒有像李冰人等戰後作家懷抱著巨大的仇恨，在雜文、散文和小說裡肆意重現刀光和傷痛。伊藤在悲慟的敘述中，保持理性的距離，同時兼顧到修辭與書寫策略、情緒鋪陳、史料轉化等重要創作要素，沿著歷史的時間軸線，透過親身經歷的見聞，逐步重現那個無法遺忘的時代——從百姓對英軍的高度信賴和失望、被日軍佔領的苦難日子，到二戰結束後的社會光景。

　　伊藤在〈一個政權的消滅〉捕捉了最關鍵的時刻——投降。這是考驗民族人格或情操的關鍵時刻，諷刺的是：「那些平日高談抗日救國論者，大約也都溜之大吉」[5]，只剩下被謠言和新聞弄得昏頭轉各的小老百姓。身為殖民地居民的華人，在國族存亡的情緒上，有一種迂迴進退的空間，反正腳下這塊異邦土地原是英國人統治，向日本人投降並不是那麼恥辱的大事。於是昭南當地的「各民族治安維持委員會」發布了主動升白旗的公告，以安民心。伊藤以戲謔的筆法，刻劃了華人居民的心理／心思：

　　　　看了布告，大家心裡雖然比較安定了，可是其中「升白旗」
　　　　一項，在居民眼中，倒還是新鮮的把戲。飽經憂患的人們，

---

[5] 《馬華散文史讀本 1957-2007（卷一）》，頁 15。

他們認為舊主人既已離開，新主人登台，自然應該表示一點
歡迎的意思。他們的意見倒很能夠代表一般中立派，換爺換
娘不相干，只要誰有奶就算了。比較看得嚴重一點的是華人，
尤其是一般知識份子，他們說升白旗就是等於投降，是一種
恥辱，但是他們不願意投降，至少他們還沒有投降的意識，
所以反對升白旗。這兩派人也偶然來個爭論；至於商人呢，
卻大多數傾向前者的主張。

然而不管你願意不願意，白旗終於升起來了。因為人總是怕
死的，何況認真說，紅毛撒了爛污，要叫棄兒們頂缸，道理
上也講不過去。好得做一面白旗再簡單不過，也花不了幾分
錢。

但是日本飛機仍舊繼續來炸，似乎並不曾因升了白旗而停
止；也許是他們在高空看不清楚，於是維持會又再貼出布告，
叫市民改升大一點的白旗；他們又在關仔角大草場上，升上
了一面大得出奇的白旗。白旗升上之後，象徵英國一百年來
統治本嶼，已經壽終正寢。[6]

伊藤散文的語言乾淨俐落，且能因應事件情節來調整柔軟度，無論
針砭或譏諷，都有不同的神采。上述有關投降的一幕，短短四百字，
即能看出各階層華人的心思和面貌，悲壯的抗戰終究沒有如中國般
展開。也許正是長年研讀章回小說，伊藤一方面能夠很細膩、逼真
的勾勒出彼南人民的心理，同時又能夠宏觀地架構出彼南的社會脈

---

[6] 《馬華散文史讀本 1957-2007（卷一）》，頁 16-17。

動（並記錄了當時的一些慣用方言和中文語彙），讓這本隨時被誤認為雜文或史料的書，得以跨入歷史散文的藝術境地。

曾在一九六〇年代受教於汪開競的李有成認為，這是「一部淪陷時期檳城的社會史」，「全書對日本統治者的蠻橫暴虐固然語多撻伐，對日據期間形形色色的眾生相也頗多描繪，其中包括了趁火打劫的所謂『亂世英雄』、神通廣大的『文化人』、在《彼南新聞》中大發偉論的『彼南紅人』、各民族協會的領袖新貴、檢舉無辜同胞的冒牌『地下工作者』、在大肅清中出賣親友的所謂『新女性』等等，群丑亂舞，不一而足。」[7]

《彼南劫灰錄》共收錄四十四篇長短不一的系列散文，跟當時一般散文集將零散篇章結集方式不同。這些散文雖然發表在獨立之前，但《彼南劫灰錄》作為一個整體，卻出版於獨立之初。一九五〇年代末期出版的散文集本來就不多，此書在敘述手法、語言風格、題材視野等方面的整體表現，都十分突出，絕對足以位列馬華散文名家之林。可惜，這部可遇不可求的歷史散文，竟成了《大系散文（2）》最大的遺珠。

收錄在《大系散文（2）》的眾多散文家當中，苗芒（本名黃友吉，1935-）應該是最出色的一位。出生於新加坡，在馬來西亞長大的苗芒，在中學時期開始投稿，十九歲便出版第一部散文集《熱愛》（1954），這時期的散文偏向於詩化的語言經營，充滿青少年特有的

---

[7] 李有成〈《彼南劫灰錄》五十年後〉，《南洋商報·南洋文藝》（2007/06/07, 14），後收入《馬華散文史讀本 1957-2007（卷一）》，頁 319-328。

熱情，但生活經驗的侷限影響了敘事的深度，文評家苗秀曾以社會寫實主義的角度，指出少年苗芒的缺失，並希望他「不再限於寫出個人的失意、憂鬱、苦惱，甚至描寫一些身邊的瑣事，應該把自己的感情和大眾的感情連結起來」[8]。創作力十分旺盛的苗芒，兩年後出版了《堅守》（1956）一書，努力嘗試一些寫實性的社會素材，擴大了原來的敘事視野，抒情風格為之一變，亦成為馬來亞獨立前最耀眼的散文新秀。

翌年，苗芒考上南洋大學中國語文學系，中國經典文學的薰陶和磨練，對苗芒的寫作技巧起了一定的作用，大學期間的散文創作更上層樓，第三部散文集《銅鑼聲中》（新加坡：青年書局，1959），可說是馬來亞獨立初期，最優秀的出版品之一。它充分表現出苗芒在散文創作上的天份和詩歌方面的潛能。

如前文所述，獨立前後最著名的散文作家王葛、君紹、林潮、憂草、慧適等數人，都習慣在詠物或抒情中，植入人生哲理的省思，企圖營造出某種隱寓於萬物之中的思想深度，頗受主流評論的肯定，且在彼此相互效仿之下，蔚為風潮。趙戎在《大系散文（2）》的導言中討論到王葛散文時指出：「作者用簡單的詞彙寫出不簡單的句子，裡面包含了人生哲理，而且也是活生生的現實生活底刻劃。然而，這些不過闡明了足跡與人的關係，作者還有更好的佈局，由一隻蝸牛留下的足跡得到啟示」[9]，便是此類散文最典型的思維模式。

---

[8] 苗秀〈新人的氣息〉，《文學與生活》（新加坡：東方文化，1967），頁 84。

[9] 《新馬華文文學大系・散文（2）》，頁 3。

然而，這些哲理或寓言式的書寫，往往是作者刻意為之，只能逼出或拼湊出較短小的篇幅，成不了大文章；況且大家路數相似，風格的辨識度並不理想。

　　苗芒是少數能夠避開文壇陋習，成就另一番散文風景的新銳作家。〈山風〉（1957.11）和〈墳墓〉（1957.12）都是相當詩化的散文，前者擺脫了哲理設計的窠臼，專注於意象的創造，如文中這段：

> 虎虎，又來了。難道光只是山風麼，會有妖魔騎著怪獸在山風中騁馳吧？若是有，將該不止一個。他們青面獠牙，利爪長髮，一路嘻笑著，爭吵著，哭號著。他們從什麼地方來，要到什麼地方去？他們一定飛得低低，喳，那騎掃把的尖鼻子女巫，是不是她的掃把擦過我們的屋頂啦？怎麼他們沒來抓我，我是厭惡妖魔的人呀！他們可以很輕易地手一招，我就從床上奔向他們去，或者每個吃一塊，算是小點心，或者嫌滋味不好，吹一口氣，我就深葬在山谷裡。[10]

豐富的想像力落實在字裡行間，從瑰麗的奇想繞進國族歷史和現實人生的苦難，再重返如風狂舞的思緒中，敘述結構的巧妙設計令情景得以相融。後者則透過對墳墓的恐懼來談論生死，冥想與哀傷在段落轉折間力保平衡，最後寫到血泊裡的親人，亦能舉重若輕，讓這片看似虛構出來的墳地，在文章收尾處多了幾分真實的情感重量。

　　〈美麗蔴河日夜流〉（1958.03）是苗芒從抒情轉型到社會寫實風的過渡性作品，真正成熟的是〈銅鑼聲中〉（1958.08）、〈後巷〉

---

[10]　《馬華散文史讀本 1957-2007（卷一）》，頁 64-65。

（1958.09）和〈不再出現的人〉（1958.09）等現實主義色彩較濃厚
的篇章，各種人物的聲情和舉止，都形塑得非常生動、準確。

　　出身貧窮的苗芒，在《銅鑼聲中‧後記》裡說：〈銅鑼聲中〉寫
走江湖賣膏藥的人如何以自己的割肉流血堅持著要生活下去，而他，
同樣以自己的痛苦和悲哀來寫出自己的作品，呈獻在大眾面前[11]。
黃孟文和徐迺翔在《新加坡華文文學史初稿》（2002）裡，如此評論
苗芒的散文成就：「苗芒散文在描寫對象上，主要是關注社會下層
人民群眾的生活和際遇，像臭水溝、亞答屋、咖啡棚、甘榜，充滿腥
味的小島、錫礦、膠林、椰林等等，具有新馬地方特色的下層群眾
生活的具體環境和素材」[12]。在新馬文壇舊有的現實主義視野底下，
唯有低下層人民的生活才是值得書寫的生命現實，類似的文章比較
容易受到主流論述的肯定。但苗芒對現實苦難或生存情境的書寫，
並非僅僅為了響應現實主義的理念，更多是出自本身的生命閱歷和
感受。如果苗芒沿著〈山風〉的筆法和思想架構一路寫下來，或有
陷入虛無飄渺的空洞化危機，此類文章很快窮盡。讓詩化的語言和
想像，回到現實生活的軌道，才能夠提昇苗芒的創造力。

　　在〈銅鑼聲中〉苗芒將語言調整到鄉野奇譚的說書腔調，他準
備講故事。這是一個敘述性較高的主題，不再是冥思狂想，他得借
助文句長短和節奏緩急的變化，來搬演一段跑江湖的血淚人生，還
得讓筆下的鄉野和村夫帶上一股真摯的土味，和空間的立體感。當

---

[11] 苗芒〈後記〉，《銅鑼聲中》（新加坡：青年書局，1959），頁 105。
[12] 黃孟文、徐迺翔合著《新加坡華文文學史初稿》（新加坡：國大中文系／八
方文化，2002），頁 115。

描寫到江湖賣藝的老人，為了兜售自稱有療傷奇效的祖傳藥油，苗芒就給他這麼狠狠的一刀：

> 老人刀子一抽動，先是一道紅線，一眨眼如河堤崩潰，血湧出來了，分成幾道支流沿著大腿向下流。空氣變成固體。小姑娘的手指更用力地交捏住，像要把它捏碎，那雙眼睛，茫然神失地一轉也不轉。我們從來沒有看過這樣的眼睛，我們看過濕潤的，有看過含泡淚水的，有看過淚珠一串串掉落的，我們從來沒有看過這樣的眼睛。老人還不肯停住，讓血任意的流，浪費的流，看著自己的血，看著觀眾緊張的神情，他再往上多加一刀。這時小姑娘已經很快地打開一罈海狗油，倒在她爸爸的大腿上，老人才拿一塊布（滿是血漬的布！）拭去大腿上的血。血不流了，是海狗油的效力呢，還是血都流完了，我們不知道。空氣慢慢開始溶解了。有如經過一場風暴，人們這才鬆了一口氣。[13]

銅鑼、叫賣、拔刀、揮刀、濺血、嘩然，和不忍的心跳，層層交織出一片窮困的、令人驚心動魄的江湖。那絕對不是為寫文章而虛構出來的馬戲，是真實世界裡真實的肉身和傷口，讀起來特別令人心痛。

〈銅鑼聲中〉是馬華散文的頂尖作品，不但經起得起歲月的考驗，比起朱西甯的小說名篇〈鐵漿〉，也絲毫不遜色。苗芒的現實書寫，沒有偽情造文的痕跡，全是生活閱歷的轉化，有真實的生活感和在地感，歷經數十年的世代交替，各種主義彼起此落，如今讀起

---

[13] 《馬華散文史讀本 1957-2007（卷一）》，頁 82。

來仍舊是擲地有聲。

　　人生現實與家國歷史的關照，都是很深刻的寫作命題，缺了伊
藤的歷史散文，是《大系散文（2）》的一道傷口，所幸趙戎沒有錯過
苗芒的寫實散文[14]，否則全書便淹沒於抒情性哲理散文的華美辭藻
當中。

三、評價的修正與補遺

　　趙戎雖然在《大系散文（2）》收錄了沙燕（本名陳桂，另有筆名
莊牧，1940-）六篇散文，但其評價卻略有貶意：「作為一個散文家，
他的筆鋒，最好能夠自創一格，不要一味仿傚別人。當然，這非經
過一番苦練不可。用自己的技巧寫出自己的心聲，這是身為寫作人
起碼的態度，無論自己的技巧一時尚未成熟也好，在創作實踐中，
總會凝成自己的手法與格局。沙燕就是這末的一個追尋者。而且，
他的追尋已達到某一個良好的階段」[15]。言外之意，欲勸阻沙燕繼
續仿傚其兄魯莽的抒情風格。如果趙戎有機會讀到沙燕全部的散文，
上述評價應當會調整。

　　只受過六年正式的學校教育，但沙燕在散文語言的錘煉和運用
上，處處顯露出過人的聰慧。沙燕和魯莽都是一九六〇年代著名的

---

[14]　《新馬華文文學大系・散文（2）》收入苗芒的散文七篇，《馬華散文史讀本
1957-2007（卷一）》收入六篇，其中〈美麗蔴河日夜流〉、〈墳墓〉、〈銅鑼聲中〉
三篇相同。

[15]　《新馬華文文學大系・散文（2）》，頁17。

散文作家，兩人風格確有部分相似之處，主要是魯莽頗受趙戎等批評家肯定的唯美抒情風──那是一種借景物的變化或視覺上流動，所衍生出來的無邊無際的詠嘆，或抒發愁緒，或若有所思。雖然在華麗唯美的文字背後，很難讀出具體的題旨或動人的意涵，但其文字修辭上的錘煉，確實有過人之處。就此唯美的修辭表現而言，沙燕未必不及魯莽，但就差在他是後來者／模仿者；然而更可貴的，是他在空間書寫上，卻有非常突出的技藝，完全擺脫唯美風的弊端，建立另一種迥異於魯莽或任何同期抒情散文作家的風格。

在《南泥河散曲》（彰化：現代潮，1971）一書中，上述兩種風格的文章是並存的，其中較好的作品，都是跟空間書寫有關的佳作，集中在一九六〇和一九六一年。

〈鵝嘜河〉[16]的抒情風格相當明顯，敘事脈絡是從敘述主體跟河之間的互動出發，比較是冥想式的獨白；沙燕在創作此文時，勢必發現這種輕巧空靈的語言，必須抓住一個具體的焦點才不致渙散，於是後半篇便轉向河的現實意義和影響層面。這是一個創作上的體悟和轉變。〈無名橋〉應當是由此「河」衍生出來的作品，沙燕進一步壓縮了慣用的抒情語調，直接鎖定橋上的事物，用微觀的視角和工筆，去刻劃這座無名橋。不過它真正價值，是見證了沙燕在散文語言的調幅和主題的轉變，從主體情感的高濃度釋放（詠嘆），到形同旁觀的細膩白描：

---

[16] 《大系散文（2）》共收沙燕散文六篇，《散文史讀本》則收七篇，唯有〈鵝嘜河〉一篇交集。

　　　　橋面的厚木板橫鋪在鐵條上，顯得高低不平，但很緊密。因
　　　　為要適合囉哩的通過，於是在橫木上又加上兩條直的木板。
　　　　橋基是用粗大的沉木的樁，一邊有四道主幹和許多支柱，支
　　　　撐著整座橋身。別看它是木頭築成的，卻甚是堅固。從橋上
　　　　到河面，距離很高，兩岸的土地低窪，所以橋身就從另一端
　　　　的土坡上延伸到這一邊的堤岸上，遠遠看去，中間顯得低些，
　　　　像一道不很彎的弧線。它是建立在鵝嘜河上的，也是錫礦公
　　　　司的傑作；但它是何時建立的，我可就不知道了，更沒法追
　　　　查它的底細，而且，我認為我根本不需要問這些。[17]

到了〈割茅〉，沙燕的抒情語調跟現實的素材取得美好的平衡，不落
寫實的俗套，保有詩化的優美語言特質。

　　上述三篇全屬空間的經營，空間的具體內容，無形中約束了沙
燕抒情風的過度發展，免於空洞化的危機。當一個空間逐漸累積了
足夠的個人生活經驗，便產生認同感，成為記憶裡一個像海棉吸附
著許多情感或感觸的地方，當文字溯返〈故園〉和〈黑水溝〉的時
候，沙燕十分從容地鋪展出一幅物我交融的心靈圖景，寂靜，自得，
不予干擾，也不受干擾。寂靜和孤獨，是沙燕散文的主要元素。在
他筆下的〈七月的街頭〉和〈街頭：古城印象〉，表面上人車流動，
相當熱鬧，細讀之下，即可感受到他內心的寂寥與平淡，對外界的
事物，不會有太明顯的情緒反應，總是處之泰然。

　　有形的空間敘述，讓沙燕的散文語言獲得某種約制，逼近「優

---

[17]　《馬華散文史讀本 1957-2007（卷一）》，頁 108。

美」與「唯美」、「空靈」與「空洞」毗鄰的疆界，再跨一步就成為敗筆的臨界感，反而成就了沙燕的敘事魅力。在沒有強大的思想或主題的支援下，他的散文完全仰賴心境和意境裡飽含的空靈、優美、從容、寂靜和孤獨。這些抽象的藝術特質，一旦離開了具體的空間敘述，就十分危險。沙燕在〈序〉裡說：「一個苦難的青年人，在馬來西亞到處流浪，唱不出幸福的歌，但是有淡泊寧靜之心，因而寫了一篇篇心靈的感受。對誰來說，在馬來西亞過文藝的生活，都是苦悶的沒有人關懷，沒有人鼓勵，像野草一樣自生自滅」[18]。所幸年少的沙燕留下這些優異的散文，否則一九六〇年代的馬華散文便少了一張很亮眼的成績單。

　　《大系散文（2）》在一九七一年出版，但選文卻止於一九六五，錯過了一九六〇年代最精彩的後五年。這五年間有兩位散文新秀崛起，他們不但交出令人讚歎的少作，在往後四十餘年的創作生涯中，不斷有備受好評的散文集出版，更成為馬華文壇重要的作家。

　　出生於霹靂州王城——瓜拉江沙——的冰谷（本名林成興，1940-），從小住在父親工作的橡膠園坵，在橡林與原始雨林間長大，生活十分清苦，剛上小學他便跟母親去割膠，下午才去學校上課。自然田園對年幼的冰谷來說，絕非浪漫主義文學的想像空間，而是謀求生存的野地，不斷累積生活中的苦難與悲歡。

　　中學畢業後，冰谷在一九六二年獨自離鄉，到北馬的園坵擔任書記。大型園坵的規律生活和系統化的機制，深深地吸引著冰谷，

---

[18] 沙燕〈序〉，《南泥河散曲》（彰化：現代潮，1971），頁3。

嶄新的經驗工作，更為他注入寫作的新元素。在一間五十年屋齡的
鋅板小樓，冰谷每晚挑燈夜戰，寫下一系列《園坵散記》。在《星洲
日報・星雲副刊》刊載後，得到很大的讀者回響，史學家許雲樵先
生更是逐篇選入他主編的《南洋文摘》，冰谷的散文創作因而平添了
無限信心和勇氣[19]。這系列散文，後來結集成《冰谷散文》（吉打：
棕櫚社，1973）。這部散文集出版後，受到許多評論家和作家的肯
定，奠定冰谷在散文創作上的地位。符氣南在〈膠林的世界——談
《冰谷散文》〉裡表示：「他孤獨，但他有一顆不甘寂寞的心，有著
一支鋒利的筆，於是，他在日子裡慢慢以筆畫出一個膠林世界來。
膠林的世界，洋溢著一片綠色的生機，充滿鄉土氣息；這裡邊，有
勞動者的歡樂和憂鬱，也有他們對生活的一股強烈的信心。」[20]

　　趙戎總算在大系出版後，讀到冰谷完整的散文，他特別撰寫了
一篇近四千字的評論〈略論冰谷的散文〉來討論此書。趙戎在文中
指出兩個值得深思的要點：（一）「他出身於一個窮苦的農民家庭，
所以在每篇作品裡都透露出農民的窮苦和對土地的依戀與生活的掙
扎，在馬華散文作品裡，我從未見過有如此濃厚的綿密的深入的描
寫。……一般矯揉造作的浮光掠影的描寫農村題材的作品，是不能
和他相比的。」（二）「第二代的青年散文作家都是熱愛這赤道河山
的，他們生於斯長於斯，對當地產生了無限的戀情，像一株生根於
熱帶的植物，唯有依戀這土地的氣息。」[21]

---

[19]　冰谷〈煤油燈影下的嘔吐〉，《星洲日報・文藝春秋》（2007/10/07）。

[20]　符氣南〈膠林的世界——談《冰谷散文》〉，《南洋商報・新年代》（1973/06/04）。

[21]　趙戎〈略論冰谷的散文〉，《新加報青年》第 4 期（1973/10），頁 18-19。

　　趙戎的第一點說得很對，冰谷在農村／鄉土主題上的創作，非常深刻，非一般作家可比。但鄉土氣息的背後，是否如兩位評論家的想像？勞動者對生活的感受和看法，以及作家對土地的依戀與掙扎，實況究竟為何？

　　當時年僅二十來歲的冰谷，並沒有刻意迎合寫實主義風潮，或熱愛土地的主張，他跟園坵根本就是先天上的生命共同體；從另個角度來看，年輕的冰谷是受困在枯燥、悶熱、艱苦的膠林中，不見得會依戀這種從小過慣的苦日子，但掙扎就很難說了。膠林主導了也建構了冰谷的人生，它讓冰谷在散文中很自然、熟稔地經營一片自己的膠林世界，進而形成敘述主體的世界觀。

　　正如前文所述，書寫膠林不等於熱愛土地，更多的是宿命。〈陷阱的陰影〉（1963）記述了父親，也記述了雨林裡的重重危機；〈兩顆橡籽〉（1963）暴露了生活的血淚，對生活更談不上信心；從〈看戲的日子〉（1964）即可感受到園坵生活的單調和苦悶：

> 整日所看到的盡是蔭翳蔥蘢的橡樹，所聽到的都是有關割膠的故事，生活就像一潭靜靜的死水，沒有什麼變化。……也由於深居僻壤，出入不便，因此，除非有要事，不然他們是不輕易下坡的。他們喜歡沉悶與寂寞嗎？不，不是的，人們嚮往活潑而多姿的生活，一如渴望瑰麗燦爛的彩虹，更何況割橡樹的生涯十分辛苦單調，因此工人也期待著排遣鬱悶的節目——看戲的日子。[22]

---

[22]　《馬華散文史讀本 1957-2007（卷一）》，頁 141。

〈野店〉（1965）亦透露了相同的訊息：「蟄居在小鎮，鎮民常常唉歎生活刻板和寂寞。那幾排剝落且古老的街，行人寥落，一到夜晚，燈光暗澹，更加冷清。可是，他們有沒有想到有更多的人們，僻居在園坵裡，過著更加寂寞的日子？園坵只有一列列的工人屋，幾間工廠，以及漫山黛色的橡樹，看呀看，早看得厭了，然而，也許是為了生活，他們似乎並不感到寂寞；工作後閒逸的時間，他們都排遣在野店裡」[23]。相對於枯燥的園坵工作，看戲和野店帶來唯一的樂趣，從冰谷在描述兩個場景的語氣變化，即可感受出他內心的寂寞。這是成年人（真實的勞動階層）生活視野下，實實在在又赤裸裸的土地感受，跟評論家的臆想有很大的差距。毫無依戀可言，更多的是無奈。

冰谷在此建構的世界觀，是殘酷的，無法美化或歌頌它，只能堅強地面對它，在他筆下的二月橡林，真是一點都浪漫不起來：

> 二月的橡林，毒熱，蕭索，淒涼。熱帶的太陽，本來就炙得令人難受了，在亢旱的季節裡，偏偏橡樹又落盡了葉子，因此更熱得使人昏瞶。早上太陽遲遲才出來，可是露臉就萬丈光芒，彷彿太陽比平日大了好幾倍。[24]

寥寥數筆，光禿禿的熱帶橡林，就非常立體地矗立眼前，隨即把讀者想像裡的所有水份烘乾。熱帶橡林根本不是中國傳統抒情散文或西方田園隨筆裡的桃花源，其中有太多不為人知的苦處。

---

[23]　《馬華散文史讀本 1957-2007（卷一）》，頁 144。

[24]　《馬華散文史讀本 1957-2007（卷一）》，頁 157。

冰谷拒絕陷於寫實泥淖的自由創作意識，加上純樸、細膩、輕重得宜的語言，讓讀者得以近距離了解各種悲歡交錯的生活細節。比較特殊的是季節的存在意義，終年如夏的大馬沒有真正的季節變化，更談不上影響，赤道散文裡的秋冬，全是詩詞化的空洞臆想。〈雨季〉（1965）和〈橡葉飄落的季節〉（1966）卻生動地描述了因季節而產生的一連串工作內容上的改變，非常明顯的更替了園坵生活的步調和眾人的思緒。視覺與思緒的細節，皆是構成膠林書寫的重要元素，少了事物的細節，以及融注在敘述間的生存感受，這片膠林勢必流於「浮光掠影的描寫」。

最後必須強調的是，這並不表示冰谷致力於鄉土文學寫作，他只是在書寫自己的生活，園坵是唯一的舞台，無論是寫〈廢墟〉（1965）、〈秤膠棚裡〉（1965）、〈橡菓爆裂聲〉（1965），都是現實生活悲歡交錯的一部分。冰谷以非常簡潔樸實的文字，以及緊扣著內在情緒起伏的語言節奏，寫活了園坵裡原本乏善可陳的細節。那文字，好比突破寂靜的橡菓爆裂聲，園坵故事因而豐富起來。如果換作另一位寫實主義的信徒，勢必填海造地，硬寫一堆資本主義者剝奪膠工的事件。冰谷並沒有那麼做，一切順題而寫，該寫的辛酸事，一件都不少；純屬虛構以抨擊現實的戲，半幕也嫌多。

數十年創作不輟的冰谷，另有散文集《流霞‧流霞》（1982）、《火山島與仙鳥》（2005）、《走進風下之鄉》（2006），以及四部詩集。《走進風下之鄉》是一部深具魅力荒野獵奇魅力之作，令人眼界大開，可讀性很高；但其少作《冰谷散文》卻蘊含著敘述主體與膠林園坵的真摯互動，無論生活情感、文字表現，或深刻度，都是一時之選，

比起《走進風下之鄉》毫不遜色。從散文史的角度來看，它絕對是一九六〇年代馬華散文的顛峰之作。

　　另一位同時期崛起的新秀是何乃健（1946-2014）。何乃健出生於曼谷，一九五一年泰國發生激烈的武裝政變，五歲的何乃健不幸被彈片擊中，在醫院裡目睹了戰爭的悲愴，自此奠定了他熱愛生命與和平的思想。兩年後移民檳城，從此在大馬定居。在高一時，何乃健已熟讀整部《古文觀止》，打下良好的中文基礎。一九六五年何乃健出版第一本詩集《碎葉》，並開始發表散文，十年後出版散文集《那年的草色》（吉打：棕櫚社，1976），文集中三分之二的作品發表於一九六七至六九年間。此後三十年餘創作不輟，著有散文集《淅瀝的簷雨》（1990）、《稻香花裡說豐年》（1994）、《逆風的向陽花》（1997）、《禪在蟬聲裡》（1998）、《讓生命舒展如樹》（2007）。

　　二十歲出頭的文壇新銳何乃健，滿腦子都是創意，他在散文裡很巧妙地融入莊周的（齊物）哲學思維，並吸收了《莊子》一書特有的，絢麗、迷人的詩化敘事風格，以致他在修辭及意象運用上的表現，較諸同時期的馬華散文名家來得出色。《那年的草色》意象綿密、色彩飽滿、富有想像力，屬於「出奇制勝」的道家散文。何乃健喜歡在某些很容易被一筆帶過的小事物上，錘煉出精緻動人的視覺效果，好比這雙疲憊的眼神：「那悒黯的眼神令我憶起一隻飽餐風砂的駱駝的瞳孔，多少海市蜃樓曾在牠趨近時遁逝，多少綠洲的夢幻滅在遲暮的蒼茫中」[25]。這種高度詩化的語言，和奇襲似的想像，在詩人

---

[25]　《馬華散文史讀本 1957-2007（卷一）》，頁 163。

何乃健的散文裡俯拾皆是。透過想像和文字，他構築出一座深邃的〈雨後的夜城〉（1967），一座糅合了現實感受與詩化意象的檳城。

〈墓道上〉（1967）和〈墳前〉（1968）都是對死亡的沉思，基調是道家式的。前者在文本中構築一片墓地作為鋪敘理念的平台，以時間的浩瀚與無窮，對照萬物的生滅；接著用墓碑來討論一生的功過，留下一串解不開的問號。後者直接面對同學的英年早逝，對死亡有了更深一層的體驗，最令人動容的是結尾處，何乃健想植柳於墓旁，讓亡友遺骸裡的碳鐵氫氧鎂等元素，幻化成莖葉等纖維，握著柳條即等於握著故人之手。這段描述，將生硬的生物學知識與哀悼之情感，融為一體，隱含莊子所言的自然物化之理。

呂晨沙認為《那年的草色》以詩人的靈視觀照宇宙萬物，作內心省察卻不流於濫情，而且構思巧妙；字裡行間充滿詩的情愫，文氣變幻多端，韻律生動、意象鮮活、比喻精巧，善於營造氣氛。〈墳前〉在遣詞造句方面，滲合比喻與轉化手法，苦心經營的陰暗意象，無一不與死亡縮合，把氣氛渲染得無比淒厲。[26]

〈四月的橡林〉（1969）一文則有天地與我為一的感悟，行雲流水的敘述，不經意顯露出他的農學知識，身邊的草木遂有了表情和美好的互動：「芒草在風裡瑟瑟縮縮，兜絆著我的褲管，彷彿在挽留我的行腳。芒草呵，我熟悉你的拉丁學名像熟悉老朋友的小名和綽號」[27]。這是他在吉打州一個外國人管理的園坵實習期間的作品，

---

[26] 呂晨沙〈評介《那年的草色》──乃健的散文風格〉，《星檳日報・星期副刊》（1982/06/27）。

[27] 《馬華散文史讀本 1957-2007（卷一）》，頁 171。

篇幅很短，但勝在晶瑩剔透。

〈化石〉（1969）可說是馬華散文的異數，早在台灣作家林燿德將地質學知識硬生生嵌入台灣散文之前的十餘年，滿腦子創造性的何乃健已經做過同樣的前衛實驗：原子、原生質、星雲、古生代、三葉蟲、鮀龍和禽龍等語彙，在大道的鋪陳裡一一重現，於是我們讀到視野與想像異常開闊的畫面：

> 古生代的死靈魂們，我所呼吸的空氣或許曾經過你們的肺葉；我細胞裡的碳、氫、氧或曾在你們的原生質裡逡巡；這些小塊原子或曾經是你們生命的一部分。只有它們才稱得上不朽呢。它們和宇宙同一個誕辰。那些邈遠得只有神知道的年代，宇宙的黑子宮裡還沒有懷地球的胎、九行星的胎，那刻我身上的全部原子已經存在，你身上的原子也已全部存在。像縈迴成一個大漩渦裡的每滴水分子，它們迴旋在一團未成孕的星雲。[28]

這類散文的發展潛能是非常可觀的，可惜何乃健志不在此。他眼中的化石，不僅僅是化石，其中蘊藏著道家那種充滿超越意識的生死觀和宇宙觀，在浩瀚的宇宙歷史當中，人的一生不足道哉。而他想探討的，正是這些。

哲理或對生命的體悟，都不是哲理散文成敗的第一要素，其實謀篇技巧、意象修辭，和想像力的演出，肩負著更吃重的任務。年輕的詩人何乃健非常專注於文字技藝的修煉，以及莊子（齊物）思

---

[28]　《馬華散文史讀本 1957-2007（卷一）》，頁 173。

想的轉化，但他並不急於哲理的傳達，故兩者得以相輔相成。何乃健的哲理散文一出手，便凌駕於有志此道卻泥於說理的名家之上。

　　何乃健後期的散文較偏重於禪佛之道，以及環保理念。佛理替何乃健解決了人生的眾多疑惑，也改變了他的散文風格；多了人生經驗的磨練和感受，卻少了莊周式的渾然逍遙，也逐年淡化了語言的詩意和創造力，轉向較質樸、厚實的佛教散文。何乃健的後期散文風格，可以在這幾篇早熟的少作，找到若干思維的軌跡與雛型。

　　從散文史的後見之明來看，少了冰、何二人，大系所錄的「前半個」六〇年代馬華散文，可看性減損了不少，如果晚至一九七〇年底才編輯完稿的大系工作小組，能夠將一九六〇年代的後半葉一併收入，那就很完整了。

結　語

　　《大系散文（2）》為獨立初期的馬華散文版圖提供了第一份三十九人的名單，收錄一篇者二十一人，兩篇者八人，三篇者兩人；收錄三篇[29]以上的重要散文作家實際上只有八人：王葛（14）、君紹（6）、苗芒（7）、林潮（6）、慧適（13）、憂草（9）、魯莽（9）、沙燕（6）。這是趙戎心目中獨立初期（1955-1965）的散文八大家。《散文史讀本》，以不同的審美角度和編選策略，對大馬獨立初期（1957-

---

[29] 從趙戎收錄的作家篇數來看，明顯區分成兩段：1-3篇者31人；6-14篇者8人。很顯然是以4-5篇為分水嶺，讓較重要的散文家能夠透過6篇以上的篇幅，來展現其創作主題與風格。

1969）的散文版圖，重新做了一番整理和評價。此書以四篇為入選門檻，同時期作家僅收三人：伊藤（17）、苗芒（6）、沙燕（7）；稍晚五年的作家兩人：冰谷（9）、何乃健（5）。由於《大系散文（2）》的部分作品沒有明確的年份，另一部分則在獨立前夕，故無法精確判讀、比較。只能大致地說：《大系散文（2）》較完整地展現了當時散文創作的流風，故入選者多為抒情性較高，或略帶兩分哲理性的散文，但同質性偏高；不過，其語言技藝的水平，是可以肯定的。《散文史讀本》在考量語言技藝的水平同時，亦講求思想與內涵的深刻度，所選五家作品，不但在風格上自成一家，在題旨與內容方面，亦言之有物。從歷史與現實關照的角度，突顯了伊藤「反殖民歷史散文」和苗芒「生活寫實散文」的價值；至於沙燕散文在空間敘事上的演出、冰谷散文對橡林世界的多層次建構、何乃健散文對道家思想和考古生物學的詮釋，都是一時之選。尤其冰、何二人後續四十年的散文創作成果，已超越同期的前輩作家，他們在一九六〇年代崛起時的少作，較諸名家，毫不遜色。

　　《大系散文（2）》和《散文史讀本》以不同的審美角度和史觀，建構了散文史的版圖，唯有「獨立初期」階段是重疊的。雙方突顯的重心不同，正好成為一種對話與互補。編選大系和讀本的最終目的，無非是為了妥善保存眾散文家的佳作，並吸引新世代讀者重溫那段美好的文學時光。這些陳年舊作，比起現今的散文創作，絕對是「無愧色」。

［2007, 2018/12］

跨領域思考與多元文類滲透
（1967-1975）

前　言

　　馬華當代文學史專著的長期缺席[1]，加上各所大學圖書館藏書不完善，導致國內外的馬華學者皆無法建構一個輪廓清晰的文學史藍圖，對各文類的研究，都只處於議題辯證、主題耙梳、個人專論，或

---

[1] 方修在編選《馬華新文學大系》之際，將其有關馬華文學史的教學講稿（《馬華新文學史稿》）化整為零，切割成十卷的導言，之後再重新整併成《馬華新文學簡史》（1974）。此書的討論範圍從一九一九年至一九四二年，是目前馬華唯一的文學史，但由於自稱「簡史」，讀者就很難有太多的苛求。最不幸的是，其後三十餘年，居然沒有第二部取代它的文學史專著，儘管當前馬華文學界的學術水平已遠非早年土法煉鋼的批評文章所企及，一部嚴格意義上的馬華文學史，始終未能面世。

斷代概述。在散文領域，相關的文學知識嚴重斷層，除了潘碧華和鍾怡雯等人在論文裡具體勾勒出來的一九八〇年代的校園散文風貌，其他時期的創作境況仍然是一片混沌。即便是近十餘年來的散文創作，也只能從近期出版的兩、三部重要選集中，窺探其要略。

　　當我們重新去面對烽煙四起的一九七〇年代，實在很難從各自表述的論戰中，判讀出當時馬華散文的本來面目。於是一九七〇年代初期出版的《新馬華文文學大系》，在眾多作家眼裡，即成為當時馬華文壇的主流論述，在各卷主編的現實主義文學觀點之下，不但構築了一幅早期的馬華文學史輪廓（1945-1965），對馬華現代派作家而言，同時形成一種生存與發聲的壓力。為了對抗這股向現實主義傾斜（或傾頹？）的文學勢力，溫任平（1944-）在一九八二年從現代主義的角度，編選了半套《馬華當代文學選》[2]，為馬華文壇被埋沒的現代派高分貝地發聲，同時揹負著當代散文創作視野的革新大任。暫且不論這半套選集是否達到預設的編選目標，單從文學思潮與論戰的宏觀角度來看，它的出版是必要的平衡。

一、競相繪製的散文史藍圖

　　這半套頗具份量的《馬華當代文學選》，是深具討論價值的重要文獻，它記錄了溫任平（以及天狼星創作群）努力繪製的馬華現代

---

[2] 這套由溫任平擔任總編輯，並充分參與各卷編務的選集，原為四卷本，後來只出版了兩卷。散文卷主編張樹林為其天狼星詩社的重要幹部。

主義文學的「藍圖」[3]。溫任平在〈總序〉中指出：從一九六○到一九七○年代，「這動盪的二十年，馬華文壇曾經發生過多次的文學論爭，嚴格來說，是論戰。對壘的兩個主要『陣營』是『現代派』和『寫實派』。文學思潮的歧異即繫乎『現代主義』與『現實主義』孰佳孰劣這個死結上。由於雙方是在論戰，而非心平氣和地在理論上互相印證，互通有無，其意義似乎不大，戰火平息之後，很難見到什麼實際的建設的文學成果」[4]，正因為沒有實際的成果，所以他在序文中花了極大的篇幅來介說現實主義和現代主義的美學特質，以及雙方創作上的優劣得失。

　　負責編選散文卷的新銳作家張樹林[5]（1956-），在〈導論〉中為散文卷作了非常清楚的定位：「這部文選選的是抒情散文，其他的說理報導文字、戲劇片斷等，一概不選」[6]，很明顯的，他企圖透過這一部馬華「抒情」散文選，去落實溫任平的散文理念，將馬華散文

---

[3] 「藍圖」和「版圖」在完成度上有很大的差距，前者屬於建構中的規劃圖樣，後者是已成形的現狀。這幾位具有指標性地位的「現代派」散文作家，加上數十位還摸不清現代主義美學的散文寫手，在選集中確實已構成一幅波瀾壯闊的散文史「藍圖」，可惜後續乏力。

[4] 收入張樹林編《馬華當代文學選·第一輯（散文）》（吉隆坡：馬來西亞華人文化協會，1982），頁四。（按：此書分別以中文頁碼和阿拉伯文頁碼來編排〈總序〉與其他文字）

[5] 張樹林（1956-），著有詩集《易水蕭蕭》（安順：天狼星詩社，1979）和散文集《千里雲和月》（安順：天狼星詩社，1979）。

[6] 《馬華當代文學選·第一輯（散文）》，頁5。

切割為「寫實」和「寫意」兩個趨勢[7]。〈導論〉裡還提到「溫任平在
〈散文的寫實與寫意〉中指出：寫意的散文『寫的是情思昇華的狀
態，表現為抒情的風格』。現代散文往往是作者情思昇華之後具現於
文字的『心理記錄』」[8]，「現代」散文能不能如此簡單的加以界定？
它跟一般的（非現代）散文究竟有多大的差異？恐怕不是張樹林能
夠交代清楚的。身為（執行）主編，他唯一的任務是把寫意散文跟
現代散文劃上等號，可惜他的編選結果卻出現許多矛盾與衝突，不
管是寫實和寫意之別，或現實主義和現代主義的二分法，都無法準
確、完整描述一九六〇或一九七〇年代馬華散文的宏觀圖景。

　　首先，此卷中收入相當多的「非抒情」散文，譬如充滿「戲劇片
斷」的原上草〈後巷的雨〉、紀實性很強的翠園〈芳鄰譜〉和〈我的
故鄉戀〉、「說理」性頗高的魯莽〈天線桿〉，都出現在此書的開卷部
分，跟主編的選文標準正面衝突。其次，此書所收錄的「現代」散
文，除了溫任平、溫瑞安、陳慧樺等十幾位的表現較佳，其餘勉強
扣合理論要求的作品大多出自新銳之手，水準十分不穩定，缺點更
勝於優點（一如溫序所言）。譬如何棨良過度模仿余光中〈聽聽那冷
雨〉的大馬版〈長雨〉，從語法、意象，到典故的運用，全都盲目因

---

[7]　溫任平在一九七三年發表的〈散文的寫實與寫意〉，對當前散文的創作趨向，
　　二分為：（一）知性的「寫實」，著重實況的記載與模擬，句法講求穩實，報章
　　新聞正是典型的例子；（二）感性的「寫意」，即指「情思昇華的形態，表現為
　　抒情的風格」。（詳見：溫任平《人間煙火》（吉隆坡：馬來西亞華人文化協會，
　　1978），頁 5-11。這篇文論對張樹林的散文觀點，起了強大的指導作用。

[8]　《馬華當代文學選・第一輯（散文）》，頁 2。

襲，毫無價值可言；又如佐漢因襲台灣都市詩的存在主義模式而來的〈死城〉，以及吳海涼〈現代人的告白〉等多篇對現代人生存境況的膚淺敘述，這些習作根本沒有入選的必要。相當多類似的例子，集中在後半卷。

余光中在一九六○年代對中國現代散文的革命性宣言與實踐，強烈衝擊了馬華新生代作家的散文創作思維[9]，投入這個「現代散文」革命思潮中的馬華作家，不但呼應了余光中的革新精神，同時也擁抱現代主義的旗幟，但真正了解現代主義（或存在主義）思想的作家其實不多，能夠將之轉化並運用在散文創作上的更是寥寥無幾。結果，他們沒有建立可觀的創作成果，只留下慘不忍睹的夭折率[10]，

---

[9] 余光中在散文理論上的建構與創作實踐，對溫任平、溫瑞安、何棨良等人的影響非常巨大，特別在中國古典意象和敘述氛圍的運用，以及將詩化的語言和思維灌注到散文裡去；其次是葉珊散文那種高度抒情且微物敘事的技巧，對思采等人的影響，都是眾所周知的。在這些馬華作家的言談中，常常出現對余、葉二人的景仰與仿傚之心。此外，我們很難準確地判讀出一九七○年代馬華文人對西方現代主義思潮的吸收，究竟是間接透過台灣現代主義文學的創作示範，或者直接從西方引進其理論及創作範本，卻找不到散文創作方面的英文範本，所以只好將英文現代主義小說和新詩的部分美學特質，轉用到中文現代散文裡來。

[10] 全書五十五位作家當中，自排序二十八的溫瑞安以下的二十七位新銳，持續散文創作至今的，不及五分之一，連主編自己都停筆了。這裡面還有另一個量化的觀察點：新銳作家的散文篇幅都很短，大部分都是「不滿千字的短文」，故全書扣除作者簡介和留白的空頁，大約四百頁左右，除以一百九十八篇散文，平均每篇兩頁。量化統計的背後，暴露了嚴重的創作危機——他們沒有能力對所選擇的主題或素材，展開充實、有效的敘述，才數百字的敘述已經出現空洞

以及部分詮釋難度較高的「現代」散文[11]，這些大作多年來束之高閣，乏人問津。

表面上看來，從《新馬華文文學大系‧散文（2）》到《馬華當代文學選‧第一輯（散文）》的出版，儼然形成兩個主義的肉搏，甚至進一步成為散文史的發展概況。但事實並非如此。

首先，《新馬華文文學大系‧散文（2）》，共收三十九人，有部分作品屬一九五〇年代（更多的作品是年分難考），或作者已歸入新加坡籍。這群入選作家當中，沙燕、呂晨沙、慧適、憂草、魯莽、梁志慶、原上草、年紅、高秀、馬崙（夢平）、洪浪、陳慧樺等十二人，重複收入《馬華當代文學選‧第一輯（散文）》，可見兩者絕非壁壘分明，馬華散文要在兩大主義的刀俎下斷然切割，根本是不可能的事。

化的現象，再也拖不下去。其根本問題在於他們對意象性語言（或語言的詩化）掌握能力不足，如何在進行抽象敘述的同時，能夠紮實、飽滿地傳達訊息，而不是寫下一些不知所云的、空洞的絢麗文詞。這些寫作手法或能驚艷於一時，卻經不起時間的考驗，連作者自己也後繼無力。至於他們的實驗是否對馬華散文發展產生影響，從八〇年代以主題掛帥的校園散文創作，就可以找到否定的答案。

[11] 主編《馬華文學大系‧散文（一）》（2001）的碧澄，雖然在卷中收錄了十幾位「現代派或較接近現代派作者」，但他論及陳慧樺的〈獵人日記〉和〈煉丹‧封劍〉時，卻說：「內容很個人化，相當隱晦，雖然他必定有所指，這得交給讀者去讀解」；在論及何棨良〈裸女〉和〈葬國〉，則說：「是作者故意耍這種特異手法（故弄玄虛），抑或別有用心？我們無從知曉。」（詳見：碧澄〈導言〉，《馬華文學大系‧散文（一）》（吉隆坡：馬華作協暨彩虹出版社聯合出版，2001），頁ⅩⅤ-ⅩⅥ。這裡顯現了現代（先鋒）散文的實驗性，跟大系主編的詮釋能力之間的落差。由於這部大系的編選問題重重，故不納入正式討論的範圍。

其次，正如鍾怡雯在《馬華散文史讀本 1957-2007》（2007）的序文中所言，《新馬華文文學大系・散文卷》的主編趙戎以「愛國主義」作為選文的標準，試圖使散文「馬華化」，對土地和國家的熱愛，成為他選文最重要的指標。在「馬華文藝」和「僑民文藝」論爭下，地方書寫以及批判時代的雜文蔚為主流。地方書寫突顯馬來風光，很符合「馬華文藝」的路線；雜文匕首般諷刺時事，或者勸世／勵志的功能，絕對有所為而為，不會風花雪月不著邊際。然而縱觀他所收入的散文，並不全然符合「馬華文藝」的要求，很大的比例是浪漫沉溺的風花雪月，使得他選入的散文和導言呈現各說各話，甚至相互矛盾。[12]

信仰不同主義的兩位主編，其理念都不能在選文結果上獲得印證，反而印證了單一的主義或美學思念，無法有效敘述馬華散文的創作實況。溫任平在〈總序〉裡的長篇敘述，或許較適用於小說和新詩。對此，鍾怡雯提出另一番見解：「散文這個文類跟各個『主義』的距離向來最遙遠。馬華文學史分期時，散文經常是被強迫『入位』的，被討論的文類主要是小說和詩，現實主義也罷，方修等不太觸及的現代主義也罷，散文總是旁觀者。文學史分期對散文的意義不大，小說和詩呼應了主義，散文也就只好（不管有沒有效）貼上時代的標籤。反封建、反殖民、反資本主義以及反種族主義等時代的集體回聲，更多的是交由小說或詩去處理，散文一旦直面這些問題，

---

[12] 鍾怡雯〈流傳〉，鍾怡雯、陳大為編《馬華散文史讀本 1957-2007（卷一）》（台北：萬卷樓，2007），頁 I - II。

很容易成為口號，跟口號詩一樣慘不忍睹，最後只好成為見證時代的史料」[13]，這才是馬華散文史的事實，尤其一九七〇年代前後的散文在創作手法、主題思想、敘事風格方面的發展，相當多元，若以西方文學理論（或主義）為基準的散文分類法，肯定會陷入劃地自限的困境，也遮蔽了其他不在理論範圍內的優秀散文。

再者，以「現代散文」之名作為斷代的準則，與之前的白話散文作區隔，也不妥當。現代（派）散文的界定十分模糊，亦缺乏足夠的實踐成果來支持他們的理念，它只是一九七〇年代馬華散文「最尖銳」的創作實驗，未必是「最頂尖」的成果。嚴格說來，一九七〇年代真正經得起時間考驗的散文，不多。偶爾出現在年輕作家筆下的零星佳作，沒有太多的討論價值，能夠達到的論述深度十分有限。若要重新架構和評估當時的散文發展趨勢與成果，必須鎖定幾位能夠展現出強大創作力和革新意識的重要作家，從他們的創作歷程的開展和演化，即可重構那一段散文史的發展脈絡。

一九七〇年代整體創作質量最突出的散文作家有五人。麥秀以隨興之筆調專攻雜文，各種技巧都略有嘗試，可惜雜文篇幅較短，未能淋漓盡致，基本上沿續了馬華傳統雜文短小精悍的優點，不顯鋒芒，反而多了幾份文人雅致。梁放的散文在原住民題材的書寫上，表現了人文關懷與出色的異族文化描述能力，在地誌書寫的角度來看，確實有開風氣之先。不過，麥、梁二人在創作上的實驗精神，不及何乃健、溫瑞安、溫任平。

---

[13]　《馬華散文史讀本 1957-2007（卷一）》，頁Ⅲ-Ⅳ。

　　散文技藝的革新，在一九七○年代成為一種大勢，暫且不論其成敗，但這種實驗精神是那個時代的象徵。雖然我們從歷史的後見之明來檢視他們「欲革之而後快」的傳統散文，並沒有如其所述的重大缺失，一九五○～六○年代也不乏優秀的散文作家，生活事物、人生哲理、風花雪月，皆入文章。這群新銳作家究竟能夠達到何等程度的散文革新，是一個重要的觀察點。

　　本文所選三位作家，分別代表了三種不同的革新路徑，他們在散文創作上的實驗，可以讓我們思考上述的問題。

二、莊周險徑：思想的深化與技藝的昇華

　　對任何一個世代或一個時代的討論，都無法整齊裁剪成十年，「一九七○年代散文」只是一個方便論述的時間區段，它必須是彈性的，主要指稱那一波發生在散文創作和理論上的革新意識。事實上，馬華散文的「實驗／先鋒精神」最早出現在何乃健（1946-2014）筆下，時間是一九六七年。

　　年僅二十一歲的何乃健對馬華散文的書寫模式的革新，並非來自現代主義思潮的影響，而是中國道家思想，和新詩語言的內在驅動力。何乃健在韓江中學念書時，讀到泰戈爾《飛鳥集》和冰心《繁星》與《春水》等詩集，啟發了他以自然為本的創作心靈[14]，一九

---

[14] 何乃健〈凝眸大自然——我的文學之路〉，《讓生命舒展如樹》（吉隆坡：大將，2007），頁 180-181。

六五年出版了第一本詩集《碎葉》，再歷經十年的時間，「詩人何乃健」才出版第一本散文集《那年的草色》（1976）。這個「先詩後文」的創作歷程，在其散文語言的詩化現象中，可以得到很好的印證。其次，何乃健在吸收莊周哲學思想之際，也深受《莊子》一書無比凝煉的敘述風格和龐沛的想像力所影響，表現在散文創作上，就是溫任平等人所追求的現代化與昇華。

　　何乃健對散文的革新，是一次沒有包袱的摸索與嘗試，詩與哲學在此巧然相會，水到渠成，並非理念先行的刻意之作[15]，如此，反而能夠同時達到預期中的創作目標。以死亡主題為例，何乃健〈墓道上〉（1967）和〈墳前〉（1968）對死亡的思考，比苗芒透過生命閱歷和詩化的感性思維交織而成的〈墳墓〉（1957），多了一個哲學思考的層次。〈墓道上〉的山坡景緻，在他意象化的敘述策略下，有如此絢麗又紮實的演出：

> 隔著修長的草叢，可以看見一個瘦瘠的印度牧童，斜坐在高墳上，把腮埋在肘彎裡，慵然地凝眺著啃齧野草的牛群出神。搖動著銅鈴，牛群低垂著頭，貪婪地把草葉團團吞下，彷彿要喫盡漫山遍野的綠意。斜坡後雲湧其上，風在為它們不斷

---

[15] 王潤華〈夜夜在墓影下〉即是一個理念先行的負面例證，墓園的時空內容在刻意詩化的筆法下，顯得空洞無物，過度詩化的超短段落使文章變得十分破碎：「時間全不屬於我。除了每個風雨淒迷的夜。／一條條小徑大路冷落的有死不去的苦惱時，我便匆匆而來：臥著、坐著、立著、跪著；喚著、撫慰著、親熱著。／然後看錶、垂頭：在第一遍雞鳴時，匆匆回去。」（收入張樹林編《馬華當代文學選‧第一輯（散文）》，頁131）

> 造型，有時看去像碉堡林立護衛的皇城，瞬眼間又變成崗巒
> 起伏的島國。變化萬千，無從揣測，碌碌眾生，畢生為了蝸
> 角虛名，蠅頭微利而鑽營；他們像那只顧吃草，無視雲的變
> 幻的牛群，不察時序的飛遁，直至滿頭烏絲已灰白如雪，才
> 覺察到凸著銳角的壯志已被流光淘洗成圓滑的石卵，而數十
> 年來夢寐求之的富貴榮華只不過是鏡花水月。那時，生命已
> 近窮途，回顧走過的路又迷濛一片。[16]

剎時如城，剎時如島，風雲的無窮變化，述說了功名的虛幻，但追求功名的凡夫俗子卻如（現實中在山坡上吃草的）牛群低首，汲汲營營於鏡花水月之中，人生哲理在詩化的敘述中，從容地舖展開來。不禁讓人聯想到《莊子・逍遙遊》中的鯤鵬之變——「翼若垂天之雲，摶扶搖羊角而上九萬里，絕雲氣，負青天，然後圖南」[17]——那種宏大氣象與層層轉化，視覺性飽滿的訊息傳遞，讓說理的意圖不致枯燥，所寓之理亦能清楚交代，語言的詩意和語意的哲思相輔相成。這篇散文中許多哲學思維和意象的轉化技藝，源自〈逍遙遊〉，經過一番消化與吸收，遂成為何乃健的利器。何乃健在此文中透過墓道的寓意，步步逼近死亡，去省思生命的意義，去彰顯物質世界的虛無。有莊周哲學作後盾，下筆為文較紮實。比起前輩作家魯莽、憂草借文辭之美，在空洞的哲思上窮作文章，何乃健借道家哲學為己用，實為明智之舉。

---

[16] 《馬華散文史讀本 1957-2007（卷一）》，頁 167。
[17] 郭慶藩編《莊子集釋》（台北：木鐸，1988），頁 14。

從人生如夢的〈墓道上〉回到友人的〈墳前〉，何乃健所見之物都充滿了悲慟的情愫：「雲悒鬱地俯向大地，像一團團黑色的、飽和著淚水的海綿。那堆在雜草叢生的墳場裡窿起的黃土，還顯得很潮濕，像還沒把淚痕抹乾的臉孔。……幾張在火焚中化成翩翩蝶影的冥錢，無力地展著黑翅，伏憩在狗尾草上」[18]。站在死亡的惡勢力面前，何乃健將內在的哀傷之情，轉化成大自然的景象，憂鬱且潮濕的描述，層層疊疊地圍繞著敘事者的位置，圍繞著文章的題旨，形成一組龐大的隱喻，情感就在濃郁的意象形塑中昇華。溫任平所謂的「文學技巧形式的不必要的炫弄新奇所造成的晦澀之病」[19]，在這裡都沒有發生。在文末，何乃健有一筆很漂亮的收尾：

> 再過幾天，我會從校園折一枝熱帶柳來，栽在你的墓旁，讓它在山野的雨露中苗長，讓它為這荒涼的山頭多粧點一份綠意，讓它長長的綠篠挽留趕路的風和你聒絮。待到來年清明，雨絲濛濛亂撲行人面的三月，它一定風姿綽約了。那當兒，你骨裡的硫和碳變成了它莖裡細胞的原生質，你血裡的鐵和鎂化合成它葉裡的葉綠素，你肉裡的氫和氧編成了它篩管裡的木質纖維，我握著那俯垂向我雙肩的柔條，就等於握著你的手了。[20]

在此，何乃健不著痕跡地運用了《莊子・至樂》的理念。面對死亡的

---

[18] 《馬華散文史讀本 1957-2007（卷一）》，頁 169。

[19] 《馬華當代文學選・第一輯（散文）》，頁 6。溫任平在這篇總序中明白指出，此乃馬華現代主義作家走入岔道的原由之一。

[20] 《馬華散文史讀本 1957-2007（卷一）》，頁 170。

態度，雖然不至於「鼓盆而歌」，但這種回歸大地的觀念，正是「竹久生青寧，青寧生程，程生馬，馬生人，人又反之入於機」[21]的陰陽造化、循環不滅的宇宙觀。何乃健在其想像與描述中，將亡友的軀骸徹底融入大自然的物質循環系統，逐步被大地分解、吸收，成就一株柳樹的新生。這過程的敘述，完美結合了細緻的生物學知識和道家生死觀，讓死亡的書寫產生與眾不同的魅力。

　　除了上述較為濃烈的語言詩化表現，何乃健在面對不同的素材時，亦能調節敘述的節奏，語調變得較柔軟。在討論〈四月的橡林〉（1969）之前，先說《莊子‧逍遙遊》裡那個非常著名的例子：「楚之南有冥靈者，以五百歲為春，五百歲為秋；上古有大椿者，以八千歲為春，八千歲為秋。而彭祖乃今以久特聞，眾人匹之，不亦悲乎！」[22]八百歲的彭祖在人間世當獲長壽之名，但相較與冥靈和大椿這兩株千古神木，就不算什麼了。「大小之辯」的寓意在〈四月的橡林〉裡就運用得十分輕鬆且自然：

> 芒草在風裡瑟瑟縮縮，兜絆著我的褲管，彷彿在挽留我的行腳。芒草呵，我熟悉你的拉丁學名像熟悉老朋友的小名和綽號，別人或許因為你渺小，匆匆踩踏著你而過，不屑一顧，而我可不呢。我不在顯微鏡下無從觀察你的橫切面，別人在千哩外何嘗能藉著望遠鏡眺望我？你在金甲蟲的複眼裡是一株龐然的大樹，我在太虛裡是一粒蕞爾的小塵埃，我們在

---

[21] 《莊子集釋》，頁 625。

[22] 《莊子集釋》，頁 11。

　　莊周的天秤裡是等量的！²³
雖然這一小段芒草的現代寓言，只是整篇散文中的一則隨筆所記，
但何乃健在此處對莊子寓言的轉化，表現得相當出色。他在敘述主
體跟客體之間的對話當中，加入了一筆──「我熟悉你的拉丁學名
像熟悉老朋友的小名和綽號」，讓主體對大自然的情感變得較更深刻
且自然，有別於早期散文作家刻意為之的哲思斧痕。哲理散文很容
易流於說教，創作難度相當高，何乃健在其少作階段，即已取得可
觀的成績。

　　借助哲學大師的思路和技藝，雖然可以迅速提昇本身的散文，
卻潛在著一個危機──除非作者能夠發展出另一套哲學思維，否則
長期借用／轉化莊子的哲思與典故，會陷入一個失去主體和風格的
創作困境。莊周的大道和絕技，都是一條繞著奇峰大淵而走的險徑。

　　年輕的何乃健很快意識到這個困境，地質學和生物學的知識，
自然成為他企圖跨出莊周險徑的元素，於是他寫了那篇跟整個時代
的創作風潮格格不入的〈化石〉（1969），成就了當年馬華散文最前衛
的實驗成果。何乃健嘗試將一向固守在人文領域的散文創作，結合
了地質學知識，進行一次大膽的「跨界／合體」創作，成功將地質
學和考古生物學的元素和語彙（例如：恐龍、頁岩、三葉蟲），融鑄
到道家哲學思維裡去。更難得的是，何乃健沒有因此陷入「炫弄新
奇」的創作迷宮，當他「想起化石、想起湮滅的年代，我遽然感到一

23　《馬華散文史讀本 1957-2007（卷一）》，頁 171。

陣悸慄，像冰凍的手指，在我的龍尾骨撳了一把」[24]，從石化的（遠古的）巨龍之骨，到自己（現代人）的龍尾骨，讓他強烈感受到生命的短暫與渺小，炫奇的意象叢在此遂與作者的寓意相融為一體，完成一次跨領域的創作實驗。一九六九年能夠出現這樣的文章，是很了不起的創舉。

上述幾篇散文發表在一九六七～六九年（收錄在一九七六年出版的散文集《那年的草色》），先被趙戎主編的大系（1945-1965）錯過，後來的張樹林則選錄了《那年的草色》中抒情性較高的四篇散文：〈遠在昨日〉（1971）、〈幾番風雨後〉（1971）、〈幾度月圓〉（1971）〈那年的草色〉（1971），直到《馬華散文史讀本 1957-2007》的編選，才重新發掘出它們的重要性。何乃健的這批散文同時具備了深刻的思想內涵，以及充滿創造性的實驗／革新意識，前者是一九四〇～五〇年代，馬華哲理散文的深化；後者則是一九七〇年代（溫任平所謂的）現代散文的先聲。《那年的草色》正好扮演著承先啟後的重要角色，在哲理散文的創作領域裡推陳出新，汰除了早期風行的——天馬行空卻言之無物——冥想模式，在散文裡置入真正的（道家）哲學思維，讓哲理性敘述有所本，進而跨入科學的領域，以感性的筆觸消化了堅硬的事物。當我們論及一九七〇年代馬華散文在語言技藝上的革新與實驗，就必須將之納入討論範圍。

自一九七〇年以降，何乃健改變了原來的創作思維和路線，由道入佛，棄置充滿原創性和炫奇感的莊周風格，轉入以平實取勝，

---

[24] 《馬華散文史讀本 1957-2007（卷一）》，頁 174。

直指人心的禪宗模式[25]。大業未竟的散文革新工程，需要多幾個在
散文語言和題材創造上，展現強大革新意識的新銳作家，才能成其
大勢。

三、人在江湖：俠義精神和古典元素的融鑄

不管從哪個角度來審視，文長四千八百餘字的〈龍哭千里〉
（1972）都是一篇意義非凡的散文[26]，出生在霹靂州美羅小鎮的溫
瑞安[27]（1954-）那年才十八歲。五年後，早慧的溫瑞安出版了同名

---

[25] 後來居上且持續多年的「禪風」，已成為何乃健在馬華文壇的標誌。

[26] 此文先後入選四部散文選：張樹林編《馬華當代文學選・第一輯（散文）》、
碧澄編《馬華文學大系・散文（一）》、鍾怡雯、陳大為編《馬華散文史讀本 1957-
2007（卷一）》、鍾怡雯、陳大為編《天下散文選Ⅲ》（台北：天下文化，2004）。

[27] 溫瑞安的創作力和活動力，是馬華文壇數十年來最罕見的例子。早在一九六
七年念國中一年級，便創辦了「綠洲社」和《綠洲期刊》（連續出刊十三年，一
百多期），一九七一年開始在《蕉風》、《學報》、《中國時報》、《現代文學》、《純
文學》等重要刊物發表創作和評論，並在香港《武俠春秋》發表「四大名捕」
故事之一的〈追殺〉。一九七三年正式創立「天狼星詩社」，設有十大分社，是
當代馬華文壇最活躍的文學社團，由其兄溫任平出任總社長。一九七四年，溫
瑞安與詩社部分核心成員赴台留學，他進入台大中文系就讀。翌年，因台馬兩
地詩社內部分歧，旅台諸人集體脫離天狼星詩社，於一九七六年初創立「神州
詩社」（後改稱「神州社」），先後出版了《神州詩刊》、《神州文集》、《青年中國
雜誌》等刊物，以及詩社史料《風起長城遠》和《坦蕩神州》。溫瑞安在新詩、
散文、評論、小說四弩齊發，創作力非常旺盛，神州社在台灣文壇的聲勢相當
驚人。一九八〇年九月廿五日，溫瑞安和方娥真被台灣警備總部誣以「涉嫌叛

的散文集《龍哭千里》（1977），收錄了三十篇風格非常突出的散文，其中包括文長萬言的〈八陣圖〉（1973）和〈大江依然東去〉（1973）。事實上，二十二歲的溫瑞安在這一年同時出版了五部個人著作[28]，龐沛的創作力和雄渾的敘述，讓他筆下的古典中國和武俠世界迅速得到完整、成熟的構築，思想和技藝的錘鍊全部一次到位，所有的雛型迅速演進成完型，建立起獨一無二的「大俠」風格。僅僅十年的純文學創作生涯（1971-1980），卻為一九七〇年代的馬華文學留下許多擲地有聲的名篇。

　　溫瑞安的散文創作企圖心非常大，一方面受到余光中〈剪掉散文的辮子〉（1963）、〈下五四的半旗〉（1964）等理論的激勵與影響，另一方面則是對當時馬華散文作家的創作態度感到不滿。在余光中以詩人身份進行散文革命的示範之下，很多詩人都坐不住自己的椅子，彷彿找到真正的天命。

　　當時台灣散文同樣在余光中大刀闊斧的征伐下，展開了全新的局面，余氏散文和理論對傳統散文的書寫模式造成相當大的震撼。不過台灣散文的整體質量很高，余光中的革命並沒有獲得真正的成果，他後來的散文也回歸到五四傳統散文的路子上去了，〈聽聽那冷雨〉（1974）和〈山盟〉（1972）盡成絕響。當年，余氏散文革命尚在熱頭上，一向以台、港文學馬首是瞻的馬華新銳作家，豈能不群起

亂」罪名逮捕，在軍法處監獄囚禁了四個月之後，被遣送出境，轉赴香港發展，從此專注於武俠小說創作。

[28] 小說集《鑿痕》、《今之俠者》；散文集《龍哭千里》、《狂旗》；評論集《回首暮雲遠》。

效尤？溫任平和溫瑞安兄弟二人（及其同輩作家），皆以台灣現代詩和現代散文為師，自然法其筆，效其形。馬華現代詩／散文的革命大業，從溫任平創立「天狼星」詩社，即可窺見余氏的文學基因。

大業在前，天命在身，所以溫瑞安在《龍哭千里·序》裡大聲說出：「這幾篇散文，我寫時有大志，不單注重整體的意象、節奏、氣勢，也注意到局部的文字密度、彈性、張力，不惜融合了詩的語言，戲劇的形式，小說的佈局，滲和在散文內取其精華，拓展散文的格局。散文真的要變了，那時我想。我讀了無數張口見舌、空洞無物的文章，有些甚至是有文無章，或有章無文……。皆因散文作者沒把散文當作一種純文學的文類來處理」[29]。不但如此，他還跟溫任平進行了一場慎重其事的對談，「企圖為散文定位，而且意圖使散文更具價值，故嘗試在作品中增加散文的幅度；增廣散文的意義，使散文的結構更為稠密，使散文的境界更具深度，使散文的意象更加精煉，使散文的句法更富彈性。」[30]

余光中將「現代散文」定義為：講究彈性、密度和質料的一種新散文，並且能夠兼融中國古典文學的文字修養與現代主義藝術的時代精神於一體[31]。余光中在現代散文語言技藝上的追求（理想）與錘鍊（實踐），讓溫瑞安看到現代散文的創作契機，更燃起一股為馬華散文振衰起蔽的使命感。余光中對中國古典文學修養的強調，到了溫瑞安筆下，激化成更純粹的中國（文化）意識，他甚至認為：

---

[29] 溫瑞安〈序：見龍在田〉，《龍哭千里》（台北：時報，1977），頁6。

[30] 溫瑞安〈對話錄〉，《回首暮雲遠》（台北：四季，1977），頁178。

[31] 余光中〈剪掉散文的辮子〉，《逍遙遊》（台北：時報，1984），頁29-40。

「馬來西亞華文的根源是中國語文，它的本質仍然是中國的本質，如果用它來表現馬來西亞的民族思想、意識及精神，那顯然是不智而且是事倍功半的事，……但華文正趨向馬來西亞化，也就是說，把它的本質異族化，卻非善法。因為這很容易造成一種後果：既喪失了原有的文化價值，又無法蘊含新的文化價值」[32]。更深一層的發展，就是蘊藏在溫瑞安創作意識裡的「內在中國」[33]，以及透過大量創作文本建構出來的一幅「中國圖象」[34]。

　　「中國」對溫瑞安而言，不只是一種古典文學的養分，也不只是一個臆想中的文化原鄉，它根本就是一座完美的「聖地」，足以讓他領導「神州群俠」展開無怨無悔的無盡追尋。雖然古典文學為他（和群俠）準備好上路的盤纏，然而在這條萬里長征路上，能夠走到終點的，只有溫瑞安一人（其他大俠寫不了幾篇，便陸續夭折在逐漸乾涸的長江、黃河意象裡面）。光憑古典文學的養分，本來不足以造就一位現代散文作家（或詩人），否則中文系培育出來的大學生

---

[32] 溫瑞安〈漫談馬華文學〉，《回首暮雲遠》，頁 14-15。這是一個很有爭議性的問題，無法在此討論。

[33] 「內在中國」的討論，詳見：黃錦樹〈神州：文化鄉愁與內在中國〉，《馬華文學與中國性》（台北：元尊，1998），頁 219-298。

[34] 「中國圖象」的討論，詳見：鍾怡雯《亞洲華文散文的中國圖象 1949-1999·〔第四章〕想像中國的兩種方式·第一節》（台北：萬卷樓，2001），頁 145-165。或見〔增訂版〕：鍾怡雯《靈魂的經緯度：馬華散文的雨林和心靈圖景·〔第二章〕馬華散文的中國圖象》（吉隆坡：大將，2006），頁 15-61。前書對中國圖象的論述比較全面，可以看出這個議題在台灣的情況，及其對留學台灣的溫瑞安所產生的影響。後書乃是修訂後的馬華專論，焦點比較集中。

很快便擠爆文壇。

　　構成溫瑞安獨樹一幟的散文風格的因素，至少有四個：（一）革新現代散文的使命感；（二）跨文類創作對散文技藝的影響；（三）武俠／狂想式的現實生活；（四）對華教存亡的憂患意識。

　　溫瑞安企圖革新現代散文的使命感，是其散文創作活動當中相當重要的動力來源。余光中的散文理論與創作實踐，打開了溫瑞安的創作視野，讓他產生一股「登泰山而小天下（馬華）」的快感；加上本身的創作天賦，自然能夠看到馬華散文的困境，和革新的路徑。

　　當十八歲的溫瑞安寫下──「黑夜不是全盤勝利的大旗，它密布破洞：點點的星光。屋外是黑，是月華，是蟲鳴，是一片鬱鬱的黑橡林，是安詳入眠的小道，於是你決定走出來，每一步都抖落一些學問：鋼琴的悠緩，提琴的幽怨；二胡的哭訴，古箏的琤瑽」[35]──如此鏗鏘有力且充滿變節變化的文字，他不得不自負起來（自負到去為現代散文的定位進行對話），一種捨我其誰的「拓荒」的使命感，於焉產生。

　　其次，溫瑞安的跨文類創作對其散文技藝的影響，十分明顯。詩歌語言的滲透已不是什麼新鮮事物，苗芒、何乃健等人在此已取得相當出色的成果；小說與戲劇情節的滲透，也沒多了不起。不過，溫瑞安卻把武俠小說的敘述氛圍（甚至某種「大俠人格」），以及對華教的憂患意識，同時灌注到散文創作裡去，以詩化語言來呈現敘述中的劍氣（銳氣），以小說為虛構舞台，將磅礴的內在情感和志向，

---

[35]　〈龍哭千里〉，《馬華散文史讀本 1957-2007（卷一）》，頁 237。

投射到自剖式的散文世界裡去，夾敘夾議，又有了文化批評的力道。

　　武俠想像和憂患意識是促成多元文類大融合的關鍵因素。

　　武俠是虛構的人生，或者說，是人生虛構的部分。

　　溫瑞安始終認為武俠小說是「一種能不受西洋文學侵蝕，保留文化傳統的作品」[36]，「是最能代表中國傳統文化精神的，它的背景往往是一部厚重的歷史，發生在古遠的山河裡」[37]，即為「傳統文化的一個特色，我們就應該發掘它、正視它、研究它」[38]。它不但是絕對純粹的中國元素，他更進一步發現武俠小說有一種不可思議的力量——「因為在『武俠』中，我們可以得到性格上更率真的流露；因為在『武俠』中，我們可以得到感情更奔放的激盪；因為在『武俠』中，我們可以體會到人間更溫厚的同情；因為在『武俠』中，我們可以把幻滅與苦悶得到超昇；因為在『武俠』中，我們可以更具體地潸然空淚流的懷古——」[39]。

　　於是，他把自己和身邊的重要夥伴一起寫進武俠小說裡去，成為行走江湖的神州群俠；同時又把現實生活「武俠化」[40]，將社團組織成門派，集體習武、結拜。「有些神州成員由溫瑞安『賜』一個

---

[36]　〈古遠的回聲〉，《回首暮雲遠》，頁226。

[37]　〈古遠的回聲〉，《回首暮雲遠》，頁222。

[38]　〈談武俠詩〉，《回首暮雲遠》，頁214。

[39]　〈無邊落木蕭蕭下——武俠詩與武術詩〉，《回首暮雲遠》，頁216。

[40]　溫瑞安的詩作〈浪淘盡〉（1976）中，就有這些幾句非常武俠的人生寫照：「我們是江湖中偶然抹過的一刀／幾個宗師在少年時／忽因感情而縮結在一起／不問彼此身世／只問風湧雲動時／誰會是那風／誰會是那雲」，詳見：溫瑞安《楚漢》（台北：尚書，1990），頁39-40。

頗為武俠或古典的名字。他們住的地方稱為『試劍山莊』，溫的住處叫『振眉閣』，方娥真的是『絳雪小築』」[41]。生活與書寫的所在，即是江湖。所以他才會這麼說：「你寧願埋首於金庸與金鈺的武俠小說與電影中追尋那一絲芳香的古典，你甚至把自己也埋首在那種創作中，把『社會』喻為一座黑森林，把環境的各種阻力寫成十三名劇盜，然後把自己化成一匹『追殺中的狂馬』，『且不能退後，且要追擊』。」[42]

　　正是溫瑞安這種武俠幻想與文學現實相互滲透的人生，讓他的散文產生了與時代格格不入的俠氣，而且是開山立派的「大俠氣度」，投映在散文創作中，成為一種剛烈、銳利、敢為天下先的敘述力量，和姿態。由此凝聚而成的作者形象非常獨殊——「從此刀便成了你的象徵，每出鞘必然沾血」[43]——儼然就是一位路見不平即拔刀相向的年輕俠客，而且「整座江湖，都在焦焦切切的等著你，那英雄少年的劍鋒」[44]。

　　所有武俠小說都供奉著兩個千古不易的母題（motif）——「英雄出少年」和「鋤惡」。初出江湖的少年俠客，都得去對抗某個宰制江湖的霸權（或惡勢力），從遭遇－宣戰－衝擊－挫敗－奮起－結盟，最後徹底瓦解它，正義再臨。不能「鋤惡」，便喪失了用武之地，少俠的一身武藝和正義人格，自然失去存在的價值，「英雄出少年」的

---

[41] 《靈魂的經緯度：馬華散文的雨林和心靈圖景》，頁 22。

[42] 〈龍哭千里〉，《馬華散文史讀本 1957-2007（卷一）》，頁 239。

[43] 〈龍哭千里〉，《馬華散文史讀本 1957-2007（卷一）》，頁 240。

[44] 〈風動〉，《馬華散文史讀本 1957-2007（卷一）》，頁 274。

戲碼就唱不下去。不管是創作的策略、內心的焦慮，或天命使然，溫瑞安都得把自己推到散文革新（或革命）最前線，去對抗、拔鋤守舊派散文的惡勢力：

> 你步行出來的悲哀，是一種恐怖的孤寂。一種全城只剩下一位清醒者的痛苦。你啊你，異域的少年，怎樣使那些搖頭晃腦唸著教科書而心裡對中文厭倦得要死的教師信服呢？老教授們活在他們愚昧的世界裡，說：「年輕的一代不知搞些什麼鬼」；有人在茶館中吟詠那四平八穩的箱子似的古體詩；有人今天競選文藝研究會會長、秘書等要職明天參加藝術晚會後天趕去藝術館剪綵；有人一落筆便要人去擁抱生活啊舉起鋤頭，窮喊地主剝削勞工啊三輪車伕最偉大；有人永遠「媽離不了你」總是一把眼淚加上一灘鼻涕加上一點心理變態加上幾聲嘆息，且把那樣的貨色稱為「淒涼美」「失落美」，對於這些人，你發誓與他們周旋到底。因為你是年輕的刀，而刀是無情的，不講情面的。為此，你已無意中替自己樹立了不少敵人，他們不止一次群起圍剿你、攻擊你，結果自然是你的刀也不止一次派上了用場。[45]

這一柄年輕的無情的刀，究竟曾經對抗過多少惡勢力的圍剿？再也沒有人知道。或許那只是少俠的「想像之役」，對苦悶與挫折感的譬喻。那已經不重要，一九七〇年代的烽煙與江湖都不復存在，但那股怨氣和鬥性依舊活絡。

---

[45] 〈龍哭千里〉，《馬華散文史讀本 1957-2007（卷一）》，頁 240-241。

　　溫瑞安的批判意識在段末迅速凝固成刀，把那些即將雜文化的批判文字，逐一收攏成高壓的氛圍，把敘述主體重重圍堵起來，釀製出「舉世皆醉我獨醒」的那種痛苦與孤獨，他那個革新馬華散文的天命，遂有了迫切的理由。

　　虛構的武俠世界，或許只有所謂的「俠義精神」和「俠客人格」是真實的。這些不切實際的精神要素，必須跟其他具體的事物結合，才能紮紮實實地成為一篇文章的靈魂與肌理。除了馬華散文的革命大業，華教的憂患意識亦是最適合拋頭顱灑熱血的具體事物。

　　溫瑞安散文中強烈的文化性格和憂患意識，跟霹靂州的華教困境有密切的關係。自從教育部頒布《一九六一年教育法令》後，全國七十二所華文中學當中，有五十五所在翌年改制為國民型中學，其中十五家在霹靂州，州內堅持獨立的只剩兩家。此後一連串的中小學教育改革，令獨中生的人數暴減至谷底，幾乎淪為補校或停辦。一九七三年霹靂州華教界人士被迫展開獨中復興運動，方才起死回生。溫瑞安生逢其世，曾因華校停辦高中而轉學到以英文和馬來文為主的國民中學，所以感觸特深。

　　黃錦樹在〈神州：文化鄉愁與內在中國〉（1993）一文，從華教危機的時代背景，分析了溫瑞安的文化處境和焦慮。他指出：從一九六七創辦綠洲社到一九七三年創辦天狼星詩社之間，由於客觀條件過於惡劣，他們只好自力救濟，結社、出版、辦活動，不知不覺跟華教運動一樣參與了國家形成中「傳統中國文化之創造」。惡劣的大環境讓他們醒悟，中華文化並非天然賦予或與生俱有的，必須極力爭取，去召喚去重新構造，於是他們自詡為文化的「選民」。然而這

卻造成兩種矛盾的情緒，一是捨我其誰，傳承中華文化香火的使命感；一是對自身的不確定，既不清楚方向是否正確，也不確定誰會一生無悔的投入。前神州時期溫瑞安部分作品的陰鬱基調，必須置入上述背景中方能充分理解；另一方面，它更生動地展現了那群夥伴（以及同時代的華校生），共同的精神狀態和憂患意識。黃錦樹進一步解讀說，從〈龍哭千里〉可以感受到作者過早承擔了一代人的文化使命，他把夜中的自己命名為獨醒者，周遭滿佈著愚昧而過時的敵人，他是帶刀的少年，帶劍的哥哥是他青春期苦悶的守護神。到了〈八陣圖〉，捨我其誰的文化使命感及對未知的恐懼，終於爆發成動人的悲吟，膨脹的自我追逐一盞渺小的燈，在死亡的陰影裡生命更顯得無比莊重，龐大的幻滅感促使他的作品在藝術上悲壯的完成。「龍哭」和「遺恨」都道出外在不可知力量的強大摧毀力，他把大環境的壓力轉化為隱喻和象徵，卻失去確切和現實的所指，「龍哭／遺恨」在抽象的恐怖境域裡，提升為普遍的悲愴。[46]

　　不是每個人都可以去承擔這種龐大、沉重的文化使命，更不用說如何將之融鑄到散文裡去，通常那種文章只是一堆灰沉沉的、思想的厚土，知識份子的話語往往成為散文敘述的累贅物。

　　〈龍哭千里〉語言技藝上的表現十分出色，雄渾的氣勢一舉撐起全部內容，從外在境況到個人心志的敘述，都遊刃有餘，而且語言節奏掌握得很精準：

　　　　夜，清涼。雲來，雲去，月仍是月。你回眸亦喚不起雲飛，

---

[46] 《馬華文學與中國性》，頁 225-236。

> 風亦不會在這時候擾動安詳的林子。一種深邃而成熟的意
> 味，籠罩著這整座園林。空氣稀薄得如一闋清平樂。沒有夜
> 鶯，沒有深夜中過橋的白衣，沒有河哭在腳下。你吸進一口
> 給薄荷冰鎮過的氧氣，你的胸襟呵是一漠大原。[47]

古典意象很自然地融入主體情緒和景物的雙重描繪當中，每一句景
緻都別有深意，畫面層層遞進，從月－雲－林子－清平樂（聲）－
〔沒有〕夜鶯－〔沒有〕白衣－〔沒有〕河（聲）－氧－大漠，由遠
而近、從有到無、最後外在的景象轉換成內在的胸襟，多層次的變
化，視覺感相當飽滿。尤其「你吸進一口給薄荷冰鎮過的氧氣，你
的胸襟呵是一漠大原」，就是詩了！前句不斷沉澱、淤積的敘述，在
此驟然開闊，形成某種大氣象。

　　〈龍哭千里〉對余氏散文理論的實踐，相當成功。

　　溫瑞安對屈原、岳飛、東坡、陳子昂等的家國情懷，有種特別
強烈的認同感，甚至神入（移情）到古人的心境裡去。〈天火〉（1975）
即是很好的例子。鍾怡雯認為：有一種前無古人後無來者的孤絕情
緒彌漫整個文章，然而他們要到哪裡並沒有明確的交待，只在文章
最後，三人看到一把深具象徵意義的火，這一大段文字幾乎就是他
們對華文的前途一種宿命而悲憤的寓言，火在風中雨中惡劣的環境
下起舞，不知誰引燃（華文的傳承）的火種，究竟是先驅或後進，這
火也不一定能傳承下去。他們對華文教育有一種狂烈而激情，卻無
力的孤獨感。華文就處在這個風雨飄搖隨時失傳的時代，他們能做

---

[47]　《馬華散文史讀本 1957-2007（卷一）》，頁 239。

的，是使它流傳。[48]

可惜溫瑞安為馬華散文和華教振衰起蔽的大志沒有完成，一九八〇年代以後全面轉向武俠小說創作，也跟馬華文壇斷絕了往來。但從〈回首暮雲遠〉(1975) 這篇充滿評議色澤的武術散文，得以窺見溫瑞安的武術思想如何滲透到創作生命的核心之處，甚至老早決定了他後來走向專業武俠小說創作的道路。

溫瑞安一向主張文武雙修，台北神州社的成員都得習武，不能當個手無縛雞之力的文弱書生。正如他在文中所言：「從前的文人，大都能文武兼修的，像李太白、辛棄疾、岳武穆等人，或許李白詩酒舞劍，對影成三人時，他會覺得自己發揮得最舒暢的是劍法，不一定是詩，也許他早已把劍法當作一門藝術」[49]。武俠乃溫瑞安的信仰，是創作動力之根源，它產生了充滿刀風劍氣的剛烈語言，大氣磅礡的敘事也處處暗藏招式，它甚至讓溫瑞安獲得一股支撐的力量和雄渾的氣勢，足以獨力承擔振興中華文化之大任。溫瑞安散文根本就是一個武俠世界，眾多的武俠元素和意象語彙，排山倒海的支援他的敘述，也支撐他的文化承擔意識。

展讀他的散文和詩，如同踏進「神州奇俠」的江湖。

有別於何乃健的哲理與科學的相互融會，溫瑞安這種高度詩化和小說化的「武俠散文」，可謂獨步馬華文壇，不但前無古人，更後無來者，為一九七〇年代的馬華散文革新大業，留下許多富有藝術

---

[48] 《靈魂的經緯度：馬華散文的雨林和心靈圖景》，頁 29-30。

[49] 〈回首暮雲遠〉，《馬華散文史讀本 1957-2007（卷一）》，頁 279。

價值和研究能量的創作成果。

　　至於馬華現代散文的理論建構，以及另一種較罕見的「論學散文」的創作，則是溫任平散文的「根據地」。溫任平所服膺的現代主義，及其本身相對前衛的散文視野，可說是一九七〇年代馬華文壇最重要的評論作家，同時也是溫瑞安在散文創作上，最重要的支持者。

四、理念先行：知性與詩性的雙重經營

　　出生於怡保的溫任平（1944-）自一九五八年開始創作，是相當早慧的詩人。高中時期讀了瘂弦和余光中等台灣現代詩，得到很大的啟發，從抒情轉向現代主義風格。後來深入閱讀並翻譯濟慈、雪萊、華滋華斯等歐美大詩人的詩作，拓寬了文學視野，進入第一個創作高峰期。一九七二年創立天狼星詩社，並擔任社長，掀起一股文學狂飆運動。從一九七一到七五年，是溫任平的第二個創作高峰，本期佳作大多收錄在第二部散文集《黃皮膚的月亮》（1977），也是本文討論的重點。

　　溫任平散文一向以強烈的知識份子情懷著稱，狂飆式的抒情筆調，急迫地驅動著知性的主題與元素。他一出道，即面對知識貧乏、文學衰頹的時代，獨立初期的馬華文壇無法提供創作所需的養分，唯有從台灣現代文學的經典作品中，掠取鯨吞。余光中、葉珊（楊牧）、張曉風等當代散文大家的藝術風格和創作理念，以及顏元叔教授在西方文學理論的論述與運用，讓溫任平獲益良多，甚至激起他

在馬華散文創作和理論方面，稱雄一方的壯志。

最難得的是，溫任平沒有把眼光停靠在西方現代文學的理論陳述上面，或強行套用相關理論，反而進一步去追尋中國古典散文傳統的千年譜系，企圖找出真正屬於中國散文的特質，並借用西方理論方法來辨析、耙梳，重新定位中國現代（純）散文的角色和藝術價值，試圖建立一套中文散文的理論系統。他在散文創作的實驗中，大膽融入象徵主義、意識流、存在主義等現代主義美學理念和手法，以及余光中散文理論中的核心思維，讓《黃皮膚的月亮》成為一九七○年代馬華文壇最富實驗精神的散文集。

苦心孤詣的散文理論建設和創作實驗，背後強烈流露出一股憂患和不安，正如謝川成在〈一條拔河用的繩子〉（1980）裡所言：「溫任平在他的散文中所呈現的是一個憂患的世界。在這個世界裡，激情往往是它底最顯著的特徵，而作者身處的情境則多是兩難式的，猶如一條兩邊都受力的拔河用的繩子。這種兩難式的情境往往涉及一種人生價值的選擇，而選擇的背後隱伏著創傷的陰影，一種精神的不安與挫敗感。溫任平的散文經常出現的是一種成長中的人，閱歷不豐，有強烈的求知慾，敏感，而且具有不斷反思的習慣。這個人在面對現實時，常常遇到一些意想不到的打擊和挫折。溫任平認為失望、打擊、挫折正是有血有肉的人生的一部分。」[50]

強烈的憂患意識和自信，讓溫任平急著完成一些大事，他完全

---

[50] 謝川成〈一條拔河用的繩子──初論溫任平散文中的憂患意識〉，《謝川成的文學風景》（吉隆坡：馬大中文系畢業生考會，2000），頁 104。

跳脫寫實主義的風潮，甚至現實中的馬華文壇，直接透過羅門《心靈訪問記》、梁實秋《古典的與浪漫的》、顏元叔《文學的玄思考》等台灣文學論述，去思辨現代中文文學的發展方向。所以他的散文，往往是理念先行的。〈緘默是不可能的〉清楚記述著他的文學生活之實境，以及他急著與更多讀者分享的文學知識和理念，可是中學的教育環境根本容不下他的理想，「在班上，他寧可印更多的講義，介紹更多的考試指南，講解更多的文選也不願看他們沉溺在低級趣味的漩渦中，翻不了身。至於如何在文句的流動與凝煉間、知性與感性的交融間如雲般烘托出一輪自給自足的情境，這種以賦比興交織而成的絕技，他覺得現在似乎不是傳授的適當時機，他怕大家一時間感悟不來，因此見而生畏，與繆思絕緣。詩在文學的諸般體裁中可說是最接近美學，最 metaphysical 的，他現在的任務似乎更應先把他們自形而下的境域中支撐起來，然後在基礎紮實時，才告訴他們黃庭堅在『春歸何處，寂寞無行路……』（〈清平樂〉）中如何把『春』人格化（personified），詩句『大漠孤煙直，黃河落日圓』何以有幾何的線條美」[51]。唯一可以跟他對話的知音，是散文中經常提及的台灣作家群。溫任平的孤憤，是可以理解的。

　　有別於新詩，在散文中暴露的是滿腹經綸、壯志凌雲的溫任平，在此，他開啟了「論述散文」的先聲。那是一種結合了本身的閱讀經驗和文壇的境遇，在創作文本中以「指導性」的姿態，去傳達／闡述其文學觀念（或理論）的文章，糅合了散文和文論的雙重特質，

---

[51]　〈緘默是不可能的〉，《馬華散文史讀本 1957-2007（卷一）》，頁 210。

同時隱含了理論建構與文學教育的功能。把課堂中無法教授的文學知識，傳遞給真正愛好文學的讀者。

　　不管有多大的抱負，溫任平還是得面對殘酷的現實，在逆境中寫下色調灰沉的〈那一片陰霾〉，「伯牙碎琴」的典故，道盡懷才不遇的苦悶、個人與環境的磨擦，和傳道授業的焦慮。陷入困頓與不安的溫任平，唯有在台北才找到他的桃花源，從〈黃皮膚的月亮〉（1974）可以明顯感受到他對台北的依戀和不捨（這也是所有留台歸國的馬華文人的共同經驗）。這篇散文的內部，有兩組互相對照的心境：他跟瘂弦和周夢蝶兩位大詩人交會、相處的台北 v.s.氣氛浮腫得可怕的大馬農曆新年。前者是文學夢土，後者是生活實境。難道夢土只能短暫逗留，只能遙遙緬懷？他忍不住問自己：「人性中的某種慾望，某些基本的想望是可以永久地被埋藏的嗎？」[52]求知的慾望和無知的現實，各執繩子的一端，使勁拔河。文學與文化處境的惡化，不僅僅是個人的感受，從〈會館〉一文的感慨，即可看出作為大馬華人文化重要遺產的會館，早在七〇年代就已喪失它的社會功能。此文輕描淡寫，彷彿事不關已，卻令人倍感心酸。

　　溫任平散文經常出現極具臨場感的片段（近乎後設技巧中作者主動暴露寫作動機與過程的筆法），這種寫法在當時開創性十足：

　　　　開始我確是打算從嚴謹的結構出發的，後來才決定改變主
　　　　意。昨天晚上，我與詩社的朋友喝著施善繼送的大麯，我用
　　　　手指沾了點酒在桌上寫：

---

[52] 〈黃皮膚的月亮〉，《馬華散文史讀本 1957-2007（卷一）》，頁 216。

> 我的空袖裡藏不住那輪月
>
> 那輪月在酒杯中

　　那時，真的，我一點也沒想到結構，我寫的純粹是月亮與我
　　的關係。當然，月亮與我，在表面看來，似乎扯不上什麼關
　　係。我的血液是紅色的，我的皮膚是黃色的，它們在表面看
　　來，又有什麼關係呢？但是事實擺在眼前，當血液被抽盡，
　　當流動的循環被中止，我的皮膚就再守不住那美麗的黃了，
　　我的皮膚只管膁下一副乾皺的蒼白而已。我不知道這樣的解
　　釋會否落入不同事物不能作比較的那種謬誤。[53]

本該隱藏在文本背後的作者，卻跳出來說明文章構思與創作的初始
情況，甚至主動向讀者破題，去解釋篇名的由來。雖然我們無從得
知這種實驗性的手法在當時的閱讀反應為何，但這令人一新耳目的
開場，大大顛覆了一般散文（不管是抒情或寫實）的閱讀成規，這
類型的「作者自述」[54]讓作者不再安份於傳統的發聲位置，敘述者
（「我」）更逼近聆聽者／讀者，思緒和聲音比以往更為立體，能夠
有效刺激讀者對文章主旨的思辨。

　　現代主義（或存在主義）把很多深刻的哲學思考帶到東方文學，
當時的馬華文壇對它的了解很有限，舉國上下能夠精確地掌握存在
主義哲學的作家，屈指可數。「荒謬」是存在主義最關心的主題之一，
生存的荒謬感是很抽象的東西，不能直接陳述，必須透過某種形式

---

[53]　〈黃皮膚的月亮〉，《馬華散文史讀本 1957-2007（卷一）》，頁 215。

[54]　溫應該不會有「作者介入」的創作動機，那是一種更深刻的「作者自述」。

的轉換（變形或扭曲），打造成一組飽含寓意或隱喻的意象：

> 走在路上，太陽垂在他的背後，他又望著自己如現代雕塑的
> 長足扁身的影子苦笑了。站在自己的影子前面，也不知為什
> 麼竟會覺得自己那麼矮短，彷彿影子才是真正的自己，而肉
> 體僅不過如別人所說的一具臭皮囊罷了。
>
> 這麼想著，他就覺得一種酥麻的感覺倏地凸顯在皮膚上，如
> 猝然中箭地不由自主起來。這份奇異的感受，炙人而令人震
> 顫，如果巧於表達，不，如果巧於表現，在主題上已經先具
> 備了深度，而不僅囿於膚淺的感官經驗了。[55]

社會即是一個龐大的、依棲性的存在結構，對每個生存的主體產生
制度上的束縛，「自我」（ego）如同影子一般被這個海德格所謂的「非
本真結構」（Unigentlichkeit）所扭曲，只有完全「虛無化」，才能超脫
現實的困境，返回存在的「本真結構」（Eigentlichkeit）。自我虛無化
的能力，就是自由。文中點到即止，沒有申論。人生哲學的探討並
非溫任平的主題，雖然他寫了一系列〈存在手記〉（1972-1973），但
存在主義哲學在其散文中的實踐並不理想，往往只是一個念頭或片
刻的感受。

　　溫任平散文裡的「他」，同時兼具兩種身份：敘述主體本身，以
及思考的著力點。「我」也一樣，很多時候並不完全等於作者。以下
的「我」主要是營造一種「荒謬」、「疏離」與「孤獨」，那是革命者

---

[55]　〈那一片陰霾〉，《馬華散文史讀本 1957-2007（卷一）》，頁 212。

的典型形象[56]：

> 是的，我是站在一大片荒曠的土地上，頭上有一枚隱隱約約
> 的月，已經站了許久，是年輕的激烈支持我屹立了那麼久的，
> 我一直不斷提醒自己不要想到疲倦，不要想到疲倦！乾燥的
> 風一陣陣颮過我的臉頰，我的髮揚起似一大堆紊亂的飛蓬，
> 我愈來愈瘦，九十六磅的男人是很荒謬的，更荒謬的是我還
> 沒倒下，月反而亮得更有份量了。我不知道這情形會持續多
> 久。我是在等待與期待，期待又等待。朋友帶淚的笑聲秋寒
> 已重的山河更多更多無法磨滅的記憶在我空洞荒蕪的瞳仁
> 裡淡出淡入，最後慢慢地，慢慢地消失在捉摸不著形狀的背
> 景裡。[57]

有些訊息是很難言說的，只能感受，尤其像氛圍這種抽象事物。現
代主義者的書寫常常陷入類似的困境，存在者的獨白經常在讀者「空
洞荒蕪的瞳仁裡淡出淡入」，儘管他在敘述現代人的生存境況。不幸
的是，到最後連書寫行為本身也撐不下去了。這情形，確實是「很
荒謬的」。在標榜著現代主義的馬華散文作家當中，相當常見。

　　知性的散文不易為之，稍有不慎便落得生硬難嚼的下場。如何
拿捏好其中分寸，是一門大學問。溫任平的詩是極為感性的，但散
文卻傾向思辨性。只有在某些篇章裡，可以讀到相對柔軟的片段。
好比〈我的鬍髭與菸〉，溫任平側寫自己的教學生活，十分簡潔地勾

---

[56] 瘦弱、枯槁的革命者，與豐盈、臃腫的被革命對象，也是典型的二元對立。

[57] 〈黃皮膚的月亮〉，《馬華散文史讀本 1957-2007（卷一）》，頁 219。

勒出一個文人最日常和真實的身影：

> 五十八頁稿紙完成的那天，妳只說了一句話，妳說妳發現我
> 主知得可怕，主知得令妳心寒。妳的話猶似醍糊灌頂，我在
> 鏡中看到的是麻木了的不會展顏而笑的臉，就在那一瞬，我
> 便堅決地告訴了自己要恢復成往日底感性生活，我的鬍髭與
> 菸，我的披髮與行吟。陽光下，嚼饅頭的滋味倏地湧起，學
> 生們圍上來搶著說我最近完成了一首詩老師我最近剛寫了
> 一篇散文老師請你談談移情作用好嗎現代詩的定同疊景指
> 的是什麼老師為什麼你說好的作品都具有普遍性呢？我從
> 這些問題中重新品嘗到感動，感動的愉悅。[58]

理應平平無奇的敘述片段，借「妳」的角度描述了知性和感性的矛
盾與調節，之後，隨即出現七十三個字的長句，整個平平的敘事節
奏起了令人精神為之一振的起伏，十分生動、準確地捕捉到學生七
嘴八舌爭相發問的情境。這種奇正交錯的筆法，在溫任平散文中相
當常見。

　　談到現代散文的實驗或實踐，絕對離不開余光中的〈剪掉散文
的辮子〉。詩人余光中在這篇散文裡，宏觀地匯整了英語文學和漢語
文學兩大傳統中對散文的思考與辯證，由此鑄煉出幾項具有創造性
和顛覆性的現代散文創作理念，此文已成為中國現代散文理論建構
方面最重要的里程碑。溫任平企圖以〈散髮飄揚在風中〉（1971）繼
承余光中的大業，「散髮飄揚在風中」理應是「剪掉散文（保守陳舊）

---

[58]　〈我的鬍髭與菸〉，《馬華散文史讀本 1957-2007（卷一）》，頁 225。

的辮子」之後，最自由、最灑脫的狀態。他同樣旁徵博引，古今中外
的大家言談，匯聚於一爐。他甚至借用了余光中的著名詩篇〈如果
遠方有戰爭〉（1967）的核心詩句和敘述結構，以及羅門對都市文明
的一些雄辯語法，展開多重的二元對應式的辯證。語言是詩化的，
而且是重金屬的。賴瑞和認為：「〈散髮飄揚在風中〉是一篇散文抑
是一首長詩。溫任平在給《蕉風》編者的一封信中說：『這篇散文，
我企圖用的是詩意的結構，整篇就像一首長詩……』或許王文興的
主張：『想要振興今天的散文文字，惟有向詩學習。詩是文字中的貴
族，我們的散文太需要尊貴的血質了。』[59] 可以幫助我們窺探溫任
平的企圖。他嘗試做的是把大量『尊貴的血質』注入〈散髮飄揚在
風中〉。讓我們從這篇散文的構成上作更深入的探討。〈散髮飄揚在
風中〉的大部份句子是英文修辭學裡所謂的 periodic sentence（一開
一合的句子）。periodic sentence 的特色是結尾時呈現 suspense（懸疑）
的感覺，像一扁砰然關閉的門……，它是一篇音色躍現的散文，一
篇在句法上模仿詩的散文」[60]。很顯然的，溫任平對詩的信仰高於
散文，「借詩來振興散文的語言技藝」是詩人余光中的一貫主張，也
是溫氏兄弟據以實驗的創作信條。

　　我們必須承認，語言的詩化對當時的馬華散文，確實起了一定
的作用。何乃健、溫瑞安、溫任平這三位在一九七○年代對散文革
新有不同程度貢獻的作家，其本業就是詩人。在那個年代，同樣是

---

[59]　王文興編《新刻的石像‧序》（台北：仙人掌，1968），頁 20。

[60]　賴瑞和〈釋〈散髮飄揚在風中〉〉，《馬華散文史讀本 1957-2007（卷一）》，頁
331-332。

詩人的馬華散文創作者，為數不少，從何棨良、王潤華、淡瑩、陳慧樺、梅淑貞等等，但這些詩人作家在新詩方面的成就較出色，雖可納入上述三條散文實驗的路線加以論述，但其特色終將遮蔽於何、溫三人之下，實質意義不大。限於篇幅，略而不論。

結　論

　　一九七〇年代的馬華散文，在現代主義的大旗下前仆後繼而至的新秀寫手雖多，大都輕易夭折。從四十年後的今天去回顧那股浪潮，去重溫那部厚重散文選，赫然發現：能夠在這座「現代主義散文實驗室」裡活存下來的，竟無一人。創作生命比較堅韌的少數幾位作家，都遠離此道，或專心於詩，或重返散文的傳統路線。

　　本文拋開現代主義的框架，改從「跨領域的思考」與「多元文類的滲透」的視角切入，重新檢視一九七〇年代的馬華散文創作。

　　先有新銳詩人何乃健，吸收了莊子的哲學思維和修辭技藝，再加上本身在新詩語言方面的磨練，遂將散文語言進行全面的詩化，馬華讀者原已習慣平鋪直敘的訊息，在此獲得昇華。何乃健自《那年的草色》之後，由道入佛，風格振轉，他對馬華散文的創作實驗也告一段落。

　　同樣是新銳詩人兼武俠小說家的溫瑞安，崛起於一九七〇年代初期，多棲創作的溫瑞安融會了中國古典詩詞的語言特質、新詩的意象運用，以及新派武俠小說的敘述技巧，不但將散文的敘述變得更古雅、大氣，而且形塑出「敢為天下先」的革命者形象，其主體精

神儼然就是一名英雄出少年的武者。他的幾部散文集都成為重要的研究座標。在那場冤獄之後，溫瑞安從此遠離大馬和純文學創作，轉向武俠小說發展。

其兄長溫任平，身兼教師、詩人、評論家等三重角色，取得西方文藝美學和現代／存在主義的養分，亦承接了余光中的散文美學和理論，企圖以詩為文，打造他心目中的現代散文。因為人師之故，其大志自然脫離不了現代文學教育，下筆為文，常有導引當代文風之意，「文以載道」和「文以明道」的創作意圖相當濃厚，形成一種理念先行的、知性十足的「論學散文」。溫任平建構（馬華）現代散文理論的大志並沒有完成，但其「論學散文」的風格持續至今，近幾年頗受好評的「靜中聽雷」專欄，即為溫任平對全民文學教育的一項努力。

由上述三人的創作思想與歷程，可以看出「文學－哲學－科學－武俠」的跨領域思考，以及各文類（古典文學、新詩、武俠小說、文藝批評）對散文創作的滲透，構成一九七〇年代馬華散文創作的前衛實驗，對散文創作視野和技藝的革新，有很大的貢獻。

[2009, 2018/12]

校園散文的生產語境及其譜系之完成

（1979-1994）

前　言

　　一九五七年獨立後的馬華文壇，早期有現實主義（前行代及中堅作家）和現代主義（少壯派及新銳作家）的流派論戰，老少兩派作家在文論裡交鋒十餘年，在溫任平為首的現代派論述視野底下，勉強將散文區分為現實主義的「寫實」和現代主義的「抒情」兩大類別。儘管它的分類法則上存在著許多理論上的缺失，實際的創作概況也未能印證其論述，但這個二分法的論述背後，卻透露了一九七〇年代文壇世代交替的訊息。進一步觀察這期間出版的重要選集和散文個集，便能發現馬華散文作家的折損率太高[1]，文壇新秀的崛起往往只是曇

---

[1]　以一九七〇年代崛起的兩大散文作家溫瑞安和溫任平為例，前者的散文創作

花一現，來不及結集成冊就棄筆從業去了。由於缺乏優厚的文學環境與資源的支持（發表不易，出版困難，行銷更是天方夜譚），極大部分年輕作家紛紛被現實生活消磨掉原來的文學壯志，極少數幾位能夠撐下來的中堅份子，作品的出版量也不甚理想，從獨立以來五十年都沒有太大的改變。馬華散文創作的普遍早夭，因而造就了大規模的世代交替——不必費心篡位，便可輕易遞補缺額。這是馬華文壇的「自然生態結構」。

當溫氏兄弟雙雙退出散文的創作版圖，天狼星詩社和神州社的革命同志因此失去了創作的意志力，整整一代的年輕寫手退隱江湖，自然騰出遼闊的版圖，一九八二年出版的《馬華當代文學選‧第一輯（散文）》，即是一座意義非凡的紀念「碑」。在其主編張樹林忙著「立碑」之際，另一批跟溫瑞安他們當年同樣年輕的校園寫手陸續崛起，「校園散文」很快便成為一九八〇年代馬華散文創作的新興主題。

校園散文代表作家之一的潘碧華（1965-），曾經發表〈八〇年代校園散文所呈現的憂患意識〉（1997），其後又有旅台作家鍾怡雯（1969-）發表〈馬華校園散文的文學史意義〉（2005），為這股創作風潮，作出不同程度的評價與定位。鍾怡雯在其論述中如此總結：「在馬華的文學史上，校園散文確實是一個獨特的現象，縱的上承感時憂國的知識份子傳統，橫的切出時代脈動，進而建構屬於他們自己的烏托邦」[2]。這群在文本中埋首建構烏托邦的校園作家，由於寫作陣容

質量雖高，但撐不過十年，後者也差不多如此。同期的梅淑貞、陳蝶、梁放等人，在進入一九八〇年代之後的散文創作量也沒有顯著的增長，維持平盤。

[2] 鍾怡雯《靈魂的經緯度》（吉隆坡：大將，2007），頁137。

相當龐大、出版品眾多，加上那股一肩挑起馬來西亞華族（文化）興亡的創作使命感，在當時族群政治語境的共鳴之下，奮而崛起，蔚為大觀。

一、「校園生活散文」的預設讀者

當年馬來西亞只有寥寥幾所大學，歷史悠久的馬來亞大學（University Malaya），是入學門檻最高的學術聖殿，也是馬來土著菁英的孕育地。馬來政府為了保障馬來人的升學權益，實施一套按各民族人口比例進行配額的固打制（Quata），強勢管制非馬來人的大學入學比例。此制度行之有年，也是眾所皆知的升學弊端。許多遠比馬來學生更優秀的華人學生，只能在大學門前望門興嘆，能夠一窺堂奧者都是華社未來的頂尖份子。萬一考取馬大，更是光大門楣的喜事。華社的大學夢，糾纏著無數的遺憾和期盼。

一九七八年考取馬來亞大學經濟學系的葉寧[3]（1959-），由於缺乏獎學金奧援，為了籌措生活費，主動向當年最紅火的《新潮雜誌》投石問路，一向具有市場導向觀念的《新潮》認為馬大是一個金字招牌，二話不說便給她開個專欄，不但開啟了葉寧的作家之路，也意外開啟了馬華校園散文創作的風潮。

《新潮》以青少年讀者為主，葉寧的專欄即是這個經營理念下的

---

[3] 本名莊麗瑄的葉寧，除了《飛躍馬大校園》，另著有散文集《喝黑狗啤的女郎》、《家鹽家醋》、《漸入家境》、《令堂物語》。

產物。從葉寧散文的敘述策略（尤其筆調）來看，她最優先的預設讀者，當然是高中生和大學生，她的任務是打開神秘的象牙塔，讓讀者得以窺探箇中奧祕。這個專欄設預的年輕讀者群，直接促使葉寧跳出馬華專欄文章的傳統，既非匕首式的社論，亦非品格低下的戲謔笑罵。發表於一九七九～八〇年間的系列散文，一反女性散文的柔美、婉約風格，改以豪爽、幽默、顛覆、誇張的筆法，狠狠揭開馬大生活的神秘面紗。

〈Ｔ恤和牛仔褲的日子〉一文，如同剝洋蔥般層層逼近大部分中學生的大學夢，或者直接名之為「馬大情結」的內心渴望：「到初中時，更羨慕念大學的學生，第一次知道他們不必穿校服，沒有固定的上課下課時間，一間講堂可以容納五百人，簡直目瞪口呆。當二哥考獲馬大土木工程系，我比他還要高興，拼命叨他的光。時時有意無意同學提起我二哥是馬大生。二哥用到幾乎磨爛的講義夾，我早早就預定他一定要送給我。夾著二哥的講義夾，威風八面，那印在夾上的Universiti Malaya，就好像大人襟上的汽水蓋一樣，閃閃生光」[4]。這段看似信筆直書的內心告白，沒有讓讀者停靠下來逐句欣賞的修辭技藝，反而以現身說法的聊天口吻，毫無距離感的打進高中讀者心裡；尤其夾著印有 Universiti Malaya 的講義夾，那種威風八面的心態，非常赤裸且真誠的刻劃出葉寧和大部分高中生的「馬大情結」。無距離感的真誠聊天者，是葉寧成功的主要書寫策略。

---

[4] 收入鍾怡雯、陳大為編《馬華散文史讀本 1957-2007（卷二）》（台北：萬卷樓，2007），頁 4。

　　對事件的剪裁和情節高潮的鋪設，葉寧很有一套，彷彿每篇散文就是一齣單元劇，透過徹底口語化（局部粵語化）、節奏感十足的敘述，直接把自己心裡的想法和情緒起伏，毫不掩飾地暴露在讀者面前。當她差不多完成「馬大情結」的鋪陳，最後不忘來一句懸念十足的疑問：「馬大，真的如二哥所說的天堂嗎？」[5]

　　接著，她兵分兩路去打開這座天堂的大門。

　　哪個中學生不對馬大的求學生涯感到好奇呢？葉寧當然不會老老實實坐下來，陳述上課的情景與心得。〈我的心跳得很厲害〉寫的是令人大開眼界的「霸位」心理和手段，「每當在講堂外面看到講師收拾要走時」，在講堂外備戰的學生「都騷動緊張起來；而我的心開始跳得很厲害，血液在血管裡奔騰，神經大受刺激，尤其是衝了進去，又霸不到真是緊張得半死。等到霸了位坐下，我還需要五分鐘讓我的心平靜下來」[6]。馬大校園的爭霸戰不止在座位上演，〈蛇廟就是圖書館〉描繪了另一個戰場。馬大圖書館的藏書有限，但借書者太多，所以「那些熱到炙手的參考書必須叫圖書管理員保留或到『紅點圖書館』，才有機會目睹『風采』。那邊的書只可借三小時」[7]。於是大夥兒便展開紅點圖書的另類爭霸戰：

> 最令我咬牙切齒莫過好書的不翼而飛。像余光中的《聽那冷
> 冷的雨》只看了一次。第二天想再次的細讀，怎知卻找不著。
> 我立刻到蛇廟的華文部辦事處詢問，證明沒有在。……有些

> 缺德的傢伙讀到一本好書則把它藏在「冷門」的地方佔為私
> 有。蛇廟這麼大，如何去找，有時我也在華文藏書處找到一
> 些其他科目的考試試題本，心裡頓時湧出千萬種感覺。「高級
> 知識份子」也有這樣自私的行為。[8]

那個年頭馬來西亞全國上下找不到幾家像樣的中文書店，吉隆坡以
外的地區，書店小如五臟不全的雜貨舖，只賣字典和字帖。現代文學
圖書只會出現在吉隆坡的一兩家較具規模的大眾書局，但訂價比台
灣高很多。外版書是奢侈品。非常有限的圖書館藏書變得很搶手，從
「紅點書」這個神奇的制度，反映出龐大的閱讀欲望與匱乏的圖書資
源之間，異常緊張的狀態。

除了讀書主題，葉寧不會錯過大學生的感情生活。在〈大學是個
冷漠世界〉一文中，她以第二路奇兵進擊大學女生的感情世界，以書
喻人，直取要害：

> 如果要減少女大學生落落寡歡成老處女的方法，就是多舉辦
> 一些集會，派對，製造接觸機會，好能配偶。
> 在這裡女孩子往往是被取笑的對象，以前是被戲謔「一年驕，
> 二年傲，三年沒人要」，如今新的花樣又來了。第一年的新生
> 被喻為「紅點書」；第二年的舊生是「書架上的書」；第三年
> 的舊生則是「雜誌」。
> 「紅點書」是當紅炸子雞，要借它的人連綿不絕，而每次只
> 能借三小時。

---

[8] 《馬華散文史讀本 1957-2007（卷二）》，頁 13。

> 「書架上的書」是圖書館裡的書，要參考才去翻它。雜誌，
> 更慘，每一個月才去光顧一次。女生的身價一跌再跌，成了
> 股票市的「大瀉蟹」。[9]

這種帶有強烈個人口吻的「爆料式」敘述筆調，毫不保留的揭露了大學女生的「市場價格」；充滿巧喻的實況轉述，更是令人印象深刻。

葉寧大膽塑造了一個粗枝大葉、卻又純樸直率的人物形象，超額地滿足了大家對馬大學生的偷窺慾。當然，她的文字也是粗枝大葉的，不假修飾的文字卻在生活細節的描述上，產生強大的親和力，讀者可以很逼真地神入／移情到心情或故事裡頭，去親歷其境，去感受其中的酸甜苦辣。這種莽漢風格的校園散文，造成相當大的震撼，馬華文壇從來沒有出現過類似的系列散文。她的專欄不但廣受歡迎，幾年後《飛躍馬大校園》（1987）結集出版，更是大賣，幾乎成為高中生的大學夢土，和準大學生的入學生活指南。這部以馬大校園生活為題材的散文集，是一座重要的里程碑，正式開啟了馬華一九八〇年代校園（主題）散文的序幕，後有瘦子的《大學生手記》推波助瀾。

出生在吉打州亞羅士打市的瘦子[10]（1955-），韓江中學畢業後，在詩禮國達師範學院念了五個月，隨即考取馬來亞大學動物系。對許友彬而言，《大學生手記》是一次意外的製作，當年《學報》叫他寫這個專欄，他只是抱著遊戲的態度，甚至不想用原名，隨手取了「瘦

---

[9]　《馬華散文史讀本 1957-2007（卷二）》，頁 18。

[10]　本名許友彬的瘦子，自馬大畢業後進修國民大學教育文憑班，後來再回馬大讀書，取得社會教育學碩士。許友彬曾擔任《學報》編輯、《蕉風》雜誌主編，並獲鄉青中篇小說獎小說首獎、《通報》短篇小說獎。

子」為筆名。他覺得筆名如一塊蒙頭的布，頭蒙上了，就可以赤裸裸面對觀眾，沒有任何顧忌。這個專欄從一九七九年中刊起，至一九八〇年馬大畢業後結束，深受讀者歡迎，每個星期都有十幾封讀者來函，使他頗感意外。後來準備出書之際，因厚度不足，再火速增補了一倍以上的篇幅，《大學生手記》（1983）出版後，再度引爆風潮。

　　瘦子的敘事風格跟葉寧大不相同。葉寧企圖呈現的是馬大校園的面貌，從大學生的上課態度、人際關係，到五花八門的現象。現象與事件是文章的首要焦點。瘦子的敘事焦點在自己對事物的感受，他並沒有打算勾勒較宏觀的校園生活，他鎖定在自身的見聞上，所以敘述語言變得很重要。《大學生手記》的魅力，來自活潑、詼諧，幽默感十足的語言；許多平凡的事，到他手裡，自有一番丰采。

　　文本中的瘦子，是一個「逆崇高」的人物形象，完全不像大家假想的大學生（華社的未來希望？），但他的「小人物」個性也因此更平易近人、更討人喜歡。以〈被封瘦子〉（1982）為例，原以為是光憑身型來取綽號的小事，卻扯上「公、侯、伯、子、男」的輩分排序，大筆一圈，即把另外四個喜感十足的人物寫了進來。〈自以為了不起〉（1982）寫蕭大人，血肉感情皆很飽滿，從期待到失落，戲謔之筆卻帶上幾分心酸。

　　雖然預設的讀者同為年輕學生族群，但瘦子的路數跟葉寧不同，語言特質也不一樣，前者比較沉穩、幽默，且帶有幾分灰暗色調，後者比較豪邁、俐落，文字的臨場感和刺激感較強。瘦子的語言格調，完整地展現在〈令人心驚膽跳的電報〉（1982）一文中。這篇散文記錄著瘦子被馬大錄取的心境變化，情緒的起伏相當大：「五月三十一

日，我收拾包袱，我感到失望及羞慚，我並沒收到大學當局的通知書。我認命了，乖乖留在學院。我收拾包袱，是為了去實習。我被派到吧生港口的班他馬蘭小學去。在班他馬蘭小學教了一個星期，我感到沮喪，大學已開學了，報上刊登新生入學宣誓的消息，我仍待在一個小漁村，我沒有寫信回家，遠在吉打的爸媽並不知道我已經離開吉隆坡」[11]。峰迴路轉的大學夢在瘦子筆下得以再現，本文灰暗的敘述形成低沉的大氣壓，初時讓人有點喘不過氣來，讀者的心情自然隨著情節的迴轉而起伏，瘦子穩健中帶點幽默的敘述節奏，在此表現得相當出色。《大學生手記》全書正是奉行這個光暗互換，悲喜交替的策略，因而在大學生涯的書寫上，增添了一種生命際遇的深度感。

其次，他在某些篇幅裡的敘事氛圍也經營得不錯，當他寫到〈森林中寂寞的夜〉（1982），節奏感的拿捏、意象的變化都很精彩：

> 好啦，留下偉大的瘦子陪伴著偉大的森林。瘦子左盼右顧，四面黑漆漆。瘦子仰首望去，稠密的葉子連一顆星星都沒留下。瘦子本已穿了寒衣，再披上雨衣，還是覺得沁涼入骨。鬼魂如果要出來，應該選擇這時候。假如山中有老虎……假如山中有老虎，就沒有我瘦子。瘦子眼觀鼻鼻觀心，不敢亂動。看看手錶，每十五分鐘還得躡手躡腳起來一次。寒風拂來，樹葉沙沙響。樹葉墜地，猶如腳步聲，似人，似鬼，似虎，似共產黨。瘦子想起，摩罕已在溫暖的被窩內。瘦子又想起，三位同組的女孩睡得正酣。沒人陪伴瘦子。蟲聲唧唧，

---

[11]　《馬華散文史讀本 1957-2007（卷二）》，頁 117-118。

　　份外淒涼。瘦子常常怕到站起來小便⋯⋯。[12]

「瘦子」的自我稱謂在這段敘述中，產生了「似我／非我」的優勢，敘述者與聆聽者的距離是忽遠忽近的，彷彿在敘說與己無關的事，卻又飽含發自內心的薄薄的哀怨與淺淺的淒涼。戲而不謔，灰而不暗，是「我瘦子」這個敘述角度所營造出來的發聲效果。

　　儘管從未受到學界的肯定，但許友彬真正在乎的是讀者，讀者的喜悅就是他的快樂。他希望透過寫作讓學生發覺，閱讀原來也可以帶來樂趣，希望因此吸引更多人走進文學殿堂。不管在文本中遇上什麼樣的糟糕事件，瘦子都幽默以對，其人格本質是開朗的。

　　葉寧和瘦子的散文雖然廣受年輕讀者的喜愛，但從來不曾被任何馬華文選集收錄，主要是馬華文壇的主流視野對暢銷書作者的刻意忽視，其次是因為他們在文字技巧上的精緻度不夠，近乎口頭敘述。換個角度來看，這個缺點同時也是優點。在「校園生活散文」的草創期，它比較能夠在這片以文化沙漠著稱的馬華閱讀市場，吸引更多的讀者。事實上，這種口頭敘述，並不等於單薄、透明的文學感，這種文字能否生動地呈現出說話者的鮮明性格和獨一無二的語調，才是關鍵所在。崇高感和神秘感十足的大學校園生活，正需要葉寧這種不修邊幅的豪邁性格，以及聊天、爆料式的活潑筆法，才能產生巨大的閱讀快感。瘦子的出現，則提供了另一種比較幽默、沉穩的風格，將年輕讀者的閱讀心境，從輕快的葉氏節奏中稍稍拉回來。基本上，他們的敘述都是輕鬆的，他們所營構的「馬大神話」，屬於一種沒有

---

[12]　《馬華散文史讀本 1957-2007（卷二）》，頁 128。

閱讀負擔的校園散文。

從馬華散文史的角度來看，缺少了葉寧和瘦子的這兩部散文集，有關一九八○年代校園散文風潮的敘述，便產生很明顯的缺口。因為這兩座魅力不凡的「散文烏托邦」，確實影響了一代學子。

二、「學院派散文」的興起與轉型

同樣的馬大校園，在葉寧和瘦子散文落幕之後，由原本輕鬆活潑的敘述氛圍，急轉直下，變得越來越沉重，越來越激昂，馬大人的社會責任彷彿在一夜之間暴漲到近乎滅頂的高度。引起這種鉅變的因素，正是馬大華文學會的申辦，激化了校園作家的危機意識。葉寧和瘦子都不是中文系的學生，馬來西亞華社對他們的期待程度不高，身為全國唯一的中文系，何國忠等人的社會責任就大得嚇人。同樣一座馬大校園，在不同的身份和事件基礎之下，產生出來的校園散文完全不同，幾乎沒有半點交集感。此外，新一代的校園散文創作不再以年輕學生作為預設讀者，甚至在主要的幾位代表作家心裡，「聆聽者」已經失去原有的位置，他們全心投入在自己的「發聲」角色／行為當中，憂心忡忡地提出自己對家國及時代的感受，不管誰在聽，或誰聽得見。

嚴肅、沉重的校園敘述，足以逼使讀者重新省思華人在馬來西亞的生存境況。其中最具指標意義的觀測點，還是大學升學制度。當我們在說明葉寧和瘦子散文的文化語境時，只需要一段簡易的陳述，把大馬華裔考取大學不易的現象略作說明即可，因為他倆的散文並沒

有去探討、衝撞這個體制。到了何國忠[13]（1963-）的散文創作，恐怕得花一番功夫，去深入了解當時的族群政治現實。

　　原本實施「績效制」的一九六○年代，以全國統一命題的「高級劍橋文憑」作為大學入學標準，馬來亞大學（當時唯一的大學）的土著（馬來人）入學比例在 20%以下，其餘幾乎都是華人。經過一九六九年的「五一三種族事件」的流血衝擊之後，馬來人和華人的關係變得非常緊張，佔人口比例最高的馬來人不但在經濟結構上淪為弱勢族群，甚至各方面的競爭力都遠不及華人，在生存危機意識高漲之下，馬來人政府重新擬訂新國家經濟政策，國會並於一九七一年通過《聯邦憲法》新條文 153(8A)，確立種族固打制，實施一套按各民族人口比例（而不是單純根據考試成績）進行入學配額的制度，以保障馬來人的大學升學權益。土著與非土著的大學生比例逆轉為 64%：36%。一九七九年，在華裔最大的政黨「馬華公會」的爭取下，調整為 55%：45%（華裔學生佔 35%，其餘為印裔及其他少數民族）。當然這只是一個表面數據，土著大學生所獲得的獎助學金等就學優惠，以及在熱門科系上的優先權，就不會老老實實反映在「55%」的數據上。土著的「55%」，其含金量是遠高於非土著的「45%」[14]。

---

[13] 何國忠取得馬大中文系學士及碩士學位之後，繼續在該系修讀博士，後赴英深造，考獲倫敦大學亞非學院中國研究博士學位。

[14] 到了二○○八年，華裔大學生錄取率佔總收生率的 30.97%，印裔 6.84%，馬來裔（土著）62.19%。這一年，作為入學標準的「大馬高級學校文憑考試（STPM）」，有六位考生考獲全部科目 A 等，並榮獲大馬教育部考試局頒發「全國卓越學生獎狀」，但其中三人（都是華裔考生）卻無法錄取最熱門的馬大醫學系，兩人被

　　出生於柔佛州居鑾市的何國忠，高中畢業後原本考取台灣大學，後來因故放棄赴台留學，選擇離家較近的馬大。一九八四年七月，何國忠進入馬來亞大學就讀，他非但沒有感受到葉寧和瘦子在散文裡建構的烏托邦，他還選擇了公認最沒出息的中文系。這個看似微不足道的選擇，卻是日後馬華校園散文的分水嶺——葉、瘦二人寫的是大學的生活內容和趣聞，何國忠筆下盡是狼煙四起的生存，校園散文自此區隔出兩種截然不同的敘述視野。

　　入學不久，何國忠發表了〈消逝了的似青山還在〉（1985），大略回顧中學時期的學習和思維。這個一度沉醉在純文學天地，並高度崇拜胡適的小子，很快便發覺馬大中文系遠比想像中複雜，除了文學，還得直接面對大馬的族群政治。他的校園生活，打從出席馬大華文學會籌委會的常年大會開始，便沉重起來。暫且不談籌創華文學會的政治壓力，單是華社施加的「文化使命」之重擔，就讓人吃不消。

　　〈讀中文系的小子〉（1985）可說是所有中文系學生的命運縮影，何國忠以第三人稱的「他」當作所有中文人的代稱，透過一個典型的事件來說明中文人的社會角色和存在的矛盾：

　　　　當初又為何選上這個系呢？之乎者也了一年半以後，現在似

分發到第二選擇（國大醫學系），另一人僅錄取其第五選擇（沙巴大學醫學系）。〔詳見：《星洲日報・國內版》（2008.06.19）〕。類似的情況每年都會在華裔考生身上發生，所以華裔考生的 30.97%，也只是表面上的數據，意義不大。況且，以「全國獨中統一考試」為升學標準的全國六十間華文（獨立）中學的畢業生，都不能參加國內大學的升學機制，他們唯一的升學管道就是到國外留學，沒有獲得馬來西亞政府的半點獎助。

　　　　乎已沒有必要再說出因由。猶記得當年他註冊單主修這個系

　　　　的課程時，有一位同學跑來和他握手說：「實在很佩服你，的

　　　　確應該有人為中華文化的延續而努力，我當初也很想單主修

　　　　這個系的課程，但始終沒有這份勇氣。」[15]

這裡所呈現的矛盾不僅僅是個人的內心問題，而是整個華社的訴求、
認知、價值判斷上的矛盾。一方面華社諸公高喊著華人文化薪火相傳
的重要性，並賦予中文人一套振衰起蔽的文化重擔（諸公只負擔吶
喊）；另一方面卻又瞧不起中文人（或中文教師）的社會地位，總覺
得「中文系＝沒出息」。像何國忠這一小撮理想份子，長年遭受馬華
功利社會的貶抑、在校內活動受制於大學法、中文系部分課程得用馬
來語（國語）授課、中國文學的學位論文不能以中文撰述[16]，卻得承
擔「為中華文化而努力」的大任。其實他們只是一批華社與華人文化
自衛機制裡的祭祀品。食之乏味，棄之不可。

　　〈殘存記憶中的騰躍──馬大華文學會籌委會點滴〉（1987）完
整記述了何國忠籌辦華文學會的心路歷程，以及一個文化人格的形
成。華文學會的孕育與誕生，以及其存在之價值，恐怕只有那一代人
才能夠深刻體會。何國忠在這篇散文裡以議論的口吻，直接戳破華社
諸公的短視和偽善臉孔：「華裔社會人士一向只關注大專學府學額的
爭取，對於大學裡所發生的一切事物，從來不曾主動關心過，總以為

---

[15]　《馬華散文史讀本 1957-2007（卷二）》，頁 148-149。

[16]　馬大至今只能用馬來文或英文來寫學位論文，理由是馬來人看不懂中文，但
所有大馬國人都看得懂馬來文和英文，所以馬大中文系繼續維持這項可笑的「中
文禁令」。

能進大學的華裔子弟都是天之驕子。將他們送到裡面,他們就應該心滿意足了」[17]。校園散文發展至此,完全轉型,它向華社披露了殘酷的真相與生存危機。如果把馬大看作大馬現實社會的縮影,那麼馬大中文系則是大馬華人知識份子處境的縮影。

何國忠的創作質量相當可觀,同期的散文還有〈在香港的最後一夜〉(1985)、〈疏忽了的關心〉(1987)、〈疲憊的心靈〉(1987)、〈苦澀的歲月〉(1987)等多篇,前者寫方娥真,後三篇則是對華社的困境提出一些省思,他發現很多問題老是在(民族性的)短視裡,惡性循環。這群以天下為己任的,思想被迫早熟的華裔大學生,在巫裔居多的大學環境中,再多的奮鬥也是徒然的。他們只是年復一年的,輪流擔任唐·吉科德(Don Quixote),對抗那座永遠不損分毫的巨大風車。

〈只緣身在此山中〉(1988)是念碩士班的時候,回顧四年來在中文系的總體感受,身為馬大中文人,始終是無悔的。但馬大數十年來,究竟培養出幾個具有浪漫主義騎士精神的文化人呢?所謂的「使命感」,能夠維繫多少個世代的創作意志呢?

何國忠的散文集《班苔谷燈影》(1989)可說是「校園散文」由輕轉重的里程碑,它開啟了另一種「學院派」文化書寫的角度,具有華文文化的承擔意識、以知識份子(或文化人)自詡的敘述風格。何國忠的文字,很能夠將現實環境的壓力轉存到敘述節奏當中,不急不徐,每個環節和問題的陳述都相當流暢清晰,逐步逼近文化散文與社論的疆界,但始終保持散文的語言質地,沒有失控。

---

[17]　《馬華散文史讀本 1957-2007(卷二)》,頁 154。

　　五年後出版的散文集《塔里塔外》（1995），關懷層面更為寬廣，很自然地提高了文化／文學批評的成份，從中文系的文化使命感、馬華文學的省察，到華文國小的國文問題等等。那是一部脫離了校園主題，跨足到文化現象批評層面的學院散文。近年出版的《文化人的感情世界》（2002），則是何國忠以學院派作家／文化人視野撰述的一部隨筆式的散文集，可以看作校園散文最後、最成熟的演進類型之一。

　　文化激情終究得沉澱下來，冷靜地面對這個對文學與文化非常不友善的世界。

　　以同樣的姿態面對這個──對文學與文化非常不友善的──世界的「學院派」作家，還有同時期崛起的（檳城）理科大學作家祝家華[18]（1962-）。

　　馬華校園散文的大規模崛起，除了前有葉寧和瘦子迷人的烏托邦書寫，以及何國忠的憂患敘述，另一個非常重要的因素是大專文學獎的舉辦。一九八五年八月二十一日，理大華文學會成立了「第一屆大專文學獎」籌委會，祝家華出任主席，大力推動此一影響深遠的活動（一九八五年十二月徵稿，一九八六年五月截稿）。此獎「本著『文學關懷國家、社會、民族』的目標，我們期望在這散漫的大專文壇掀起一陣創作風氣，鼓勵更多大專生參與寫作，以文字抒發個人對國家、社會及民族的體會和感想」[19]。遠在台北，一九八三年創辦「第

---

[18] 出生於森美蘭州波德申老港的祝家華，原考上馬大理科系卻因志趣不合而重考，後來就讀於檳城理科大學行政管理學系，並於一九九〇年赴台灣政治大學政治研究所深造，先後取得碩、博士學位。

[19] 王貴才、王昌儀〈秘書報告〉，收入劉英雄編《理大文集・第 16 期》（檳城：

一屆大馬旅台文學獎」的政大大馬同學會，也曾經秉持相同的理念——「抒發個人對心靈、民族、社會、世界的情懷」[20]。這兩個重要的大專文學獎，培育出數十位馬華六字輩作家，可說是這個世代作家的文學搖籃。它們同樣賦予大馬在地和旅台大學生，一個過於沉重的文化使命。這幾項大專文學獎的徵文理念，在祝家華散文集《熙攘在人間》（1992）裡充分落實。

　　溫任平在此書的序文〈懷念一個江湖的游離與溫馨〉中指出：祝家華的文章，「都是他看到社會不合理的現象，有感而發的不平之鳴，字裡行間瀰布著一份淑世的關懷。也許由於作者意識到一己力量之有限，匡扶乏力，因而下筆行文格調偏於低沉，帶點孤憤的意味」[21]。孤憤來自祝家華對自己的期待，以及後來的無力感。

　　〈風雨飄搖了天涯路〉（1987）回憶一段苦難歲月，感性的敘述中可以讀出祝家華的柔腸與性情。這麼一個出身清寒的少年，一旦如願踏進大學殿堂，必然希望自己能有一番作為。準備大展拳腳，為自己國家或華社做一些事的浪漫情懷，終究敵不過現實的挫敗，〈憂憂綠水〉（1987）透過日本和大馬的國情、國力，以及中日民族性之比較，將後者的弊端一一揭露開來：「我們一向只是知道日本的科技先進，經濟繁榮，但是他們紀律守時的精神必會讓大馬華人感到汗顏，

理大華文學會，1987），頁3。

[20] 〈第一屆大馬旅台文學獎徵文辦法〉，收入黎曉燕主編《千山之外：第一屆暨第二屆馬來西亞旅台文學獎作品專輯》（台北：大馬旅台文學獎編委會，1984），頁8。

[21] 收入祝家華《熙攘在人間》（吉隆坡：白屋，1992），頁5-6。

而他們對待工作的認真態度不能不叫人感到慚愧。當我走在東京的
街道、地下鐵、火車站、辦公室、工商店，樣樣都讓我感覺到我們的
國家落後好幾十年」[22]。日本民族團結、紀律、奮鬥精神，正好成為
一盤散沙、內鬥、無能的大馬華人社會的殘酷對照。在強大的日本國
力面前，祝家華感受到巨大的憂慮，一種超乎大學生可以承擔的家國
憂慮。他不禁要問自己：「『生年不滿百，常懷千歲憂』，我真的變成
這個樣子嗎？……我能不能負擔這個無形的擔子？而且需要這樣
嗎？每當我看著熙熙攘攘的人群，他們似乎並不需要操心的神態，那
種漠然與空茫又使人的心情滑向深淵」[23]。任何讀者都可以從上述文
字中感受到熾烈的使命感，以及夾雜其中的沉重的挫折感。振衰起蔽
的意志力，不斷被族人漠然的生存態度蠶食鯨吞，但這些打擊都不能
逼退他。祝家華很清楚，大學生的品質對國家未來的發展有決定性的
影響，尤其華社，更是需要他們前仆後繼，奮戰不懈。在〈江山有待〉
（1987）的開端，祝家華寫下一段很有代表性的文字：

> 站在居高臨下的民登嶺角頭，檳城大橋橫跨薄霧虛飄的海峽，
> 燈火明滅地閃著，像玩具格子樓的康大遠遠的屹立在白茫茫
> 的氛圍裡，海風輕微地吹著，我的心緒像山泉在石澗流動，
> 敲打流洗著勞碌後的塵埃。第三個年頭了，我未曾好好地享
> 受這寧靜的一刻、觀賞這美麗迷人的校景。從最初踏進校園，
> 就聽說這兒是著名的情人嶺，卻從來沒有讓回憶寫滿羅曼蒂

---

[22] 《馬華散文史讀本 1957-2007（卷二）》，頁 212-213。
[23] 《馬華散文史讀本 1957-2007（卷二）》，頁 216。

　　克的情結，偶爾在夕陽西染的晚景逗留一會，或是即興的來
　　一個晨跑外，這些日子都在忙碌中燃燒。一個接一個的會議、
　　活動、課業、討論會……；奔波於講堂與理華會所之間，徘
　　徊於學術象牙塔和國家洪流之間，忘情地投入在民族的城堡
　　裡……；從清晨到深夜、從政治到學術、從培根到羅素到胡
　　適到余光中，像竄駛著的火車，放笛鳴簫前進，在京城與綠
　　島之間，在歷史的風中劇烈的爭辯、煽情……[24]

這是完整的一個大段落，站在居高臨下的民登嶺角頭的同時，祝家華
更站在憂患意識的制高點，去回顧三年來的努力，沒有真正的閒情逸
致，沒有羅曼蒂克的情結，為學問百分之百全力以赴、為理華學會衝
鋒陷陣的日子，這是充滿代表性的知識份子姿態，以及典型的學院派
敘述風格。無論是外在的景致或內心投映的意象，總是針對一個很明
確的題旨進行鋪陳，敘述中填滿自我的期許和長久追尋的典範，很難
找到空洞的文句，字裡行間都被憂患意識填得滿滿的。惟有當他做到
了該做的事，才能以華社知識份子的身份，向所有的大學生提出詰
問：「假如江山有待，您會否無私的奉獻？」[25]

　　祝家華對華社和國家的憂患意識，同樣貫徹在其他散文當中，
〈民族意識的思辯〉（1988）則開始反省過去幾年來，腦海裡盤踞不
去的華族意識，逐漸膨脹成華族沙文主義，他發現如果以膚色來爭奪
這國家，行為本身就是存在的悲劇。〈在國會的那個下午〉（1988）和

---

[24]　《馬華散文史讀本 1957-2007（卷二）》，頁 219。
[25]　《馬華散文史讀本 1957-2007（卷二）》，頁 222。

〈知識份子的秋天〉（1989），都清楚勾勒出憂國憂民的知識份子情懷。

　　這些散文完全不像大學生和研究生的手筆，它太早熟，肩負太沉重的使命。這類型的文章，雖然比較不講究語言技藝上的錘鍊，但作者以氣馭文，自有一番可觀之處。對家國社稷的關懷，讓馬華校園／學院散文，盤踞在應有的層次。如果能夠兼顧語言技藝的表現，當能更晉升到更雄渾的境界。

　　作為校園散文的晉級版，學院派散文的發展不僅僅侷限在大專的學院高牆以內，「在野」的辛吟松便是同類型作家中的一個異數。

　　根據官方每十年進行一次的人口普查，二〇〇〇年全馬人口共23,274,590 人[26]，華裔人口570 萬，佔全國人口24%；吉蘭丹州的華裔人口比率卻只有 3.7%（最國第二低），數十年來沒有什麼變化。從小在吉蘭丹州白沙鎮這個馬來區成長的辛吟松[27]（1963-），當時他剛從大學先修班畢業，任教於華小和獨中，還是個熱血的文化青

---

[26] 根據馬來西亞統計局（Department of Statistics Malaysia）的最新全國人口／年齡層統計資料 "Population by age group, Malaysia, 1963-2008" （http://www.statistics.gov.my/eng/images/stories/files/otherlinks/msia_broadage_1963-2008.pdf）所顯示，二〇〇八年的全國人口數為 27,728,700 人。若根據其網站首頁的 Malaysian Population Clock 的指數，二〇〇九年一月的人口已突破 28,000,000 人。本文為了精確說明吉蘭丹州的地區華裔人口比例，必須引述二〇〇〇年的人口普查資料。

[27] 本名辛金順的辛吟松，接受六年華文小學教育後，進入英校改制的國民型甘美爾中學就讀，及至大學先修班畢業。後曾任華小和吉蘭丹中華獨中教職，一九九〇年出任雪蘭莪州馬華公會執行秘書。這些散文寫在他任教期間，赴台就讀大學之前，故算得上校園散文的一環。辛金順一九九二年赴台之後，作品改用本名發表，風格亦為之一變；故其筆名與本名，可分別代表前後兩階段。

年。他對家國族群問題的審視，比很多聚集在大都會的大馬華人來得深刻，加上「不順遂的成長歷程和坎坷挫折的歲月，時常令我在悲懷的情緒中孕育著一種壯烈的理想」，但他仍然如此自許並許人：「願所有共生於這片淳樸的土地上者，皆能化所有心中的悲憤和怨慕為國家的關情，讓我們共同把全部的愛，都交付予這裡的日月山河」[28]。何國忠的憂鬱、祝家華的孤憤，都來自大學華裔生及大馬華人的生存危機，辛吟松對家國歷史的憂患意識，則來自吉蘭丹華人作為極度弱勢族群的生活實境。三者皆產生於大環境的生存危機。但較之前兩個學院派散文作家，將寫作重心完全放在華社主題和憂患意識的推動上，辛吟松反而在語言文字的經營方面，融入更多的古典文學元素，表現得更學院派。或者可以這麼說：辛吟松將學院派散文發展得更為完善。

　　當時崛起的大批校園作家，向古典文學取經者不在少數，但辛吟松發現了另一道捷徑，他借助余光中〈聽聽那冷雨〉等現代經典散文的驚人技藝，將古典和現代進行大規模的融合，寫下成名作〈夜征〉（1986）。雖然它殘留了大師的陰影，但辛吟松無比強烈的家國情懷與憂患意識，讓借來的語言特質和技藝能夠有效依附在主體思想上面，並產生強大的閱讀效應，和氣勢。傅承得在〈護火的手勢〉（1989）中指出：「辛吟松筆下的感受與關懷，卻是道地的和真實的華族感受與關懷。〈夜征〉的象徵意義，只有放在這個時空，才最為豐富。他

---

[28] 辛吟松《江山有待・後記》（吉隆坡：大馬潮州公會，1989），頁 187-188。

所感覺到的現實風雨，是如此的清晰和深刻」[29]。如果〈夜征〉不能試圖結合作者自己的現實感受，只會淪為一個令人惋惜的仿製品。

　　到了〈江山有待〉（1989）兩者已磨合得相當平順自然，語言的光澤絲毫沒有遮蔽到野鎮的沉思，國家民族的歷史在史地的課文間起伏，在新聞事件間迴盪，猛然激起了文字底層的複雜情緒：

> 住在野鎮的那段日子，我在學校教五年級的歷史和地理，當教到馬來半島的山脈和地勢，以及英殖民的時代時，我指著掛在黑板上的地圖，努力地講解，努力去告訴下一代關於上一代所走過的路。從乘長風破巨浪到撥開蔓草荒煙；從三年八個月的日據時代到獨立後的自主。我指著地圖，用粉筆狠狠的把中央山脈和大漢山脈連接起來，東西連貫，那就是一個家，那就是一個國。我將家國兩個字在黑板上寫得大大，而孩子們卻好奇的聽著，他們把歷史當著故事來聽，把地理當著一幅藍圖來看。[30]

巨大的家國意識和歷史感，將辛吟松推到華人族群思考的最前線，但他的聆聽者只是一群孩子（或暗指歷史知識宛如孩童的族人），大歷史的烽煙在身後紛起，當他俯瞰這片祖先踏過的，卻飽受異族欺壓、不平、悵惶的土地，作者自己（以及這一代華人）該何去何從呢？天地雖大，辛吟松和他的道德勇氣，不見得有容身之處。當然，我們也可以反過來詰問：馬華文人和知識份子，非得揹負沉重又渺茫的家國

---

[29]　〈護火的手勢〉，《馬華散文史讀本 1957-2007（卷二）》，頁 330。

[30]　《馬華散文史讀本 1957-2007（卷二）》，頁 180。

情懷嗎？

　　鍾怡雯在〈論馬華散文的「浪漫」傳統〉（2005）中指出：「任何一種思維模式都有其歷史性，這種思考模式是華人面對華社問題、身分時一種『自然』反應，或者也是整個華社（報紙、『大人物』、雜誌）共同塑造的氣氛，已成為華人的集體意識，語言與現實相互衍生與建構，我們如何閱讀現實，就會決定我們的行為與思想。『不愛華社』、『沒有文化使命感』其實是被合理化的語言暴力。」[31]

　　這種承擔意識在辛吟松看來，卻是天命，因為血脈裡流動著無法割捨的歷史──「那割不斷揮不去的血脈依然半縷半絲的牽著，從那片三江五湖帶到這片蕉風椰雨，或一百年、或兩百年、或三百年，或更湮遠的年月，歷盡地移時遷的風霜後，他們仍然未能忘記自己的前身呵！」[32]。他在文章裡反覆沉吟：「這片土地我如何走得開呢？」、「這片土地我祖先踏過的，我如何走得開呢？」、「我如何走得開呢？」、「我的根已縈在這裡了，我如何走得開呢？」[33]

　　《江山有待》（1989）出版後，辛吟松發表了一系列短篇的專欄散文，三年後結集為《一笑人間萬事》（1992）。這本散文集的敘述基調跟前書略有不同，它比較沉著、冷靜，當然少不了那一份孤憤和悲愴，只是淡了些。同時期的林幸謙將文化散文不斷填充、灌漿，使之膨脹、擴張到最顯著的體積，辛吟松卻把龐大的議題重新剪裁，一一濃縮到較小的篇幅和較小的事物，語言更為凝煉、自然，也較耐讀。

---

[31]　〈論馬華散文的「浪漫」傳統〉，《馬華散文史讀本 1957-2007（卷二）》，頁 371。

[32]　《馬華散文史讀本 1957-2007（卷二）》，頁 179。

[33]　《馬華散文史讀本 1957-2007（卷二）》，頁 180,183,183,183。

　　當辛吟松走出內心的孤憤，走進華人社會，接觸到更多令人傷感的現象。經常高喊自己擁有五千年歷史的大馬華人，對大馬歷史的關心和了解非常有限，正如他在〈歷史窗前〉裡說的：「然而許多人對馬來西亞的歷史並不瞭解。歷史知識的輪廓很模糊，華人只知道自己的祖先是中國大陸渡海而來，還有的就是三年八個月的苦難歲月，除此之外，也就說不出一個所以然來了。大家成了史盲。回顧不到過去，開展不了未來，只有孤零零的現在，孤零零的，一個漂泊和無根的世界」[34]。該怪誰呢？這是國民歷史教育和資料保存的大問題，即便某人有尋根之意，卻很難找到可讀之書。馬華歷史，本身就是一個非常冷僻的學門。從〈歷史的盲點〉、〈會館老了〉等篇章，辛吟松的敘述分貝明顯下降了許多，語言的親和力和穿透力卻有相當程度的提升；精簡的篇幅，讓辛吟松對語言的錘煉更專心，也更重視事件場景與敘事氛圍的營構。整體的語言技藝和思想水平的表現，令人激賞。他在〈會館老了〉的開章之處，將歷史感帶進敘事氛圍裡，成為省思其歷史意義與現世價值的背景音樂，十分寧靜、古樸，而且動人：

> 會館老了。
>
> 館外的漆色在風雨和歲月的侵襲中逐漸剝蝕，牆上的裂痕細細開到溝渠邊的牆角，三層高的樓，赤紅的門柱，柱上的對聯和門楣上拱著的館牌，靜默相對，守著一份沉寂的輝煌。
>
> 每次我從小巷中拐彎走過這座會館的門前時，總會寂寂想著，那裡面將會是一個怎樣的世界？麻將台對著嵌牆的瓷像？或

---

[34]　《馬華散文史讀本 1957-2007（卷二）》，頁 185。

是冷寂的牆壁對著列祖列宗的牌位？而我很少走進去，多是路過，然後把會館遠遠遺留在身後。[35]

辛吟松對大馬華人歷史與文化的省思，表現得很從容，尤其對會館的存在價值進行了多視角的辯證——「或許，也會有人認為：會館的存在，是華人邁向大團結的障礙，它製造了狹義的傳統籍貫觀念，分裂了華人遠大的視野，在自己同鄉的世界裡轉圈，卻轉不出一個高遠開闊的天地」[36]，最後他確立了一種尊重歷史的寬厚態度：「然而我對會館永遠是帶著一種崇敬的心理，像對著那一批批浮萍入海，孤身飄洋，忍溽暑、抗瘧蚊、拓荒土和開莽林的先輩一樣，相信著它曾貢獻過的一切，將會在史冊中為子孫後代提供一個無限廣袤的價值和精神內涵」[37]。剛柔並濟的敘述語言，成功營構出一種典雅、莊重的文化散文新樣式，這個書寫策略上的轉型，大幅提昇了學院派散文過於偏重意涵，而忽略語言技藝的普遍缺失。從實質的藝術型態而言，辛吟松已經把學院派散文，轉型為「文化散文」。

這兩部備受好評的散文集，在馬華（廣義的）「校園散文」的創作譜系上，象徵著第二階段「學院散文」的圓滿終結，以及「文化散文」的開始。後續有潘碧華的傳統文化書寫，以及林金城的古蹟文化探究，接續大業。

---

[35]　《馬華散文史讀本 1957-2007（卷二）》，頁 189。

[36]　《馬華散文史讀本 1957-2007（卷二）》，頁 190。

[37]　《馬華散文史讀本 1957-2007（卷二）》，頁 190。

三、「文化散文」的思考與建構

　　出生於吉打州居林鎮的潘碧華[38]（1965-），早期曾以筆名化拾發表散文和新詩，並加入天蠍星文友會。一九八五年考上馬大中文系，一九八七年潘碧華以〈傳火人〉贏得「第二屆大專文學獎」散文第二名；翌年，再以〈舊錦緞〉奪得散文首獎。潘碧華可說是從大專文學獎崛起的代表作家，她的散文沒有祝家華那麼沉重的文化負擔，敘事的情緒和語調較為柔軟，不顯鋒芒；取材也比較多元，從學院生活的記述、家國大事的省思，到地方文化的描繪。尤其吉打州的鄉野文化見聞，成為她在文化書寫上的重要素材。

　　一九八七～八八年，是潘碧華散文創作的高峰期，她一口氣發表了二十四篇散文，隨即結集出版散文集《傳火人》（1989）。校園散文能夠迅速崛起，成為八〇年代馬華散文的大宗，大專文學獎所打造的舞臺功不可沒，它增強了校園作家的曝光機會；這批校園作家能夠在短期內密集出版多部令人矚目的散文集，展現整體的創作實力，才正式奠定他們的品牌和地位。

　　在這群後起的新秀眼裡，何國忠和祝家華等人建構起來的學院派散文顯得有點沉重，同時也對他們形成某種創作的壓力，使得潘碧華踏進馬大中文系之後的第一個學期，不但完全無法下筆，還意圖找借口來逃避。從〈泥上偶然留指爪〉（1987）可以適度了解潘碧華和

---

[38] 潘碧華一九八九年畢業取得馬大學士學位，四年後取得碩士學位，二〇〇五年取得北京大學古代文學博士學位。潘碧華在碩士階段，曾跟劉育龍等「六字輩」作家，合組「第六步詩坊」，後來專心於散文創作。

同輩作家在散文創作上的困境：「上半學年的課上完了，便是一個月的假期，我北上回家，停留在巴里文打，找到了采彎。我們說起各自的寫作狀況，都有同感說：『不知如何下筆才好。』主要的原因是我們開始顧慮到結構、主題的問題，就擔心寫出來的東西還在無病呻吟圈中打轉，所以我們暫歇了。我說我再也不要讓結構、技巧和主題困擾著我了，我要回到我以前隨心所欲的寫法，讓我支配主題，而不是叫主題拘束我。」[39]

　　這種來自「宏大主題」的創作壓力，長期存在於馬華文壇。講求大題材、大關懷的迷思，將知識性定位在藝術性之上，小巧玲瓏的文章比較不受重視。這個觀念當然是錯誤的。一貫主張此道的作家，如果有機會遍覽中、臺、港三地的散文名著，便會發現散文的優劣，完全無關乎題材的大小，而在原始素材、語言風格、表現手法、內在情感或思想創意的相互融合。那是一個多層次的化合體。

　　很顯然，自一九八〇年代初期的學院派散文興起以來，一種「文以載道」、「言之有物」的閱讀期待統治了馬華文壇，它在評論家的肯定下，引導著當代讀者的閱讀視野，跟華社的存在境況緊密結合。風花雪月的小文章，自然受到貶抑。越龐大的題材，需要越精巧的架構來支撐；長期與此搏鬥、磨合，很容易產生寫作的心理疲憊。如何在兩者之間取得完美的平衡，一直困擾著潘碧華。最後，她毅然決定「再也不要讓結構、技巧和主題困擾著我了，我要回到我以前隨心所欲的寫法，讓我支配主題，而不是叫主題拘束我。」隨心所欲，主要是進

---

[39] 《馬華散文史讀本 1957-2007（卷二）》，頁 234-235。

入海闊天空的心理狀態，並非不重視文章的技巧和結構，而是不再處處受制於它們。翌年，如大鵬展翅的潘碧華，兵分幾路，從學院與社會現實之省思、地方民俗與宗教文化的描述，到山水和親情題材，大小事物皆成文章。

　　潘碧華最著名的散文便是〈傳火人〉（1988），主要描寫「馬大中文之夜」的一項象徵著文化薪傳的燭火傳遞活動，讀者必須充分了解（或還原）那個華文教育風雨飄搖的年代，才能感受到他們胸臆裡的那股孤憤。同樣寫「孤憤」，但潘碧華的筆法跟祝家華大不相同，她的情緒較內斂，也沒有猛然擴張批評思維的版圖，她用沉而不重的情感，去創造去守護這個文化事件與氛圍，透過具體的畫面和細節，記述這個歷史性的時刻：

> 最先亮起的是系主任手上那根蠟燭，下來是講師們，火苗傳開去，再到同學手中，都成了待傳的火種。傳與接時，把傳與接的人的擔憂都表露無遺。傳的人小小心心，接的人也殷殷勤勤。我們都把手掌彎成呵護的手勢護著燭火。
>
> 想起這麼一個自然而然的手勢，卻是另一番辛酸。明明是冷氣設備的酒店呀，還要叫我們在心靈深處提防無形的疾風，那如影相隨了幾代的陰影總叫我們戰兢，唯有這呵護的手勢，才能叫我們稍為安心。這是在我們燃香祭神時，一個千古不變的手勢。[40]
>
> 我已經記不起其他同學接過燭火時的表情了，只記得大家的

---

[40] 《馬華散文史讀本 1957-2007（卷二）》，頁 237。

> 靜穆和激動，還有酸楚。明明我們只是在傳遞我們應傳的燭
> 火，卻要加上一個委委屈屈的手勢；風應該是沒有機會越進
> 來的呀！[41]

這篇散文充分使用「火苗」、「風勢」、「呵護的手勢」等三個隱喻，它們分別暗示著「大馬華人文化傳統的『脆弱文化基因』」、「襲擊或危害華人生存空間的異文化『惡勢力』」、「中文系自我期許的『文化承擔意識』」，當此三者合而為一，便有了這個煽動感十足的畫面——「我們都把手掌彎成呵護的手勢護著燭火」，雖然心裡明明知道「風應該是沒有機會越進來的呀」。傳火，成就了一個想像共同體——大馬華社，沒有它的存在危機，中文系就不必提升到這個具有「天命」的崇高位階。潘碧華沒有把〈傳火人〉孤立在活動現場，她用蒙太奇手法將祖父對父親的臨終囑咐帶了進來，以及她燒香祭祖時，護火的手勢。最後，還是得將傳火的活動意涵上綱到更大的文化傳統：「我繼續想，我們手上接過燭火時，應是在很早很早以前，也許在母胎時，我們早就注定要繼承這一脈源流了。而在去年的中文系之夜，我們才實實在在的接過千百年流傳過來的其中一線暖流；我們與上一輩，已沒有時間的距離和空間的侷限，我們都是傳火人了」[42]。對一九八〇年代末期的馬華讀者而言，這些畫面與陳述，都可以產生很大的衝擊力道。一旦抽離那個危樓般的時空背景，文章的閱讀效應勢必減損。

　　問題重重的大馬華文教育，看在中文系學生眼裡感觸特別深，因

---

[41] 《馬華散文史讀本 1957-2007（卷二）》，頁 238。

[42] 《馬華散文史讀本 1957-2007（卷二）》，頁 238。

為他們的過去（被教育）和未來（教育學生）都跟這個議題密不可分，〈江山無限〉（1988）和〈雨聲之外〉（1988）即從不同角度處理了整個華文教育的問題，以及中文系的處境。文章雖短，但正中要害，而且她在「雨聲／雨勢」的運用上，常有意在言外的效應，留下供讀者詮釋的想像空間。

　　潘碧華在文化散文上的開拓工程，始於〈戲班到歌臺〉（1988）、〈我們在鄉下看電影〉（1988）、〈熙熙攘攘話神祭〉（1988）等文章。這都是很生活化的書寫，自從現代主義散文的大旗在一九七〇年代升起之後，寫實性較高的鄉野素材就退流行了。潘碧華拋下令她苦惱不已的「宏大主題」，以及華社的種種糾纏，毅然重返原鄉，老老實實的講述鄉間民俗與文化的見聞，於是她在〈戲班到歌臺〉裡用非常生動的筆觸重建遠逝的時空內容：

> 大伯公廟的屁股正對準學校的食堂。我們只要越過籬笆，再轉到廟前，就可一睹大伯公的黑臉。不過校長時時在週會上再三提醒，不可以在上課時間走出學校範圍。校長這樣說，當然不是針對大伯公廟而言，老實說，誰也沒興趣千方百計躲開巡察員，越界去看大伯公的面貌，在草場玩也有趣得多了。只有在神廟酬神的時候，才能吸引我們的注意。[43]

在這篇文章裡，潘碧華寫活了人物，寫熱了場面，也寫出戲班的價值，以及它的沒落因素──「說它是幾千年的文化也罷，說它是優良傳統也罷，我們必須承認它的價值已經沒有多少個人懂得欣賞。就算是打

---

[43] 《馬華散文史讀本 1957-2007（卷二）》，頁 250。

著承受傳統中華文化教育旗幟的人，也未必領悟得出古裝戲的美妙，也許演著戲的人也無須再有什麼高超的演技，即使有，也用不著了。而我本身，雖然不願意，也得勇敢的承認，我至今仍然不懂欣賞古裝戲」[44]。傳統文化的沒落是現代社會最普遍的現象，「戲班會隨著它最後的觀眾在本地民間消失，不再成為鄉下通俗的娛樂。只有在一些文娛晚會上，由最精粹的年輕一代演出揉合古裝與現代的表演，供給知識份子觀賞、評論。」[45]

　　至於〈熙熙攘攘話神祭〉一文，可說是文化散文裡少見的佳作，潘碧華花了一番功夫來考證華人最普遍的在地神祇──「拿督公」，由此層層推進，去探討華人的多神信仰：

> 我住的村莊前前後後，左右四方皆是膠園。膠園那麼大，膠樹也沒臉孔好辨認，只好隔不遠就劃分成一區，取名以作分別。每一區都有個別的「拿督公」。「拿督公」者，其實就是土地神，聽說還是華人最先拜祭的馬來神。當初誰最先在這個村莊拜起「拿督公」，已經無從考察，也無人去追究「拿督公」是華人的神還是馬來人的神。馬來人不叫「拿督公」，他

---

[44]　《馬華散文史讀本 1957-2007（卷二）》，頁 253。

[45]　《馬華散文史讀本 1957-2007（卷二）》，頁 254。大馬華社對傳統中國（閩粵）文化的維護，一向都很熱衷（其實是熱鬧），真正準確地掌握其文化意涵與精神的活動其實很少。好比某些人創造出來的「二十四節令鼓」，在這麼一個四季不分、不辨秋冬、不事農務，全年皆夏的「熱帶」都市社會，缺乏真實的節氣經驗和感受的支援下，「二十四節令鼓」的內容根本是空洞無物的，以鼓（的文化意義）來涵蓋所有節氣的變化，也令人不能苟同。

> 們只管叫「督加曼」，他們也相信這類似華人說的土地神會保
> 佑他們的子子孫孫，世世代代安樂幸福。唯一不同的是華人
> 膠工逢初一十五，便在一塊突起的白蟻巢燒香燭拜拿督公，
> 而馬來人一年就只殺雞宰羊大事祭拜一次。[46]

長年住在以馬來人居多的吉打州鄉村，潘碧華累積的鄉野生活經驗，
再度讓她找到一個絕佳的素材，在一向不求甚解的華人讀者眼裡看
來，這篇文章裡的種種訊息，都是富有趣味性的大發現。豐富的文化
內涵，足以支撐這篇長達三千多字的文化散文。

　　何國忠、祝家華二人將校園散文提升到家國政治的層面，辛吟松
進一步將它轉型為文化散文，潘碧華則是在文化散文的基礎上橫向
發展，納入民俗鄉土的題材，使之更多元、更柔軟。這類型的文化散
文勢必觸及多元種族文化的現象，而且是非常難得的文化大融合（不
是排華或文化衝突），在全球華人社會相當罕見，可作為當代馬華散
文努力的方向。

　　很可惜的，能夠在潘碧華辛苦開拓出來的文化散文道路更上層
樓的作家，只有畢業於台灣成功大學機械工程系的林金城[47]（1963-）。

---

[46]　《馬華散文史讀本 1957-2007（卷二）》，頁 259。

[47]　林金城在散文和新詩創作，都有很出色的表現，著有攝影散文集《快門速筆》、
散文《知食份子》、《十口足責》，詩集《假寐持續著》。林金城對大馬南北各大都
市的地方美食瞭若指掌，苦心經營的飲食散文集《知食份子》出版後，果然大受
好評。翌年，他將一九九〇年代撰寫的長篇文化散文，結集成《十口足責》，充
分展現他在文化散文創作上的思考深度和敘述技巧。這部晚了十年出版的佳作，
在馬華文化散文的譜系上，是一座很重要的里程碑。

他出生於吉隆坡，一向熱衷人文攝影，對馬來西亞的在地文化、古蹟和歷史頗有研究。留台的經驗，大大影響、提升他的古蹟文化素養。《十口足責》（2007）一書，完整地紀錄了他在此一主題上的經營。

〈十口足責〉（1993）是全書的綱領篇章，清楚交代了「十口足責」令人驚歎的含意，以及撰寫大馬古蹟與文化散文的念頭，並論及古蹟鑑定和保留的問題：「六年前還在台南念書的時候，有一次到市立文化中心去觀賞一個題為《台南古蹟之美》的畫展。會中被畫家劉文三的一段畫外註解給深深打動——古蹟之古字為十口，眾人之意；蹟從足部，即能走動，有行動之意，責為責任。是以，眾人宜能以行動，共同負起維護古蹟之責任」[48]。擁有數百年歷史的台灣府城台南，對林金城的影響深遠，台南文人對古蹟維護的概念直接啟發了留學此地的林金城；至於更細部的古蹟界定問題，他從漢寶德教授編著的《古蹟的維護》裡找到解答：「如果我們承認古人所留下的某些痕跡有意義，必然是因為這痕跡代表了某種歷史的重要性。芸芸眾生所留下的蛛絲馬跡甚多，因為大多不具備這樣的條件，就只有讓時間的巨輪沖刷而去，所以「蹟」並不僅因為「古」而有價值，其價值應該以其在歷史舞台上扮演的角色而定」[49]。林金城把這些專業的見解寫進散文裡，志在指導或建立一個大馬華人始終弄不清楚的古蹟保護觀念，尤其以文字學技巧來解讀「十口足責」，可謂神來一筆。然而，這只是一個開端。

---

[48]　《馬華散文史讀本 1957-2007（卷二）》，頁 268。
[49]　《馬華散文史讀本 1957-2007（卷二）》，頁 271。

　　另一篇相當著名的佳作〈三代成峇〉（1993），即以六百年古城馬六甲的三寶山上的華人古墓為引，以碑為記，描述近四百年的華人史；再從碑文上的「惠娘王氏」和「秀娘謝氏」等「娘」字的文化意涵，敘說「三代成峇」的現象。峇峇（BaBa）和娘惹（Nyonya）這種華巫合一的文化現象，是馬來半島海峽殖民地的產物，但這個歷史名詞有其特殊的文化語境和意涵，無法直接套用在現今的第三代華人身上。馬六甲值得大書特書的當然不止這些，林金城在〈雨中穿過一片荷蘭紅〉（1993）透過具有強烈荷蘭殖民地色彩的「荷蘭紅」，沉痛地批評了大馬政府的古蹟維護政策。無論讀者是否到過馬六甲古城，荷蘭紅的視覺想像，在本文的空間敘述中皆足以構成強而有力的圖騰性效果。原本，這片鮮明的紅色可以還原荷蘭殖民地的感覺結構，但由於政策之過，真偽莫辨的荷蘭紅反而映照出政府的無知與庸俗。還原與偽造，取決於文化水平和專業知識的高低。「雨中穿過一片荷蘭紅」，讀起來很浪漫，內心卻十分沉重和難受，那一整大片（無知的）荷蘭紅，大規模地扭曲了古城的歷史意涵。

　　這種無知是無所不在的，尤其古蹟的修護，常常出現令人心痛的翻修工程。在〈繪龍的手〉（1994）的第一段，他便「透過長鏡頭，注視這位印度老兄已許久了。見他抱著漆桶，踩在新瓦上，來回地給屋脊上的雙龍、花草及其他吉祥圖案的裝飾上漆。就像一般新建的廟宇，屋脊上的剪黏已失去傳統的陶土之美，而流於過度的繁瑣豔俗，讓喜愛傳統建築及古蹟的人不禁為之興歎」[50]。鏡頭感／畫面感是構

---

[50]　《馬華散文史讀本 1957-2007（卷二）》，頁 291。

成林金城在文化敘述上的主要技巧，讀者因而能夠以較從容的節奏
去逐步想像他筆下的圖景。從〈繪龍的手〉即可辨別出林金城的憂患
意識迥異於一九七〇和一九八〇年代的文化散文作家之處，林金城
的憂慮表面上看來較具體，其實他筆下的「龍」是華族的文化圖騰，
「繪龍」的手，則象徵著大馬華人的文化水平和維繫傳統事物的能
力。為了強化敘述的力量，他選擇這個印度人在華人廟宇上修復古蹟
的危險畫面，而不是習慣性的吶喊。一旦他稍稍撤離危險事件或畫
面，字裡行間自然流露出一種細膩、精巧，沉醉在古厝與老街之間的
感受：

> 走在巷衢間正享受著檳島舊市區那份獨特的思古情懷。在走
> 近一處搭起木架在修護的門院前，倏然被上面的一些傳統建
> 築結構深深吸引，尤其是出簷部分的壽樑及垂花，那細琢鏤
> 刻的木雕與精工樸實的彩繪，正充分地顯示出傳統工藝之美。
> 而院門的正上方，一面刻著「寶樹」兩字的堂號石匾，以及
> 通道兩旁門柱上各寫一行「系出炎皇氏傳申伯」，「聲馳晉水
> 望重東山」的對聯，無疑地直道出這就是「謝氏家廟」。[51]

鉅細靡遺的描繪，讓文本中敘述的文化空間有了豐富的表情，和相當
厚實的知識性。他確實很擔心那些百年古物，在修復時，經常因觀念
的錯誤（或無知）而捨舊取新，只求壯觀浮麗的「庸俗美」，不惜大
動土木去摧毀舊有的古蹟。檳城的許多廟宇，在這種修護工程底下，
被翻新得面目全非。亂象的根本，在於大眾的文化教育。

---

[51]　《馬華散文史讀本 1957-2007（卷二）》，頁 291。

　　〈月亮照在我的家〉（1993）以中秋為焦點，探討大馬華人對傳統（節慶）文化的態度。林金城借一位在吉隆坡住了兩年的台灣朋友，提出這樣的看法：「大馬地區的華人，對於傳統節日的慶祝，近幾年來比起台灣、香港，甚至中國大陸，在形式與氣氛上都反而濃厚執著；然而，其內涵卻是不堪一擊的。就其現象探索，不僅是尋根熱潮之假象，更是商業團體賣弄傳統謀利所致。從表面看來，這假象足以滿足大多數的華人，但實際上卻隱藏著許多內涵傳承上的危機，以局外人來看，我不得不擔心其價值精髓已淪為形式上的空洞⋯⋯」[52]。完全沒有四季變化的馬來半島，廿四節氣只是一組傳統的農曆符號，談不上實質的機能和作用。中秋的節慶意義經過在地文化好幾世代的涵化，只剩下月餅和燈籠。很可惜的是林金城並沒有深入探究大馬華人為何捨棄傳統中國以燈會慶節的元宵，而選擇中秋節來提燈籠？

　　林金城的這一系列文化散文，將許多經常被抽象化處理的主題和素材，落實到具體的事物上來反思。一來可免去某些作家硬套西方文化理論，概念先行的敘述弊端；二來可由此建立真正「在地化」的思考向度，從傳統文化事物的存廢，突顯大馬華人社會的文化心態與視野。《十口足責》不但展現出難得一見的（古蹟）文化水平，亦將原來以較抽象的文化意涵、抗爭性議題、國族意識作為主要創作方向的馬華文化散文，導引到另一個值得發展的新方向，後來才有林春美、杜忠全等人在地誌書寫（這股新興的潮流有別於一九四〇和一九五〇年代的南洋風土散文）。馬華文化散文遂從國族情感和議題的形

---

[52]　《馬華散文史讀本 1957-2007（卷二）》，頁 286。

上敘述，轉型到具體的地方誌與在地文化的書寫。

　　潘碧華的鄉野文化書寫和林金城的古蹟文化書寫，都是文化散文的「自我深化」之趨勢，一方面是這個領域長期缺乏關注，另一方面也是作家的文化視野日趨成熟，由完全抽象之概念，轉向具體事物的探討。這類型的文章，對整個大馬華社在文化知識上的發展，有一定的貢獻。

結　語

　　葉寧和瘦子聯手構築的「校園生活散文」，不但創造了風靡一時的大學烏托邦──「馬大神話」，同時也造就了一九八〇年代校園散文的興起，逐步取代一九七〇年代末期大規模折損的新銳作家群，以及現代派的創作實驗。何國忠和祝家華以沉重的憂患意識，將原本僅止於校園生活描寫的校園散文，轉向「學院派」的知識份子路線，關注的題材從校園擴展到家國思考，大馬華社的存在境況遂成為新的主題，大學成為華社的縮影；辛吟松上承此道，並將之轉入華人歷史與文化省思，下啟潘碧華的鄉野文化書寫，最後由林金城的古蹟文化書寫，完成這個歷時十五年的（廣義的）校園散文發展，以及校園散文的創作譜系。

　　從這個一脈相承的創作譜系，可讀出這一代馬華年輕散文作家在華社文化傳承上的態度與承擔意識。譜系上的幾位代表性作家，進入一九九〇年代之後，紛紛淡出散文創作，葉寧和瘦子轉向雜文和小說創作、何國忠和祝家華轉向文化評論、辛吟松和林金城以詩為創作

主力、潘碧華專注於教學和小品創作。

　　新一波的世代交替在一九九一年首屆星洲日報花蹤文學獎的激烈競爭中崛起，形成一個嶄新的「文學獎世代」，其中又以旅台散文作家鍾怡雯和林幸謙為代表，不但在兩大副刊上密集發表三～六千字的大篇幅散文，更連年奪得台灣主辦的多項散文大獎；加上寒黎、褐素萊等幾位創作質量亦佳的在地散文作家，立時更新馬華散文創作的版圖。一九九六年，由鍾怡雯主編《馬華當代散文選 1990-1995》（1996）正式宣告新的文學獎世代的交替完成。這時期的散文創作著重在語言技巧上的錘煉，以及多元化的取材策略，全面取代了「校園散文」的聲勢，成為一九九○年代的創作主流。

[2008, 2018/12]

婆羅洲「場所精神」之建構

（1974-2004）

前 言

　　田農在《砂華文學史初稿》（1995）的首章裡說：「即使當砂羅越成為大馬的一個州屬，砂羅越的華文文學仍有其獨特的一面」[1]；十年後，他以本名田成英在一篇以台灣讀者為主要對象的介紹性文章〈砂華文學概說〉（2005）裡，如此總結砂華文學的角色：「馬華文學誠然包括砂華文學，但砂華文學獨特的內涵，其作品以砂拉越作為創作背景，表達當地人們的思想感情，反殖民運動時期以及大馬成立前後的抗爭精神，皆彰顯了砂華文學的獨特性」[2]。從《砂華文學

---

[1] 田農《砂華文學史初稿》（詩巫：砂羅越華族文化協會，1995），頁 1。

[2] 田成英〈砂華文學概說〉，《文訊》第 234 期（2005/04），頁 44。本期專輯為「犀鳥之鄉：砂拉越華文文學」。

史初稿》到〈砂華文學概說〉，田農的整體論述或田成英的籠統敘述，都沒有很清晰地從（大）馬華文文學版圖中，切割出砂華文學的獨特性。

這個問題必須分別從政治史和文學史兩個層面來分析。

砂拉越（Sarawak，舊譯作砂羅越、砂勝越）原是汶萊蘇丹的屬地，由當地的馬來貴族實權管理，並於一八四二年渡讓給詹姆士・布洛克（James Brooke），成立以白色拉者（White Rajah）為領導中心的布洛克王朝。在布洛克家族統治的一百年間，透過近百場的大小征戰，將版圖擴張至今日的規模。一九四一年淪陷日軍之手，終戰後由聯軍託管，一九四六年正式渡讓給英國。直到一九六三年，馬來亞聯邦（半島）、沙巴、砂拉越、新加坡等四地，合組馬來西亞聯合邦，砂拉越正式成為馬來西亞的一州。無論從歷史、政治、經濟、文化的角度來檢視，一九六三年加入馬來西亞聯合邦之前，砂拉越絕對是一個獨立發展的國度。

回到文學史的角度來檢視，砂華文學體制與文壇生態的發展，也是長期獨立於馬來半島之外。第一份在地的華文報刊《新民日報》發行於一九二七年，之後又有《越風周報》（1936）、《古晉新聞日報》（1937）、《砂拉越日報》（1937）、《詩巫新聞日刊》（1939）、《華僑日報》（1940）等數十種華文報刊的發行。由於婆羅洲地處偏遠，開發度非常有限，早期南下的中國作家多半聚集在馬來半島和新加坡，砂拉越的華文文學譜系，由鄭子瑜、洪鐘等南來作家開疆闢土之後，即交由在地出生的趙子謙、魏萌、吳岸等年輕作家來接棒，壯大了砂華文壇的創作行列。這個創作譜系確實是獨立的，完全不受西馬

文壇生態或權力架構的影響。

　　不過，北婆羅洲和馬來半島同時經歷了抗日戰爭，以及反英殖民戰爭，不約而同出現了「馬共」和「砂共」兩個軍事組織。同步發生的歷史經驗，造成兩地文學在創作意識和主題方面，有了共通性。自從砂拉越加入馬來西亞聯合邦之後，文學史的發展脈絡便趨於一同，再難有區隔性。兩地合為一國之後，本來就不必強調兩者之間的差異，但不幸的是，東馬的砂、沙二州遠離當代馬華文學的論述中心（西馬／吉隆坡），在大眾或學術論述中，常被不經意地忽略，成為一個空洞的存在。如今，國內外的學者在論及一九七〇年代的馬華散文發展時，溫任平、溫瑞安、方娥真等人往往成為首選的焦點，尤其神州社諸人所經營的中國圖象[3]，儼然成為一九七〇年代的文學地標。

　　除了藝術層面的強烈風格，以及意識型態的特殊性，足以構成當代散文的創作趨勢，讓部分作家大張旗鼓；重大主題或獨特素材，也可以產生相等的效能。一九六三年以降的砂華散文，唯有借助婆羅洲龐大而獨一無二的文化資源——「原住民文化」和「雨林生態」——才能在馬華散文史的版圖上自立門戶，真正做到田農所謂的「彰顯了砂華文學的獨特性」。

　　古老的熱帶雨林至今仍覆蓋著砂拉越州很大的面積，豐富的物

---

[3] 這裡所謂「中國圖象」，乃指由文化心理、意識型態、文字敘述，以及獨特中國意象所構成的龐大象徵系統，相關研究詳見：鍾怡雯〈從追尋到偽裝——馬華散文的中國圖象〉，收入鍾怡雯、陳大為編《馬華散文史讀本 1957-2007（卷一）》（台北：萬卷樓，2007），頁337-382。

種和原始文化，造就了珍貴的叢林經驗，雨林生態的書寫，在砂華作家筆下累積了相當可觀的成果，也成就了馬華自然寫作的一座豐碑[4]。這座雨林內部最吸引人的核心元素，其實是以伊班人（Iban）等原住民為代表的文化圖象。伊班的長屋生活形態，以及獵人頭的習俗，早已被視為婆羅洲原始部落文化的象徵，它讓這座原始雨林變得更蠻荒、更神秘、更具魅力。婆羅洲的伊班族原住民文化，遂成為砂華散文脫穎而出的重要創作資源。

　　本文將針對砂華散文在「場所精神」（genius loci）的建構，分析其中的文化視野和寫作策略。

　　在此，我們必須指出「書寫婆羅洲」是一場非常弔詭和矛盾的文學運動，如同在「追憶逝水年華」，因為砂華作家筆下的一切珍貴資源，都在現代化文明的侵襲下迅速消逝，最蠻荒和神秘的文化成份早已成為過去式。卻因為婆羅洲雨林原有的「陌異感」，以及原始文化急速傾頹所產生的那種無法再現的「滅絕感」，再加上原住民族無文字的創作弱勢，這些圍繞在文學內外的各項大環境因素，為砂華散文造就了一項可遇不可求的素材優勢。當這項優勢被發掘／發現，並落實為創作趨勢之後，砂華散文作家就得背負起這一項使命

---

[4]　相關的研究成果，詳見：田思〈草木堪憐，山水何辜──談砂拉越的環保詩〉，《沙貝的迴響》（吉隆坡：大將，2003），頁 26-44；鍾怡雯〈憂鬱的浮雕──論當代馬華散文的雨林書寫〉，收入陳大為等編《馬華文學讀本 II：赤道回聲》（台北：萬卷樓，2003），頁 305-317；鍾怡雯〈論砂華自然寫作的在地視野與美學建構〉，收入鍾怡雯、陳大為編《馬華散文史讀本 1957-2007（卷三）》（台北：萬卷樓，2007），頁 395-423。

——透過中文書寫，去記述，去還原，甚至去建構婆羅洲雨林消逝中的「場所精神」。

一、場所精神的形成

座落在婆羅洲西北方的「犀鳥之鄉」——砂拉越是馬來西亞最大的州，人口兩百萬，共有約三十個原住民族群，人口數六十萬的伊班族是當中規模最大的一支。部分離開雨林的年輕伊班人，進入現代城市成為最龐大的弱勢族群，居住在雨林中的族人，則成為大馬觀光業最重要的旅遊文化商品，獨特的長屋文化和懸掛至今的顱骨，是不容錯失的「景點」。

這些本身沒有文字記錄的族群，往往只能成為（英語版）砂拉越歷史敘述中的配角。在早期的中文文獻裡，很難看到深刻的原住民研究，在創作領域中，原住民的文化刻劃也是片面的（主要是李永平等人的小說）。如何向婆羅洲以外的華文讀者，生動地展現原住民文化特質，是砂華散文作家的一大挑戰。

曾經榮獲砂州至高榮譽「砂拉越民族文學獎」的梁放[5]（1953-）於一九七四年發表其散文名篇〈長屋〉（1974），文章一開始就明言：

---

[5] 梁放出生於砂拉越，自吉隆坡工藝大學畢業後，再留學英國，先後取得土木工程學士和土壤力學碩士學位，回國後任職砂拉越水利灌溉局土木工程師（現已退休）。這個留學經歷讓他擁有較寬闊的視野，來觀照家鄉的原住民文化。尤其在水利灌溉局的職業範圍內，必須長期接觸雨林深處的原住民族群，因而獲得此一主題的寫作優勢。

「和犀鳥一樣，長屋已成為砂拉越的標誌。只有到過長屋，你才算
真正到過砂拉越。也只有到過長屋，你才真正領略了原始生活的風
味」[6]。他的寫作策略相當明確：（一）以長屋的空間內容為起點，
展開一系列的原住民文化書寫；（二）以第二人稱來導引（對此一主
題全然陌生的）讀者的閱讀心理。這篇導覽散文放棄了大規模的歷
史敘事，完全不提及伊班族在布洛克王朝裡扮演的角色，他專注於
這座長屋最具體的內容。這是第一個具體敘述（導覽）的段落：

> 當你來到一座長屋時，你必須在屋子的前端沿樹幹砍成的梯
> 級拾級攀上去。屆時，你可見到高約十多尺的屋腳下有家禽
> 畜牲在尋找食物。登上了長屋，映入眼簾的是又寬又大直通
> 另一端的「廳」。地上鋪著草蓆，坐著抽著草菸啃著檳榔的男
> 女中年人圍在一塊兒談天說地……。靜聽他們談話內容都不
> 外是工作時的趣事。長屋、田地就是他們生活的全部。小輩
> 的從城裡帶回來的新知識新思想在老輩人而言只或許在古
> 井水似的生活漾起了微微漣漪，過了一陣子，一切又歸於原
> 有的平靜。[7]

表面上長屋是一個大型生活起居建築，事實上它形同一個完整的社
區，甚至是伊班人世界的縮影。原始的赤道雨林徹底隔離了現代都
市與長屋，因此創造出高度封閉的國族空間，在梁放節奏緩慢的敘
述之下，彷彿與世無爭的世外桃源，抽著草菸啃著檳榔聊著家常，

---

[6] 《馬華散文史讀本 1957-2007（卷一）》，頁 298。

[7] 《馬華散文史讀本 1957-2007（卷一）》，頁 298。

一切都很平靜。梁放企圖營造的（或者說，希望與讀者分享的），正是這一種現代社會裡難得的平靜。年輕人從城裡帶回來的新知識和新思想，無法動搖老人的心思——它象徵著固有的社會結構。對陌生的世界，止於聽聞，不動如山。這是原始長屋社區得以抵抗現代文明的入侵，自我修護的心理防禦機制。[8]

單憑這股心理防禦機制，尚不足以成就長屋的文化特質，必須加上駭人聽聞的獵頭惡習：

> 在這兒，你通常可以見到一串串的人頭掛在牆上。原來他們的祖先的確獵過人頭的，人頭擁有數目決定一個人的財富與勇敢。少女們也以人頭的多少為擇偶的條件哩。長屋與長屋之間曾有許許多多的糾紛，互相殘殺中以收集敵人的頭顱為能事。不過話又說回來，一個若得到他們愛戴與崇拜的人的頭也不能倖免，因為他們相信只有這樣才能永遠保住心目中的偶像。每逢祭鬼的日子一到，這些歷史的陳品一個個的排列出來，伊班同胞們給它們餵糯米飯，灑米酒，間中還淚涕俱全地大聲哭號；無不讓旁觀者毛骨悚然。[9]

這段文字可以分兩個層面來看：其一，梁放精準地預設了讀者反應

---

[8] 那是一九七〇年代中期的情景，長屋社會的人口流失情況尚不若今時來得嚴重。現在鄰近城鎮的傳統長屋大多改建成擁有自來水和電源供應的現代版，雖然保有戶外和戶內的兩道公共長廊，以及半現代化的管委會組織，卻已淪為城鎮生活圈最邊陲的弱勢社區；至於座落在雨林深處，必須以傳統獨木舟和步行前往的古老長屋，人口嚴重老化的現象，已經破壞了家族的生產結構。

[9] 《馬華散文史讀本 1957-2007（卷一）》，頁 299。

心理，獵頭的行徑對族群形象產生決定性的影響，加上超乎想像的獵頭理由（愛戴與崇拜），由此衍生出兼具凶狠、暴戾與陌異的文化想像，亦滿足讀者的期待；其二，潛藏在前述寧靜平和形象背面的暴行，彷如天使與魔鬼的合體，讓伊班人的文化結構與精神性格，變得更具研究價值。短短兩個段落，梁放便勾勒出一幅魅力十足的伊班文化圖象。這只是很小的開端，接下來，「你」可以從梁放筆下的長屋，讀出一種非常獨特的場所精神。

　　「『場所精神』（genius loci）是羅馬的想法。根據古羅馬人的信仰，每一種『獨立的』本體都有自己的靈魂（genius），守護神靈（guaraian spirit）這種靈魂賦予人和場所生命，自生至死伴隨人和場所，同時決定了他們的特性和本質」[10]。場所精神是因也是果，在婆羅洲雨林險惡的生存環境底下，族人在最理想的條件下聚集－起居－生產－狩獵－防衛（早期防範被異族獵頭，晚期抵禦文化侵略），長屋即是群體社會化的產物，也是文化和信仰的堡壘；它是族人木工建築的成果，也建築起部族。這是場所精神必然的具體化事實，「場所精神的形成是利用建築物給場所的特質，並使這些特質和人產生親密的關係」[11]。大地－族人－長屋，是一體成形的精神系統。

　　梁放除了刻劃長屋的空間結構與生活內容，以及獵頭文化之外，

---

[10] Christian Norberg-Schulz 著，施植明譯《場所精神——邁向建築現象學》（台北：田園城市，1997），頁 18。原著 *Genius Loci ——Paesaggio Ambiente Architettura* 為意大利文版，故本文以中文版為準。

[11] 《場所精神——邁向建築現象學》，頁 23。

他還把敘事的時間點鎖定在六月一日達雅節[12]，因為那「是長屋一年內最熱鬧的一天……，在這一天參觀長屋，你將受到最誠懇殷勤的招待。你將被請到長屋中央席地而坐，然後每一戶人家都端出食物來放在你的面前。雖然糕類都少不了竹筒糯米及『乍拉』糕，肉類也一律是豬、牛、雞、鴨，不過那種人性中最單純的友善及熱忱將使你畢生難忘」[13]。借由節慶氛圍烘托出來的純樸民風，對強化讀者印象的作用或許不大，但從中可以感受到梁放與原住民的情誼，把這篇文化導覽性質較高的文章，順勢轉向文化散文的範疇裡去。

達雅節同時吸引了另一位「砂拉越民族文學獎」的得主田思（1948-）。出生於古晉，畢業於新加坡南洋大學中文系的田思，長年在砂拉越古晉的中學任教，對原住民文化也有相當的涉獵。田思的〈長屋裡的魔術師〉（1981）跟梁放的〈長屋〉切入點不同，田思著重於華人和達雅人（伊班人）的文化融合，這是他很重視的主題。以主角楊亞武作為敘事焦點，來表現這位入贅達雅的女婿，如何以魔術娛眾，博得不分種族的掌聲，借此暗示兩大種族和睦共處的「魔術」。在此故事主軸之外，田思對節慶內容和細節的描述，更是特別

---

[12] 「豐收節又稱為達雅節，是達雅族群一年一度慶祝豐收的節日。『達雅』一詞在印尼加里曼丹原本統稱所有原住民，而在砂拉越則只是伊班族和比達友族的統稱。在馬來西亞，每年六月一日定為砂拉越達雅節公共假期後，大部分的原住民都在這一天慶祝他們的豐收節，這節慶每年都吸引了許多國內外遊客到砂拉越觀光及參與慶祝。」引自：沈慶旺〈豐收節‧Hari Gawai〉，《馬華散文史讀本 1957-2007（卷三）》，頁 122。

[13] 《馬華散文史讀本 1957-2007（卷一）》，頁 299。

用心，生動地記述了異族文化，也成就了一篇珍貴的文化散文。

細讀這篇文章，便可發現伊班人的文化危機：

> 最令我們難忘的節目，是看著杜邦的妹妹戴著精緻的珠帽，穿著傳統的盛裝，雙手抱著一個羊皮大鼓，邊打鼓邊唱著動聽的「班頓」（馬來歌謠）；而杜邦年邁的父母親，也在鼓聲的節奏中翩翩起舞，跟另幾對青年男女一樣陶醉在「弄迎」（Ronggeng，一種馬來人的傳統舞）的輕快舞步中。[14]

馬來歌謠「班頓」（Pantun）和傳統舞蹈「弄迎」（Ronggeng）都不屬於伊班族的文化內容，在歌舞昇平的歡樂氛圍中，田思似乎沒有察覺到異族文化對原住民文化的入侵（或同化）。說不定，連伊班人自己都渾然不覺。這座長屋距離市區（古晉？）約二十五公哩，以砂拉越的交通條件或道路狀況來說，算是相當荒野之處，應當是傳統的老式長屋。不過，同屬鄉村文化的馬來族文化，對伊班人的影響與滲透，是很難察覺或刻意抵抗的。民俗歌舞和日常用語的同化／涵化，往往是同步發生的。

到了中堅世代的詩人作家沈慶旺（1957-2012）筆下，才看到伊班戰士舞 Nyajat，中文文本中的伊班族，總算沒有全面馬來化。〈豐收節・Hari Gawai〉（2001）寫的是民都魯山區的一座長屋，這裡達雅節的慶典相當正統[15]，其中最吸引人的是祭典的高潮：

---

[14]　《馬華散文史讀本 1957-2007（卷二）》，頁 66。

[15]　較令人納悶的是篇名用上馬來文 Hari（即節日，或日子），不知是伊班族的用法，或只是作者的習慣。果如是前者，即意味著它正在被馬來文化的陰影「涵化」中。

由一位經驗豐富的長者手執長矛往小豬頭項一插，只見鮮血
染紅了草蓆，跟著換了一把鋒利的巴冷刀，手起刀落，自豬
肚橫剁一刀，五臟都滑出來了。長者小心翼翼地把豬肝割下，
用雙手捧到太陽光下，屋長、巫師紛紛圍攏，貫注著、巫師
用手指頭撥弄著，「哦！這是一個好肝，來年祖先和神明將
護佑我們全屋安康、作物豐收。」[16]

這篇散文豐富的節奏感，動靜的交錯敘述，充分傳達出熱鬧歡騰的
節慶感和臨場感，尤其上述的祭典及其前後段敘述，在鏡頭的流轉
中，有效陳述了每個儀式的意涵和敘述主體的亢奮。世代相傳的古
老儀式，讓敘述者和讀者的心靈視野，得以溯返時間的上游。同時，
讀者也勢必聯想到，這種蠻荒、不人道的古老信仰，會很快在現代
文明的洗禮下絕跡。

　　類似的文學敘述非常重要，缺乏文字記載的長屋社會，沒有真
正的歷史，時間的刻度主要是經由空間的內容來確認的。占卜與巫
術是人與大自然溝通的古老方式，它們的存在，在心理層面確認了
長屋社會的「前現代性」。場所精神在此刻，被神祕儀式和眾群的期
待心理，強烈地召喚出來，成為眾人對長屋節慶的重要集體文化記
憶。它必須被細膩地書寫，生動地記述下來。尤其巫術這種怪力亂
神的「前現代性」事物。

　　巫術可說是雨林原始文明跟現代都市文明的一道形而上的鴻
溝，作為伊班族日常生活中不可缺少的「超自然醫術」，巫術絕對是

---

[16]　《馬華散文史讀本 1957-2007（卷三）》，頁 124。

強化場所精神的重要元素。梁放曾在長屋中親睹巫師施展巫術，後來寫成〈深深「批靈」夜〉（1985），改用小說式的快節奏描述，帶著幾分神秘感的敘述語言，鉅細靡遺地重現了「批靈」時眾人的動作、神情和氛圍：

> 兩名自老遠一個部落請來的巫師和巫婆坐著，用黃布包頭，且插了一頭用爆米花與黃白紙製成的頭飾，肩搭白布又往祭品中取了一些爆米花擦著腳底。一盆加了「卡曼煙」的炭火已燃起，一時一屋子的氤氳白霧……，女病人已裸著上身仰躺著，巫師跪在她身旁用檳榔花在她身上掃乩，又給她擦些椰油……。巫師把一枚雞蛋擊破，放入「巴賴」裡，又喝了一口泡著爆米花的水。……就在抓按時，巫師遂使勁地在其女病人胸口抽拔，一顆拇指大小的黑色物體竟令人難以置信地給抽了出來。據說這就是病的根源，那東西像枚種子，沒人知道是何物，大家傳著看了看，又給置放在小船中。[17]

降頭和巫術一直是域外讀者對東南亞原始文明的神祕想像，口耳相傳中的巫術對很多人而言，根本就是迷信。不過，在原始長屋部落生活當中，它是可登大雅之堂的正式醫術，是伊班民俗文化最精彩的一環。梁放有幸親睹一般都市讀者不太有機會見識到的巫醫療程，自然忍不住把它記述下來。

　　如果伊班人的迷信僅止於巫醫，那還不夠精彩，沈慶旺的〈自然界的預言——鳥兆〉（2001）非常豐富地表現出原始部落的禁忌與

---

[17]　《馬華散文史讀本 1957-2007（卷一）》，頁 314-315。

迷信：「有事沒事聽鳥叫是內陸原住民日常生活的一部分。盤踞在砂拉越深山野嶺的原住民，不論族群，都有一套解釋鳥語吉凶的學問，尤其是在內陸的少數遊牧民族，他們的日常生活行止幾乎都取決於臆測鳥兆的吉凶。舉凡砍芭、狩獵、遠行、遷移、建設等，都以林中兆鳥叫聲的吉凶和位置來作為他們下一個步驟的依歸」[18]。充滿趣味性的思考，大大軟化了婆羅洲雨林中的伊班獵人形象。

　　長期沉浸在存在主義思想裡的沈慶旺，對社會現況充滿自覺，他認為社會規範、自然環境、文化秩序、人性等根本因素與人之本能慾望存在著矛盾與衝突，遂啟動他逃避荒謬的本能，開始深入婆羅洲的雨林荒野。在那個鮮為人知的化外之地，遠離現代文明的喧囂，卻沒有讓他獲得完全的平靜，反而感受到原住民的生存悲哀。懷抱著驚異、沉醉、迷惑、又悲痛的心情，一種身不由己的追尋力量，催促他去完成第一部詩集《哭鄉的圖象》（1994）。也正是這股同樣的力量和文化責任，促使沈慶旺投入更多的心血，去記述、保存砂拉越州的原住民文化，為這個沒有書寫和發聲能力的沒落族群，盡一份心力。

　　沈慶旺有很長的一段時間在雨林裡工作，對各族原住民的風俗文化都有很深的了解，近十年來他持續發表了許多有關各族原住民生活、風俗習慣、民族變遷的文章，〈歷史名詞——獵人頭〉（2001）是一篇對獵頭問題討論得最深入的文化散文。

　　他首先指出：「婆羅洲曾經被稱為『獵人頭之鄉』，過去許多傳

---

[18] 《馬華散文史讀本 1957-2007（卷三）》，頁 119。

媒報導都誤認伊班族是獵人頭的民族，讓人誤解伊班人是殘暴、血腥、好戰的民族。其實，伊班族是非常好客和熱情的民族；他們善戰，但不好戰。在婆羅洲，不只伊班族有獵人頭的習俗，其他原住民如加央族、比達友族、弄巴旺族等也有獵人頭的習俗。原始時期的部落間經常為了爭奪和保衛耕地而發生戰爭，獵取敵人頭顱在當時是很平常的事。但是，伊班族只獵取與他們交手的成年男子的頭顱……，為了爭奪新耕地、保衛耕地，或為了復仇和平息天災，他們才會進行獵人頭的活動。他們先組成獵人頭隊伍，祭司會每天祈求神靈庇佑出征的戰士，同時觀察一種常在墓地出沒的『伊西』鳥，從它飛行的方向卜取吉凶」[19]。光是獵頭這回事，就有許多過去不為人知的禁忌與細節，比如「他們血腥砍殺敵人後，退回自己的長屋時，必須繞行許多路途，迷惑敵人和被殺者的靈魂，以免他們跟蹤到自己的部落來」。[20]

最後，沈慶旺從族群生存的角度，來解釋這種獵頭文化的深層意涵：「過去幾百年來伊班族一直在原始森林邊緣求生存，他們對原始森林有一份深刻的敬畏，他們按照祖先遺留下來的不成文戒律，與森林之神保持一份奧妙的關係。每當遷移新的耕地時，他們必須獵取新的人頭來祭拜神靈，以求新耕地可獲得豐收」[21]，其實「獵人頭除可抑制敵人的勢力，拓展自己族群的耕地和生活範圍，也減

---

[19]　《馬華散文史讀本 1957-2007（卷三）》，頁 116-117。

[20]　《馬華散文史讀本 1957-2007（卷三）》，頁 117。

[21]　《馬華散文史讀本 1957-2007（卷三）》，頁 116-117。

少自己族群所面對的威脅，這是原始生活中求存的一種方式」[22]。
從雨林的生存法則來看，獵頭確實是必要的防衛機制，兼具信仰、
抑制敵人勢力，和自我勇氣的培訓，不能粗糙的斥之為野蠻或暴戾。
這種精神體魄的意涵，恐怕不是現代都市人可以想像的。

　　沈慶旺對婆羅洲雨林文化的書寫，不但豐富了馬華及砂華散文，
這部《蛻變的山林》更為馬來西亞的人類學研究留下一些重要的田
野資料。

　　不管是雨林散文或田野資料，其敘述主體的親身經歷對文章的
生命力，有決定性的影響。梁放有一篇〈獵鹿者〉（1983）寫他隨伊
班人狩獵時，自己親手揮刀砍殺懷孕的母鹿，讓他感受到雨林中的
驚心殺戮，當時「鹿兒向我移挪幾步，我要了刀，不偏不倚在牠頸
項，狠狠砍下。只聽淒厲的嘶鳴，驚嚇的鳥兒撲撲向四面八方飛開。
鹿兒掙扎片刻，側著頭，殷紅的血漿像觸及乾葉的烈火，刻不容緩
地滲進河水，調成濃濃不加奶的可可」[23]。雖然殺鹿不比獵頭，但
滿手的血腥讓他逼近那種殺戮狀態，以及原始文明的生存心理。殺
戮與血腥，本是雨林生活中不可迴避的事實，冷酷且鋒利的「巴冷
刀」必須如此守護其族群的長屋文化。

　　憑藉著雨林的天然屏障，長屋用平靜且強韌的心智抵禦著現代
性的轉變；獵頭的行徑、思想的迷信，和節慶的溫馨，交織出一個
強烈的場所精神，在其生活範圍內產生保護性機能，和對外的威脅

---

[22]　《馬華散文史讀本 1957-2007（卷三）》，頁 118。

[23]　《馬華散文史讀本 1957-2007（卷一）》，頁 311。

性。從人類學角度而言，〈長屋〉、〈長屋裡的魔術師〉、〈豐收節‧Hari Gawai〉、〈深深「批靈」夜〉、〈自然界的預言——鳥兆〉、〈歷史名詞——獵人頭〉、〈獵鹿者〉都是民族誌的重要文獻；在散文創作的範疇內，則歸入文化散文。

作為伊班文化，乃至婆羅洲文化象徵的長屋，在梁放等人看來，其形而下的建築結構即等同於伊班人形而上的民族文化結構。梁放將自己了解的伊班民俗文化內容，融入長屋的空間敘述裡面，成為一體；他並沒有去特寫任何傳奇性的人物或事件，只是把日常生活和節慶時的點滴見聞娓娓道來，如此一步一步的，把「長屋這個高度可意象性的空間過渡到文化層次，轉而去寫長屋文化，經由真正的『生活經驗』去呈現其『感覺結構』（structure of feeling）」[24]。田思的長屋節慶書寫，透露了馬來族文化的滲透現象；沈慶旺對更深層的文化意涵的挖掘與描述，進一步解開了伊班文化的神秘面紗，甚至糾正了我們對獵頭習俗的誤解。他們以豐富的雨林經驗，重新建構起長屋文化的場所精神，「這種召喚性的敘述讓地理學者得以探索場所精神，也就是某個地方獨一無二的『精神』」[25]，文學書寫的力量是十分可觀的，它對人類學和人文地理學的研究，有十分明顯的幫助。雖然「場所精神在經過一段相當的歲月，只要連續的歷史情境的需要不受到阻礙，仍能保存下來」[26]，可是這個高度可意象

---

[24] 鍾怡雯〈論砂華自然寫作的在地視野與美學建構〉，《馬華散文史讀本 1957-2007（卷三）》，頁 408。

[25] Mike Crang 著，王志弘等譯《文化地理學》（台北：巨流，2003），頁 60。

[26] 《場所精神——邁向建築現象學》，頁 180。

性的長屋一旦遭到現實環境的衝擊或改變，會造成什麼樣的影響？伊班族的文化傳統會不會土崩瓦解呢？砂華散文作家務必解答這個疑慮，以長屋為核心的場所精神之建構，方能完整。

二、逐漸傾頹的場所結構

　　如前文所述，長屋同時扮演著日常起居、節慶祭典、軍事防衛、族群文化傳承的吃重角色，並產生婆羅洲雨林原始部族特有的場所精神，這種高度可意象性的原始文化建築，在遭遇到現代文明的巨大衝擊時，會有怎樣的回應？Christian Norberg-Schulz 在其論述中指出：「場所結構並不是一種固定而永久的狀態。一般而言場所是會變遷的，有時甚至非常劇烈。不過這並不意謂場所精神一定會改變或喪失」[27]，梁放卻在一處譯為「地文」的村莊，觀察到不同的事實，「初到海口區的地文，覺得她與一般馬來甘榜無異」[28]，最初只是自己的直覺，後來他遇到一位老嬤嬤，一邊編製籃子一邊喋喋不休地說：「以前，這兒也是一所長屋，一場大火把它奪掠，大家說長屋不好，一家著火，全屋遭殃，自後也沒有長屋了。餘悸過了，我們也惦念長屋。節日來臨時，有些傳統的儀式不免要削減，跳舞的都在屋前的泥地上，挨戶敬酒的也做不到長屋內的那種浩浩蕩蕩。唱詩的唱了一段停一段，不再一口氣連貫著唱完。聚餐在民眾會堂，這

---

[27] 《場所精神——邁向建築現象學》，頁 18。

[28] 《馬華散文史讀本 1957-2007（卷一）》，頁 307。

種節日，少了氣氛……」[29]

在這篇名為〈消失的地文〉（1983）的文章裡，作為場所精神之源的長屋一旦徹底消失之後，整個經由形下空間結構組織起來的形上長屋社區文化，立即瓦解，伊班色彩的「地文長屋」轉型為馬來色彩的「甘榜地文」，長屋原本具備的疆域化（territorialised）功能，及其專屬的場所精神，亦隨之消失殆盡。

沈慶旺在對原住民空間與文化的危機，有很深刻的探討。〈變調的慶典〉（2001）就寫得比較沉重，年輕一代的原住民紛紛往現代都市謀求發展，迅速衰敗的長屋文明，老年人都固執地認為：「所有的遊子都將歸來。」但年輕人除了在節慶時刻回來團聚一番，部落還能夠用什麼東西留住他們？沈慶旺以詩化的筆調，替原始部落作了一個很準確的形象定位：

> 部落瑟縮在偏遠山麓，遠遠地像蒼山脫落的門牙，無奈地根植在孤單的土地上。
>
> 這裡有許多純潔的童稚，每日無憂地嬉戲，他們是老人的期待，期待傳統的延續。
>
> 老人暫且酗酒、高談過去的英雄事跡，耕地在體力衰敗下逐漸萎縮，萎縮成破敗的部落。
>
> 只剩下那些風光過的歷史，仍然在沉靜的山林裡寂寞地等待。
>
> 所有的遊子都應該回來。

---

[29]　《馬華散文史讀本 1957-2007（卷一）》，頁 308。

　　　　為了一年一度的慶典。老人們如是認為。[30]

現實是很殘酷的，當現代文明的力量和資源伸入雨林，勢必重創並
重整長屋的世界觀，一九七〇年代的長屋部族尚且可以招架得住，
因為當時的古晉、詩巫、美里等城鎮現代化程度有限，各方面的建
設尚未健全；但一九九〇年代以降的發展加速，公路的開拓與延伸，
將部分長屋部落納入城鎮的版圖，新世界對年輕伊班人的吸引力遠
大於悶熱潮濕的雨林。原居伊班文化核心位置的巫術、占卜、獵頭，
都是被現代社會價值貶斥的行為，現代科學和現代司法否決了（處
決了）傳統文化，現代物質文明卻引誘、拉攏著伊班青年的慾望，
年輕人口的大規模出走是大勢所趨，完全無法在現代城市生存的老
伊班人，只能固守家園。

　　但離開長屋的年輕伊班人，並不具備跟都市人競爭的學歷和學
力，只能淪為失語和失能的現代社會次等公民。沈慶旺在〈部落裡
的酒〉（2001）無情地披露了原始部落文化的價值崩潰，在科技文明
的侵蝕之下，年輕人開始質疑自己的文化價值，農村經濟和傳統信
仰全面解體，「致使原住民普遍生存在無力感之中，挫折、無奈在酒
精的麻痺中暫時得到了解脫」[31]。他們該何去何從？回去重整長屋
文化嗎？那是不可能的，因為「農耕地被發展得所剩無幾，森林裡
的許多野獸又被禁獵，傳統的祭典在新文化衝擊下變成遊客的觀光
節目，種種的挫敗促使原本對酒有偏好的原住民往往在無奈中進入

---

[30]　《馬華散文史讀本 1957-2007（卷一）》，頁 125。

[31]　《馬華散文史讀本 1957-2007（卷三）》，頁 127。

酒精的世界」[32]。這個政治上的弱勢族群，只能在逐漸傾頹的場所精神中，失去生存的方向和鬥爭，伊班文化終究會在現代都市文明的底層，慢慢涵化，逐步扭曲，乃至消失。

　　沈慶旺的憂慮，全寫在〈部落的知識份子〉（2001）。受過現代教育的原住民知識份子，當他們目睹部落的傳統祭典日，毫不自覺地淪為旅遊賣點和遊客爭奇獵豔的對象，以及種種不平等的處境之後，他們痛苦地反思著自身的存在價值，於是他們企圖拯救、維護最後的傳統文化和尊嚴，「在無奈中成為忠實的反對者，反對部落現代化，反對族群分化，反對傳統變革，反對現實社會遞變，反對現行政治體制，反對國民權益分享不平等；他們似乎成為族人眼中為反對而反對的異類」[33]。原住民文化的矛盾和命運，在此一覽無遺。

　　石問亭如此評價沈慶旺的原住民文化書寫：「沈慶旺選擇這一方面的書寫具有象徵的意味，因為這個時空和現實生活中的族群不太一樣又確實如此存在，使我們看到他們的現實和生活本質。從表面上看，這只是一些民族群的介紹，比如傳統風俗、習俗禁忌。我們看到族群社會的理想和希望，及生活水準的改善；另一方面，又看到族群傳統習俗的流失；這裡的族群沒有今昔和盛衰，只有現代化與傳統變形時代夾縫中生存下來的族人。喘息之間，仍然守著對犀鳥鄉（砂拉越）土地的情懷。深一層去看，沈慶旺是從一個換喻角度，屢屢反思，各原住民族群在今日馬來西亞的處境」[34]。沈慶旺

---

[32]　《馬華散文史讀本 1957-2007（卷三）》，頁 127。

[33]　《馬華散文史讀本 1957-2007（卷三）》，頁 129。

[34]　石問亭〈存而不在——沈慶旺《蛻變的山林》〉，《馬華散文史讀本 1957-

在理性敘述背後，隱藏著感性的哀傷。每個主題的剪裁與表現，不但切中要害，更不忘留下供讀者反思的空間。作為「書寫婆羅洲」計畫的第二部作品，《蛻變的山林》成功建立了一座原住民文化散文的豐碑，也是近年砂華文學最重要的成績單。

一旦離開了雨林中長屋的場所結構，伊班人在現代都市社會裡的存在現象，便成為一個新的敘事焦點。努力融入現代城鎮生活圈的伊班族人，在散文裡的面貌非常值得關注。

田思的〈加帛鎮之晨〉（1981），即是一篇非常成功的地誌書寫，它展示另一種跟長屋社會不同的場所精神。加帛是拉讓江中游的一個華人和伊班人混雜而居的小鎮，以「福隆亭」為名的大伯公廟是田思在文本中重新建構、定位這座小鎮的第一個據點，中國味十足的簷柱、壁畫、門匾，以及「光緒庚子年」的題字，鮮明地標示出加帛鎮的華人（福州和福建）文化特質。鏡頭持續往前推移，便是店舖、市場、碼頭裡華伊相處的景象；從船型、船號、班次、市場的貨色，到伊班人身上的服飾等大大小小的事物，全都鬧哄哄地入了鏡：

> 幾個伊班老婦席地而坐，身後各自攔著一個大的藤製背筐，腳邊擺著各式的蔬菜，……當有顧客買菜時，這些伊班老婦便露出被檳榔染紅的牙齒，大聲報價，尾音帶著長長的 ai 音。同樣是賣菜的，對面那幾個華人菜販的攤位就擺得比較大，菜式也較繁多。不管是華人或伊班人的攤位，顧客都一樣擁擠。菜攤前面，有一個華人在賣山豬肉，而另一個紋身

2007（卷三）》，頁 378-379。

　　　的伊班漢子卻在賣鹿肉。[35]

此文的空間架構十分清晰，描述的事物雖多，但井然有序。一個華伊文化完好融合的小鎮，躍然紙上，而且勾勒出一條相當立體的空間動線，供讀者隨跡而行。文本中呈現的雖然是一九八一年的舊場景，不過還是很清楚看到伊班人較低微的職業和社會地位，全部商店都是華人開設的，原住民只能擺個小小攤位。這個現實狀況，至今沒有明顯的改善，所以沈慶旺才會感慨那座「蛻變的山林」。

　　場所結構的傾頹，不僅僅是伊班族長屋的消失，還包括整個雨林環境的破壞。「砂拉越境內有百分之八十左右是森林，河流縱橫交錯。自古以來河流是砂拉越的命脈，其中全長五百六十三公里長的拉讓江（Batang Rajang）是主要的交通要道，它亦是全東南亞第一大河。可是隨著現代化（濫砍、建壩以作水力發電之用、開發用作耕地等）而來的生態污染，卻成為砂拉越生態最大的致命傷。」[36]

　　長期與山林為伍的砂華作家楊藝雄（1943- ）在〈悵望河海興嘆〉一文中，對雨林的浩劫有沉痛的批判：「一九七零年代，德國和日本製造的鏈鋸及大型機械湧入砂拉越州，千萬年來一直存在著的原始雨林，就再也不能倖免於難。經過二三十年來無遠弗屆的開山伐林和在高峰深壑闢路造橋，結果山泥崩瀉，覆蓋了川溪，也污染了河流。在擎天老樹崩倒的同時，帶起了的周邊行業：拖排、機械修理廠、木材加工廠、造船和運輸業的興旺，油脂和化學藥劑更使河川

---

[35]　《馬華散文史讀本 1957-2007（卷二）》，頁 59-60。

[36]　鍾怡雯〈論砂華自然寫作的在地視野與美學建構〉，《馬華散文史讀本 1957-2007（卷三）》，頁 414。

壓力加劇，脆弱的水生物哪堪摧殘？終於一一消失了。」[37]

　　儘管山豬的狩獵還是如楊藝雄在〈獵捕渡河野豬〉（2002）一文所述，來自四面八方的原住民和華人，興致勃勃地投入一年一度的大型獵豬盛事，但山林的傾頹已經是無可挽救的事實，我們只能在〈跋涉而來的野豬群〉（2002）裡讀到如此驚心動魄的場面：

> 此時，大群野豬，遠從西方的西加里曼丹熱帶雨林，跋涉北上，穿越千山萬壑，直向婆羅洲心臟地區的拉讓江流域前進。
>
> 邁進過程，沿途更有零星的群體歸隊，頭數與日俱增，最後匯聚成一支聲勢浩大的隊伍，跨過馬、印兩國接壤的漫長邊界線，最後進入富庶的砂拉越雨林。
>
> 江湖流域的花序遠比丘陵地帶來得早。這支隊伍神差鬼使，向著沿河地帶挺進。我們無法估算這支浩大群體的實際頭數，但從沿途踐踏路徑的深闊，見之便足以令人心悸：樹倒泥陷，路徑闊七、八尺，深尺餘！
>
> 牠們老幼同行，步伐整齊，一心追隨隊伍，像一支接到命令，趕赴前線的急行軍。群豬秩序井然，勇步邁進，無視凶猛野獸攔截，更無懼人類威脅。[38]

這支沿著大自然季節變化的法則翻山越嶺而來的山豬大軍，不但吸引了獵槍，也吸引了都市讀者的目光。事實上，牠們是婆羅洲自然生態圈非常重要的一環，不但原始部落的肉食、祭典、飾物、紋身，

---

[37] 楊藝雄《獵釣婆羅洲》（吉隆坡：大將，2003），頁200。

[38] 《馬華散文史讀本1957-2007（卷三）》，頁220。

乃至勇氣和技巧的培訓，都跟山豬緊密相聯。山豬與山民，存在著一種如同野牛和美洲印弟安人的依存關係。楊藝雄對山豬、鱷魚等凶獸的描寫，亦增添了婆羅洲的傳奇性。

　　田思在其書的序文中指出：「老楊寫出獵人與漁人在大自然中與野獸或水族展開體育式的競技，互相挑戰和較量，也從側面襯托出鄉民那種『靠山吃山，靠海吃海』的堅韌生命力和純樸中透露出來的生活智慧」[39]，這番見解可以成立。

結　語

　　砂華作家的原住民文化書寫，不僅僅在描述這個地方和事物，而是透過文字來創造這片土地。這是一次深刻的人文地理學的建構。文字敘述當然不是百分之百客觀和透明，必然包含作者的文化修養和視野。這些地方經驗是原住民的，也是華族作家的。梁放之所以會覺得生活的豐富性是超乎文筆所能表現，主要原因來自婆羅洲的多元種族文化，和無比豐沛的地理內涵。梁放從在地華人的生活視角，真誠地記述了具有非凡文化吸引力的婆羅洲雨林，卻沒有為了強化自身的在地色彩，而置入爭奇鬥艷的原住民文化元素。相對於同時在一九七〇年代崛起的溫瑞安，那種氣勢恢宏、表現手法較炫目、抽象的「中華文化」散文，梁放以長屋為中心，簡樸平實的「砂華文化」散文，是另一座完全不同的馬華文學地景。田思則非常看

---

[39] 田思〈悠悠天地獵者心〉，收入《獵釣婆羅洲》，頁13。

重環保議題，以及砂華文學的特色（和發言權）。二〇〇二年，他提出「書寫婆羅洲」的構想，呼籲砂華作家投入這項寫作與出版計畫，讓真正的婆羅洲進入中文閱讀世界；沈慶旺和楊藝雄的散文集，都是這項計畫的初期成果。

　　砂華作家以長屋的「場所精神」作為婆羅洲雨林文化敘述的起點，是非常明智的決定。即便從嚴格的人類學研究視角來看，這也是最紮實的切入點。「人類學研究複雜社會的成功之作，往往立基在研究者先期在具備各個層面的較小社群之個案深入研究之上……。S.J. Tambiah 關於泰國如何透過小乘佛教聖人信仰以及護身符祭典來連結和建構現代國家之研究，便是建立在他早期對一個泰北農村的 Baan Phraan Muan 的研究基礎上」[40]。域外讀者對砂拉越的理解大都是從長屋開始，再往半開發的雨林延伸出去，最後還是回到長屋。

　　透過多位砂華散文作家的文字描繪（word-painting），在田野經驗中，成功建構起婆羅洲雨林的場所精神，同時也陳述了場所結構在現代化進程中的傾頹危機。這個富有人類學民族誌和人文地理學色彩的創作主題，不但已成為「書寫婆羅洲」的重要成果，更是馬華散文史論述當中，無法忽視的一個「婆羅洲圖象」；因為它蘊含了伊班族的精神人格、風俗習慣、生存境狀，以及這個原始族群（文化）及其雨林所面臨的現代化危機。當長屋的場所結構以及周邊的環境條件被深遠地破壞，本文第一節所描述的場所精神將淪為散文裡的敘述，在現實世界中永不復還。

---

[40] 黃應貴《人類學的視野》（台北：群學，2006），頁 8。

　　不管在散文、新詩、小說，或報導文學的領域，以伊班長屋為中心的場所精神，即是婆羅洲閱讀最重要的一根鑰匙。一旦傳統長屋完全消失，婆羅洲雨林就徹底喪失全部的原始文化，淪為現代都市的後花園。

[2008, 2018/12]

馬華散文的地誌書寫

前言、文學的地誌書寫

近二十年來，都市文學在台灣、香港、馬華等地，逐漸累積了相當突出的創作和研究成果。大部分學者慣用現代主義、後現代、性別論述、消費文化，或後殖民主義來分析那些以「都市」為舞台的訊息和議題，淪為布景或道具的「都市」經常被忽略（或「括弧」起來，存而不論）。都市散文的創作成果中，「概念化」（亦可美其名為「本質化」）的都市書寫成為主流的技巧，我們只能夠在林燿德的都市散文裡讀到「現代都市文明的共象」，卻讀不到「台北圖景」，都市詩也同樣陷入「概念化」的書寫窠臼。類似維金尼亞・吳爾芙（Virginia Woolf, 1882-1941）在小說裡所建構出來的「倫敦圖景」（London Scene）[1]，或許只能在台灣現代小說裡找到。

---

[1] Susan M. Squier, "Virginia Woolf's London & the Feminist Revision of Modernism."

不是每一座城市都可以輕易地透過書寫活動，便能矗立在文本之中。不但城市本身必須具備歷史與文化的厚度，創作主體的空間意識（以及對都市空間的形象、內涵之刻劃）足以影響文本都市的輪廓。文學並不是最理性、完整的都市紀錄，它只是飄浮、片面、主觀的都市觀察；也許地誌學的視野和心態，可以成為強化（文學的）都市書寫的基石。

J. Hillis Miller 在《地誌學》（*Topographies,* 1983）的導論中說明了「地誌學」（topography）一詞的由來：它結合了希臘文的「地方」（topos）和「書寫」（graphein）二詞而成。就字源上的解釋，所謂「地誌學」即是「對某個地方的書寫活動」。他引據韋氏字典（*Wedster's New Collegiate Dictionary,* 1949）的三種解釋：（一）對某個地方的書寫活動（這是一個早已過時卻又最傳神的定義）；（二）對某個地方或區域所進行的鉅細靡遺、精確描繪的藝術或實踐成果；（三）包含河川、湖泊、道路、城市在內的各種立體地形在內的地表輪廓之描繪[2]。雖然 Miller 很無奈地指出地誌學最後越來越趨向於繪圖而遠離了文字，但他接著談到小說的敘述力量，對地景形成的巨大影響。文學地景包含了由自然地理、生活風俗、人為建築等事物，它們共同形成一種根植在土地上的文化，小說能夠將這外在／真實的一切，轉換成內在／文學的空間。小說即是一種「形象化繪圖」（figurative mapping）。[3]

City Images. ed. Mary Ann Caws ,New York: Gordon and Breach, 1991. pp.99-119.

[2] J. Hillis Miller, "Introduction," *Topographies*. California: Stanford UP. 1995. pp.3-4。

[3] J. Hillis Miller, "Philosophy, Literature, Topography: Heidegger and Hardy,"

　　越客觀的地誌學，其觀察結果便越瑣碎，而且不一定能夠形成焦點，更休想產生閱讀的吸引力。地理學家 Mike Crang 在《文化地理學》（*Cultural Geography*, 1998）一書中，談到人文地理學如何取回──作為地理學的核心關懷的──人類的地方經驗時，便明確指出文學作品在「地方的書寫」方面，所具備的優勢和參考價值：「文學顯然不能解讀為只是描繪這些區域和地方，很多時候，文學協助創造了這些地方」，並「主觀地表達了地方與空間的社會意義。因此，我考察了不同的書寫城市方式，以及不同時期與地方的不同故事形式，如何告訴我們都市生活的特質。在這個基礎上，我認為不同的文學類型訴說了變化中的時代──文學裡的現代性，以及實際上的後現代性的興起，如何對應於不同的體驗世界與組織相關知識的方式」[4]。很顯然的，「感覺結構」（structure of feeling）[5]和「場所精神」（genius logi）[6]必須透過主觀情感的文學性描繪，才能豐富、多面地

Topographies. California: Stanford UP.1995. p.19。

[4]　Mike Crang 著，王志弘等譯《文化地理學》（台北：巨流，2003），頁 58-59。

[5]　雷蒙・威廉斯（Raymond Williams）在七〇年代創造了「感覺結構」的理念，並定義為：「在特殊地點和時間之中，一種均活特質的感覺；一種特殊活動的感覺方法」結合成「思考和生活的方式」。而且不同的世代透過自己反應世界的方式，在繼承或複製中，創造出本身的感覺結構。它更清楚地知道社會及歷史脈絡對個人經驗的衝擊，甚至被視為民族、地方文化等整體複雜關係中不可分離的形成過程。（詳見：雷蒙・威廉斯〈結構歷程和地方──地方感和感覺結構的形成過程〉，收入夏鑄九、王志弘編譯《空間的文化形式與社會理論讀本》（台北：明文書局，1994），頁 92-93。

[6]　「場所精神」本是古羅馬人的信仰，每一種獨立的物體都有自己的靈魂

呈現出來，文學裡的陳述替地方經驗提供了一個更生動、立體的洞察。所以地誌學作為一門地理學問，有賴文學性描述的輔助。

　　反過來想，「文學的地誌書寫」應該是一種充滿創造性的嘗試，尤其對文本都市在空間結構與文化內涵的形塑，會有很大的幫助。正如 Mike Crang 所言：「城市不只是行動或故事的布景；對都市地景的描繪，也表達了社會與生活的信仰」[7]，所以透過都市散文的地誌書寫，可以造就一座更立體、更多面的文本都市，而且發掘該都市的文化特質。

　　僅就寫作素材的角度而言，歷經五百多年殖民史的馬來西亞，加上多元種族的文化積累，在兩岸三地以外的華文文學當中，馬華文學最具發展潛力。而馬六甲和檳城則是最具地誌書寫潛能的兩座殖民地古城，可惜馬六甲文風不盛，空有古蹟而找不到將之發揚光大的作家。曾在一八二六年～一八三一年被英政府選為「海峽殖民地」首府的檳城，則是目前馬來西亞北部第一大城市，人口成分以華人居多。作為一座現代都市，它的硬體建設和機能遠不及吉隆坡，沒有值得吹噓的天際線，或令人矚目的消費文化，不過它起碼擁有

（genius），守護神靈（guardian spirit）這種靈魂賦予人和場所生命，自生至死伴隨人和場所，同時決定了他們的特性和本質。至於「場所精神」的形成，則是利用建築物給場所的特質，並使這些特質和人產生親密的關係。因此建築基本的行為是了解場所的『使命』（vocation）（詳見：諾伯舒茲（Chritian Norberg-Schulz）著，施植明譯《場所精神：邁向建築現象學》（台北：田園城市，1997），頁 18-23。）

[7]　《文化地理學》，頁 66。

一棟曾經傲視全亞洲的摩天大樓 Komtar、一座亞洲數一數二的跨海大橋，加上長達數百年的殖民史，這座既古老又現代的城市，先天上就有足夠的資源發展出它自己的文學。更令人慶幸的是：檳城的文風一直很盛，數十年來文人輩出，他們逐漸意識到檳城這座歷史古城的書寫價值，並以一種記錄人事、節慶、風俗，回顧歷史，進而建構都市空間質感的策略，來描寫他們的故鄉。

　　本文將鎖定林春美、鍾可斯、杜忠全有關檳城（本島）的地誌散文，透過「空間釋名」與「味覺錨定」兩個角度，分析他們對檳城「感覺結構」、「場所精神」或「場所結構」（structure of place）[8]的經營，以及對「檳城圖景」（Penang Scene）的建構。

一、林春美的「檳城情意結」

　　林春美在九〇年代前期發表了許多系列小品，部分作品與其夫婿張永修的詩作結集成《鴛鴦書》（1994），其餘則散落在各種專欄和選集當中。她的系列小品可以區分成三類，一是洋溢著濃厚中文系修辭色彩的，與古人對話的書信體；一是以馬大中文系為背景的生活雜感；一是對檳城老家的懷鄉之作。第三類應該是她全部作品中最具分析價值的部分，因為它繞過了都市文學日益僵化的書寫模式，以在地人的情感和視野，生動地刻劃了檳城，進而完成一則以個人

---

[8] 場所結構的呈現很明顯，像環境的整體一樣，包括了「空間」和「特性」（氣氛）的觀點；這些場所是疆土、區域、地景、聚落、建築物。（詳見：《場所精神：邁向建築現象學》，頁 11-18。）

生活經歷為中心的地誌書寫。那可以說是一種經由散文形式來呈現的，關於某個地方（或區域）的「形象化繪圖」。

本節將以「空間釋名」為主，「味覺錨定」為輔，從這兩個角度來分析林春美在懷鄉小品當中所呈現的地誌書寫；對象是一篇由〈風車路〉、〈報攤〉、〈垃圾堆旁的人家〉、〈天公誕〉、〈檳城光大〉、〈人車伯〉、〈五盞燈〉、〈聚寶樓〉等八則小品統合而成的系列小品或分組散文〈我的檳城情意結〉（1994），篇幅長達六千多字，它未曾結集，僅以單篇散文的形式收錄在《赤道形聲》的散文卷裡。

每一座城市都有它的一般性和地方性，前者早已成為極大部分都市詩的主題，後者常常被忽略，然而它卻是更重要的部分。檳城的一般性已經早已失去誘讀的力量，它值得書寫的是地方性，也就是檳城之所以成為檳城的特質。這一點不容易做到，林春美的這篇散文（或系列小品）邁出了期待中的第一步。對林春美而言，檳城不僅僅是一個客體，一個準備下筆的城市，它是一個意義、意向或感覺價值的中心；一個有感情附著的動人焦點；一個充滿意義和回憶的家鄉。她對檳城的地誌書寫或許是無意的（沒有意識到「地誌書寫」這回事），但基於專欄形式使然而化整為零的城市光景，卻契合了地誌書寫的某些條件，生活圈內的每一個節點都充滿真摯的地域認同、詳實的街道位置、地域性的文化特徵、風土民情，以及各種見聞的敘述，足以拼貼出一幅新陳代謝的城市圖景。

準確來說，「地景本身並非一個先驗性的存在物體（pre-existing thing），它是一個透過在地的生活，被人為創造出來的富有意義的空

間」[9]。在命名的背後，其實累積了大量的集體價值。經由命名行為和集體價值，才能將一個地點轉變成地景。「風車路」便是林春美必須進行「空間釋名」的地景。

她的敘述從街道開始：「風車路銜著檳榔律的一端，一路橫直鋪展開去，一側通向幾條落寞的小巷，另一側牽著頭條路、二條路、三條路直至八條路。我小時候從來都不好意思告訴別人我家住在這裡。這一帶不是有好名聲的地方，說起來彷彿是檳城多數華裔痞流仔的原產地，是各路英雄『拼陣』的舞台。我想大概是我入學之前吧，還是初小的時候？有人『拼陣』『拼』進了我家。一地的碎玻璃。我站在樓梯口看，覺得像看電影。」[10]，這種械鬥通常在晚飯後，後來大家只要聽到風聲就立即關門。她企圖精確地說明風車路的位置，然後用黑社會火拼的場面來敘說這地方的文化特質。黑道故事對風車路的「場所精神」之形塑，起了決定性的作用，因為「故事將生命中抽象的情緒、感受和夢想，以具體、可感知的圖象形式表達出來，故事正是抽象連繫到具象、精神連繫到物質的橋樑，不但是將概念化為可被了解的真實，並且將之帶到一個更豐富的思緒和境界」[11]。作為「華裔痞流仔的原產地」，風車路的「場所精神」就必須經過老舊的街景建築、具體的「拼陣」描述、親身見聞（家裡的一

---

[9] *Topographies.* p.21。

[10] 林春美〈我的檳城情意結〉，收入陳大為、鍾怡雯編《馬華文學讀本Ⅰ：赤道形聲》（台北：萬卷樓，2000），頁 393。

[11] 陳維祺〈空間的故事〉，《省思建築：尋找詩性的智慧》（台北：美兆文化，1998），頁 44。

地的碎玻璃）、自然反應（晚飯後聽到風聲就立即關門）等多層次的
要素加以呈現。如果林春美改用一篇散文的篇幅來敘說風車路的惡
故事，讓街道得以全面體現空間與社會之間的互動關係，讓更多的
事件沉積在此，勢必更加動人。

　　風車路，顯然是檳城的次文化地區，她從自卑、抗拒到最後只
好無奈地接受了這裡的「住民風格」，默默生活了二十年。可是這裡
為什麼叫「風車路」呢？林春美很費力（也很焦慮）地進行「空間釋
名」的工作，她剛交代完黑道的猖獗，便緊接著說：「這現象隨著風
車路上不曾存在的風車年年歲歲的轉，上一代隨風老去，下一代跟
風長大，就成了風氣」[12]，文章最後也用「風車路的歲月在風中流
轉」[13]來結尾；雖然她細膩地刻劃出風車路的生活圖景（在〈天公
誕〉一文中更是鉅細靡遺地描述此路的節慶街容），意象化的風車也
被提昇為時間運轉的象徵，但這些動作仍舊無法解釋路名的由來。
所以她耿耿於懷。

　　鬆開她那環緊箍咒的，是「五盞燈」。

　　經由一張檳城博物院裡頭的黑白照，林春美才知道這個地方原
本真的曾經有五盞燈，並成功地運用釋名策略，解讀了「五盞燈」
的身世。「『五盞燈』原本是一個地方的代稱，後來變成了某個年紀
的記憶。是在少年與兒時交替的年代嗎？五盞燈漸漸地暗了下去。
燈下的交通圈被鏟去了，一頭連接它的風車路被改成單行道。從外

---

[12]　《赤道形聲》，頁 393。

[13]　《赤道形聲》，頁 394。

婆家回來，三輪車再不能直接從柑仔園或中路拐一個彎進入風車路，回家從此作了繞圈子的事」[14]。顯然她筆下的「五盞燈」同時作為一個地標，以及市容變遷的時間據點而存在。「五盞燈」見證了生活路徑的巨大變化，一切歷歷在目，又彷如隔世。在這裡，她觸及空間命名的議題，由於空間內容的變異，「加馬百貨」取代了「五盞燈」成為新的地標與生活「節點」（node），於是「媽不再對人車伯說『去五盞燈那邊』，而是『去加馬對面多少錢？』」[15]。這是一個現實，但林春美內心深處卻還惦著它，因為那裡曾是日軍屠殺市民的地方，屍體躺了滿街，有人因此發了死人財，夜裡還聽見操兵的鬼影。在時間舞台上退場的「五盞燈」，因而添上一層難以磨滅的內容。儘管「五盞燈在口頭上漸漸成了頭條路。可是走在頭條路上，想起舊時這個地方是 Apom 的攤子，那個地方是賣炒粿條的，說出來的卻是『那陣時五盞燈這邊……』」[16]。

　　空間的命名有時是不自覺的，由生活中某些口頭語濃縮或裁剪而成，林春美筆下最生動的例子是「頭家那邊」。

　　「頭家」就是老闆。檳城（甚至整個馬來西亞）到處都是吉靈人（印度人）開設的，由幾片鋅幾板木搭就的小報攤，同時賣一些雜物和零食。她說過死後要把骨灰分別葬在平生五個最牽心的地方，其中一個就在中路恆毅小學附近吉靈人的報攤旁。或許對其他市民而言，那只是一個生活的節點，但她「少年檳城的日子，候車上學

---

[14]　《赤道形聲》，頁 399。

[15]　《赤道形聲》，頁 399。

[16]　《赤道形聲》，頁 399。

就在那報攤旁的車站。放學回家路過攤子，經常就只是放下錢，也不須招呼一眼賣報的老頭，拿起一份報紙就走。那老頭，我現在記不起他的具體面容了。勉強記得的只是他盤腿坐在台面上售報時那種孤獨、落寞而又有點麻木的神情」[17]。在此累積了太多不經意的生活情節，充裕得足以產生地方意象。

　　她外婆家旁邊也有一個報攤。賣報紙的老人，她們都叫他「頭家」。對於外婆家過去與現在的孩子而言，頭家報攤的存在意義，在於「糖果零食和像牙膏一樣可以擠在吸水管上吹成泡泡的一類小玩意兒。童稚之心，一個小報攤就可以使之滿足了，所以大人們總是說：『不要吵我就帶你去頭家那邊買東西。』雖然老頭家已經故去多年，但我們今天哄小孩還是說『頭家那邊』。似乎只要頭家報攤的門面不變，這種感情就可以同歲月終老。」[18]

　　這個空間的命名背後儲蓄了濃厚的記憶，「頭家那邊」其實只是林家私有的命名空間，正因為私有而顯得更為珍貴。上述三個命名特殊的空間，分別承載了林春美對其生活之所在——檳城——的感受和回憶，這裡的變遷、人情、文化等元素相當立體地構成了一種林春美「私有」的地方感。她對這片土地的高度認同充盈在字裡行間，不僅僅是舊事物，連現代建築也不例外，當渡輪航向檳城本島，她的目光首先落在摩天大樓「光大」。被視為地標建築的「光大」是她家的方向，每次回家，「那種到了『光大』便快到家的感覺便會油

---

[17]　《赤道形聲》，頁 394。

[18]　《赤道形聲》，頁 395。

然浮生。……它象徵檳城的繁榮與進步。外地人靠它指引迷津，本坡人在那裡解決生活瑣事，更有一代新人粘著它長大。他們名叫 Komtar Boy／Komtar Girl。『光大』培養了他們的氣質，也塑造了他們的形象」[19]。她沒有很粗糙地指出「光大」即 Komtar 的中譯，而是透過 Komtar Boy／Komtar Girl 來達成聯想。其實在她心中，「光大」不單是個建築空間的譯名，她希望它能真正光大起來。因為檳城人的小孩都將在它的腳底下長大。

在林春美筆下每個空間都有鮮明的名字，勾勒出在地人的生活意義及印象，這點對地誌書寫而言很重要，因為「空間的名字是一種溝通的媒介。我們常以一個互相熟稔的空間來作為一場約會開始前碰面的地方，……簡單的名字卻能勾勒一個難以釐清的空間座標。空間的名字加上都市的經驗可以作用出令人難以置信的空間溝通語言，而空間的名字在轉述中也相互傳遞著空間的意義。」[20]

「聚寶樓」是另一個難以忘懷的老地方，那裡有「檳城最好吃的東西」，「不是隨便什麼人都吃得到的」，聚寶樓儼然成為她味覺的宗廟或祠堂。「聚寶樓是一間咖啡店，在本世紀初年的艱苦歲月裡由一個唐山阿伯創立。唐山阿伯是福州人，雖然已經過世多年，但祖傳的紅糟雞、福州魚丸、燕皮和豬腳黑醋，卻還是帶著一種鄉土的意緒，吃下胃裡，會化成一種情意結，以供日後難分難解」[21]。家鄉美食不但是鄉愁的象徵，還是構成感覺結構的重要元素。也許對

[19]　《赤道形聲》，頁 397。

[20]　黃衍明〈空間命名學〉，《都市空間筆記》（台北：探索文化，1995），頁 77。

[21]　《赤道形聲》，頁 400。

某些人而言，「鄉愁」與「美食」早已劃上一道心照不宣的等號。從林春美的敘述，可見出檳城的美食非但強化了她的鄉土認同，更成為一種在地人的驕傲。當她提到聚寶樓現在的頭家嫂時，忍不住誇耀：「她煮的檳城小食——抱歉你沒吃過——那才真的檳城呢！」[22]

如果稍為留意她對檳城老事物的敘述，便能發現美食早已滲透到記憶深處，如前述的「五盞燈」，儘管在口頭上漸漸成了頭條路，可是走在這路上，卻想起舊時賣 Apom 和炒粿條的攤子。後來林春美到吉隆坡求學和工作之後，常常「跑到『SS2 為食街』，叫一碗標榜著檳城的小食來解解鄉愁。卻常常是舉筷消愁愁更愁。哪有得比的？這裡的福建炒的是大肥麵，我們檳城何其『幼秀』。這裡的豬腸粉雜七雜八，我們新巷裡矮女人和她的胖丈夫的那一檔，只要想到蝦膏澆在豬腸粉上的情景就可解饞了。這裡的粿條湯很不是味道，遠不及我們戲棚腳下的。就連雜飯，我們社尾的那才夠雜呢。那是小時候爸爸用腳車載我去吃的」[23]；鄉愁，就在味覺無盡的挑剔中暈開來。林春美的檳城不僅僅是空間的描寫，還包含了味覺的旁白。如數家珍的美食，把檳城活生生地錨定在每一個攤子上，彷彿檳城便是美食的代稱，各種美食和攤子構成檳城的重要地誌內容與標的。

儘管檳城在硬體建設方面不及吉隆坡，但它保留了較人性的一面（不管是黑社會或垃圾堆），它更擁有吉隆坡無法比擬的美食，就是這一種「檳城美食甲天下」的口吻，形成一股檳城人的自尊（或

[22]　《赤道形聲》，頁 400。

[23]　《赤道形聲》，頁 400。

狂妄），在情感層次上大大豐富了林春美的地誌書寫。檳城，也因此而顯得鮮活有勁。在街道經驗大幅消褪的現代都市，林春美以街道為中心的地誌書寫，呈現了不一樣的視野。其次，她拒絕尊崇都市文學慣用的表層化現象批評，以自身的體驗去再現美好與醜惡的事物，讓情感與城市互相滲透，滲透到柔軟的時間裡去。或許時間才是真正的建材，所有的回憶都附著在充滿磁性的時間長廊：風車路的黑道和天公誕、消失前後的五盞燈、SS2 為食街的鄉愁引爆、聚寶樓的滋味、吉靈人報攤、三輪車夫、垃圾夢魘等等事物，構成一個以真實生活經驗為憑的符號系統，混合了高度的鄉土認同與驕傲，在林春美的敘述裡，營造出一種可以稱之為「檳城式」的生活特質。

二、鍾可斯和杜忠全的「老檳城記憶」

　　鍾可斯跟林春美一樣是「以吃為天」的檳城人，他筆下的「檳城式」生活特質當然離不開味覺印象／意象。不同於林春美的系列小品，他的長篇散文〈那一條街·那一座城·那一叢書〉，表現出高度的「檳城書寫」的意圖，特別著墨於街道空間的質感經營，生動而感性地記述了都市景象的興替：「很多文人重新書寫檳城的歷史，那些走過的街角巷末，殖民地遺留下來的古老建築物，舊宅騎樓古厝浮腳屋，都將逐漸逐漸的消失。我們一點都不能阻止現代化的城市發展，就像我們不能阻止年齡的增長歲月的滄桑，所以只能給自

己留下一道深刻的記憶，直到皺紋滿臉，白髮蒼蒼」[24]。這種類似地誌書寫的創作自覺[25]，在馬華現代散文十分罕見；從字裡行間的懷舊口吻，可以想像出他眼前那些殖民地時期遺留的古老建築——舊宅騎樓古厝浮腳屋——非常具體保存並傳達出一種珍貴的時間質感，籠罩全文，然後才徐徐展開他對檳城市井的立體敘述，讓視覺與味覺相融、回憶與現實交錯。

　　林春美用味覺來深化、豐富她的檳城，鍾可斯則以歷時性的味覺記憶來營構檳城的「場所結構」。場所結構主要由「空間」和「特質」來組成，殖民地建築與現代化建築的消長交替，形成檳城市景的主要內容，然而作者明顯將感情根植在殖民地建築及其街景當中。所以在文章的最前面，他描述了市容的劇烈變化：「檳城也沒什麼地方可去，或走得更遠，舊的圍城拆掉了，新的高樓平地建起，雙程路改成單行道，車輛環繞城市中心一圈又一圈，霓虹燈交通燈轉紅轉綠，走走停停，社尾菜市集就快憑空消失了，那些凌晨卸貨吃飯的苦力就要說拜拜了。吃完最後的一道潮州粥芋頭飯油炸鬼豆漿水也就分道揚鑣了。這就是現代的城市發展規劃，再過十年，那些古

---

[24] 鍾可斯〈那一條街‧那一座城‧那一叢書〉，《南洋商報‧南洋文藝》（2003/11/29）。

[25] 我曾經用地誌書寫的角度分析林春美〈我的檳城情意結〉，以近全版的篇幅刊登在《南洋商報‧南洋文藝》（2001/09/10）。一週兩版的《南洋文藝》是馬華文壇兩大副刊之一，而且鍾可斯一向都以《南洋文藝》為主要發表園地，〈那一條街〉也發表在這裡。所以，他有很高的機率讀過那篇地誌書寫的評論，雖然未必產生直接的影響，但可能會有某種程度的啟發與參考作用。

老的紅牆綠瓦也就不存在了」[26]。不過，更值得注意的是鍾可斯「不自覺夾帶」在敘述裡的那一句「潮州粥芋頭飯油炸鬼豆漿水」，它才是場所結構的重要「特質」。

鍾可斯的檳城地誌書寫具有高度的「意象性」（imageability），由諸多美食堆砌而成的都市，透露出一股不能自拔的巨大慾望——食慾。食物儼然成為檳城市井生活最重要的符號，而他的檳城記憶則不斷地「重複著符號，使城市得以存在」[27]。譬如他談到啟蒙就讀的中華孔聖廟小學時，筆觸迅速掠過古樸的學校建築、儒家色彩的校訓，先把校歌唱成「鹹浸餅油炸鬼」，再繞過隔壁的麗澤小學，直取百樂門戲院——「專門上映歌舞滿場飛的興都片，看過最賣座的電影是《人生地獄》，敘述從小父母離異而天涯各一方的兄妹所經歷的冷暖情天，交織著迷幻淚眼和歡唱。戲院裏彌漫著印度人的茉莉香。百樂門戲院後面是樂宮戲院，聚集著印度人販賣 Kacang Putih 的小攤檔，各式各樣的花生香果豆類，也有賣煙草檳榔葉的，賣 Mayung、Chendol 的檔口，都是傳統的小生意」[28]。百樂門和樂宮戲院的「印度文化（風味）」是形成場所結構的主要元素，尤其強烈的嗅覺和味覺記憶，瀰漫了整個敘述。對馬華本地讀者來說，以上的描述已經足夠產生完整且立體的都市景象，記憶的味蕾輕易被 Kacang Putih（水煮豆子）、Chendol（一種以椰糖調製的娘惹甜品）活

---

[26] 《南洋商報·南洋文藝》（2003/11/29）。

[27] 伊塔羅·卡爾維諾（Italo Calvino）著，王志弘譯《看不見的城市·城市與符號之二》（台北：時報文化，1993），頁 31。

[28] 《南洋商報·南洋文藝》（2003/11/29）。

絡起來，加上濃郁的茉莉花香，自動完成所有的空間想像。

　　鍾可斯的味覺錨定十分細膩而且深刻，當他懷念起學生時代的美食，便能營造出一種色香味俱全的記憶氛圍：「在學校門口擺檔的冬粉魚丸湯，那透明的粉絲彷彿夜空劃過的流星滲透著一絲絲的驚喜，沸騰的湯水上面浮泛著魚丸蔥花，一小塊的油炸鬼點綴其中，味道好極了，口感也不錯，就是那麼簡單的下午茶。有人喜歡吃香喝辣，那麼就叫一碗道地的檳城叻沙好了，味道濃烈酸甜，可以清腸刺激食慾，在豔陽天底下感覺還有涼風習習」[29]。原本作為知識殿堂重要意象的「學校門口」，卻被諸多美食篡奪了所有的回憶內涵，百味雜陳、令人垂涎三尺的「食慾」取代了枯燥乏味的「求知慾」，成為該處時空記憶的全部內容。論述至此，我們發現鍾可斯對檳城的認同根植在年少的「味覺記憶」，即使後來百樂門和樂宮戲院等少年檳城的生活節點，都被摩天大樓「光大」取代了，所以的光芒消隱在新時代的消費潮流背面，但以強烈味覺為主體的印度風味，卻牢牢地把那個消逝的場所結構，錨定在（城市的）少年記憶的刻度上。正如諾伯舒茲（Chritian Norberg-Schulz）所言：「我們的環境不只有能夠造成方向的空間結構，更包含了認同感的明確客體。人類的認同必須以場所的認同為前題」[30]，鍾可斯的檳城認同其實就建立在美食攤／街的場所認同上，更明顯的是沉積其中的少年情懷（時間因素），因為「有認同感的客體是有具體的環境特質的，而人與這

---

[29]　《南洋商報‧南洋文藝》（2003/11/29）。

[30]　《場所精神：邁向建築現象學》，頁22。

些特質的關係經常是在小時候培養的」[31]。

　　當鍾可斯完成百樂門一帶的美食敘述之後，終於感受到時間「老化事物」的力量：「我們是少年不識愁滋味，細數著街道的向晚，我們並沒有想過有一天我們也會變老」[32]。作者的懷舊精神無力面對時代潮流的變遷，於是他「感歎的是那一條街的獨立風采竟而變得滿目瘡痍，我的讀書時代的那一座城到那裏去了，當滄海變成桑田，我們卻遺留下來更多的廢墟。我的童年就在新春滿園掇拾那走過的片斷風景，那角頭古老的照相館，新都戲院欄杆垂掛的電影海報，吊得琳琅滿目的漫畫書攤.」[33]

　　然而美食並非檳城的全部，這座文風很盛的華人城市，曾經有過令鍾可斯難以忘懷的氣香。如今，那一座曾經蘊釀、造就許多作家文人的「書城」竟然失蹤了，他要把它找回來：「它就在中華孔聖廟小學的後街，那條叫德順路的短短街巷，兩排參差不齊的舊書檔口，老闆大多數是吉寧人，祖傳印度飄洋過海落地生根，有點文化以賣書爲生養家糊口，他們賣的都是英文的工具書，出租的都是外國的言情小說西洋漫畫或過期的英文雜誌書報，中文書則以香港漫畫文藝武俠小說為主。……書雜誌都賣得很貴，所以租借是最便宜的，讀小說是最閑情意致不過，也是最自得其樂的消遣」[34]。鏡頭緩慢而細膩地記述了昔年的書城光景，由食而書，原以為他要帶我

---

[31]　《場所精神：邁向建築現象學》，頁 21。

[32]　《南洋商報・南洋文藝》（2003/11/29）。

[33]　《南洋商報・南洋文藝》（2003/11/29）。

[34]　《南洋商報・南洋文藝》（2003/11/29）。

們瀏覽檳城的另一面；豈料緊接下來的敘述：「這裡還有一家釀製椰花酒的小型酒廠，經過發酵的椰花芳香四溢，也是印度人花天酒地的所在，最廉價的酒精，最瘋狂的麻醉，也是最深沈的悲哀」[35]，書籍遂被包裹進酒意裡去。

　　鍾可斯筆下，充滿個人懷舊情結的「老檳城」圖景，其中有很大的面積籠罩在味覺記憶裡頭；至於「老檳城」的大歷史，就必須從美食的氛圍裡撤離，退去閒雜人等，只留下街道和它的歷史建築。杜忠全那篇文長五千八百字的〈路過義興街〉(2003)，即是一篇歷史感很重的都市散文，它企圖還原義興街的歷史時空。歷史是一種集體記憶，每條街道的命名背後，必有一個偶然或沉積的理由。杜忠全挑選義興路作為檳城街道書寫的實驗對象，主要是因為這條百年老街，是當年義興黨的總部所在地，其中的華人領袖更是邦咯條約的與會代表之一。因為歷史的累積而產生了義興路的（書寫）價值，「歷史文化的基地一直不斷地挑戰時間：紀念物累積記憶以對抗遺忘，一直喚起人們對開創的個人、行動或機構的記憶。場所如同根基一樣，深藏在地表下方，使得文化能夠找到本身的認同，以對抗時間的消逝，利用儀式與神話企圖讓時間停下來。反映文化的建築變成是代表根基、記憶與永恆性的這些儀式的一部分。」[36]

　　杜忠全對殖民地建築的著墨頗多，而且試圖塑造某些典型形象，例如華人傳統咖啡店的描述，就從一張張潔白平滑的大理石桌展開：

---

[35]　《南洋商報·南洋文藝》（2003/11/29）。

[36]　Ignasi de Solà-Morales 著，施植明譯《差異：當代建築的地誌》（台北：田園城市，2000），頁 129-130。

「傳統咖啡店的木質圓形靠背椅，那通體烏黑油亮的色澤，又透射了它歷經的悠久年歲。這樣的一家咖啡店，在古老的喬治市裡，在我們全島各地的小鎮裡，都有著不少呢」[37]。這種典型很重要，它構成華人傳統咖啡店印象的視覺要素，從古至今，放諸全國皆準。但杜忠全不急於展開義興街的空間釋名活動，他先重現／重構教堂街的地誌景觀：「沿著土庫街（Beach Street），向著康華麗堡的方向直行，見到 India House 就逕直左拐進去，就是教堂街了」，接著又說「那是一條單向道，路的尾端正好對著一家古老的天主堂，那是喬治市裡最早建起來的，代表大英帝國國教的一家教堂了。早在一八一八年，還在喬治市開埠的初期階段，它就一直矗立在那裡了。因為這個緣故，……便被市政當局安上了這樣的一個路名，此後就沿用至今了」[38]。

　　在文章的後半段，他接著指出「教堂街」原來那只是市政當局在路邊豎立起來的一面路牌，在這座古城的華人居民嘴裡通用另一個路名，而且與官方的正式命名並行不駁地廣泛流傳：「我們少年時說的教堂街，老人家們說，那是義興街啦！喏，當年義興黨的總部，不就在那條街上囉！當年哪，到底有多久呢？哈，那是比咸豐年間還要久遠的歷史年代了」[39]。而且義興路上具有歷史意義的地標建築不止一處，十九世紀末以後，鄭景貴海山黨的總部就在海記棧，再過去一點是堂皇富麗的慎之家塾，也就是當年鄭景貴的生祠。鄭

---

[37]　杜忠全〈路過義興街〉，《星洲日報・文藝春秋》（2003/11/15）。

[38]　《星洲日報・文藝春秋》（2003/11/15）。

[39]　《星洲日報・文藝春秋》（2003/11/15）。

景貴不但是當時的幫派老大，他曾經捐金抗戰，後來也為清廷封賜的一員二品官。原來教堂路便是義興路，空間的釋名行動到此水落石出。杜忠全把分別屬於華人和英國人的空間感，交疊在一起，完成義興路最根本的歷史面貌。

同樣創設在檳城，廣府人的「義興公司」和客家人的「海山公司」，都是具有強烈黑社會色彩的錫礦公司，雙方先後在一八六二年和一八七二年，為了爭奪礦源而引爆大規模火拚，史稱「拿律戰爭」（可見動亂及死傷規模之大）。這兩家敵對勢力的總部居然設在義興路，當時的火爆場面真是不敢想像，它們的存在與對峙，正是義興路最雄厚的歷史資本，可惜杜忠全沒有善加處理。

這條百年老街的感覺結構，是透過作者在街景（空間）中穿梭與描繪的文字，以及老人家如數家珍般地說著已然湮遠的陳年舊事（時間）來還原，現實與歷史時空的交錯融合，讓他「突然覺得那條街突然變得好陌生，彷彿教堂街是教堂街，義興街是義興街，它們從來都是兩不相及的」[40]。在建築物歷史背後的顯赫人物——當年參與影響這片土地的歷史發展至為深遠的邦咯條約的與會代表——隱然出沒在地誌書寫的最邊緣，像一座飄渺不定的地景。

結語、成形中的都市圖景

在馬華散文的地誌書寫裡，人與都市表現出綿密不可分的情感，

---

[40] 《星洲日報・文藝春秋》（2003/11/15）。

以及真誠的都市認同。我們不再讀到馬華都市詩裡的模式化創作，那種一味控訴都市文明，卻失之膚淺的陳調濫調。馬華散文的書寫者總算成熟，開始追索都市的身世與價值，將人與都市的對話，晉升到另一個層次。毫無疑問，「檳城圖景」是當代馬華都市散文最值得討論的創作成果之一，從林春美、鍾可斯、杜忠全（以及本文不及討論的方路、林金城等人）的系列小品和散文，我們清楚讀到「空間釋名」和「味覺錨定」兩個主要書寫策略，並由此產生不同質地的感覺結構、場所結構，和場所精神。

　　類似「檳城圖景」的「馬六甲圖景」或許還在成形中，但「吉隆坡圖景」早已沉積在各大文類的暗處，我曾透過「造街運動」的角度，討論了八〇年代以降十首書寫茨廠街的現代詩[41]。馬華詩人唯有面對歷史古蹟時，才會卸去許多刻意的都市詩前衛意識或僵化技巧，認真詮釋那條吉隆坡最著名的歷史老街，遂產生令人動容的地方感。至於都市散文裡的「吉隆坡（茨廠街）圖景」，似乎還在成形中。地誌書寫的觀念，應該可以為當代馬華散文創作，開闢一個很有發展潛力的路徑。

[2004]

---

[41] 陳大為〈街道的空間結構與意義鏈結──馬華現代詩的街道書寫〉，《亞細亞的象形詩維》（台北：萬卷樓，2001），頁 109-145。

寂靜的浮雕：
論潘雨桐的自然寫作

　　「自然寫作」算不上新興的題材，從一九七〇年代國際環保意識抬頭以來，自然生態開始成為文人的關懷對象。以台灣為例，經過馬以工、心岱、劉克襄、陳煌、凌拂、王家祥、陳玉峰、徐仁修、廖鴻基、夏曼・藍波安、吳明益等十餘位作家的多年耕耘，從高度控訴性的生態保育書寫，到以大自然生物為長期觀察對象的「自然寫作」，不僅僅經歷了筆法和視野的變遷，跳脫了膚淺的、以道德掛帥的環保迷障，文類本身更趨於專業化／職業化；其中多位作家投身於保育行列，例如廖鴻基和夏曼・藍波安二人，更以討海人的身分來書寫海洋生態。四十年累積的成果當然十分驚人，正式出版的著作近百部，主要集中在散文和報導文學兩大文類。

　　從文類本身的特性便可以解釋這個結果。詩太短，只能承載一些簡化後的環保議題，在詩裡行間提出控訴和吶喊，無法從事工筆

式的生態自然的觀察記錄，所以很難讀到成功的作品。生態小說更是罕見，也許是情節化的經營會削弱記實性，所以散文和報導文學便成為自然寫作的首選文類。報導文學是自然寫作的大宗，因為主要來自學者和關懷者的觀察筆錄，這種記錄並不特別強調它的文學性，重點是記錄的內容；語言的文學性只是一種讓它擺脫學術色彩，晉級到文學層次的文飾。散文則必須兼顧觀察之所得和敘述的策略，故以散文形式進行的自然寫作，便成為雙重的專業；自然寫作在台灣散文的版圖上，已成為一個極為重要的次文類（雖然它的整體藝術成就不比其他次文類來得突出），所有的年度或當代散文選都無從迴避，相關研究的論文篇數也十分可觀。

　　其實台灣只有一座小小的中央山脈，以及環島不及千哩的海岸線，比起馬來西亞廣闊的熱帶雨林，以及綿延兩千餘哩的長灘，簡直微不足道。但赤道雨林中的鳥獸蟲魚和花草樹木，往往只作為馬華散文中的背景或飾物，營構著一個屬於人類視角的敘述空間，它很少有機會躍居主題的位置。所以馬華散文中的自然寫作，就數量而言尚不及台灣的百分之一，雖然馬華散文的整體創作成果不因此而貶值，卻不免有所遺憾。馬華新詩在自然生態議題上的經營，尚停留在對人類破壞大自然的控訴，所觸及的都是最表層的現象，在此亦不加論述。

　　在「自然寫作」──這個雙重專業的創作領域當中，業餘的創作確實很難成得了氣候。馬華作家當中最明顯具備此一專業條件者，首推潘雨桐（1937-）。他原是台灣中興大學農學院的畢業生，後來獲得美國奧克拉荷馬州立大學的遺傳育種學博士學位，長期在馬來

西亞從事農業研究工作。可惜的是潘雨桐的創作主力是小說（得過三次台灣聯合報小說獎、兩次馬來西亞花蹤小說獎），散文和詩只是偶爾為之，都未能結集。他有兩篇收錄在陳大為、鍾怡雯編《馬華讀本Ⅰ：赤道形聲》（台北：萬卷樓，2000）中的散文——〈東谷紀事〉（1995）和〈大地浮雕〉（1996）——可視為馬華「自然寫作」的灘頭堡。尤其〈東谷紀事〉，可說是最佳的示範。

　　〈東谷紀事〉篇名本身即帶有濃厚的紀實意味，不過它沒有透露所紀何事，只知道地點在一個連大馬本地人也陌生的「東谷」。該如何描述一個陌生的考察地點，而不流於交代式的說明，是自然寫作的第一道難題。

　　從篇名，讀者一定會自以為「東谷」是一個山谷，但潘雨桐也不急著在散文的開端加以說明。第一段和第二段都很短，各一句：「野蕨枯萎了」、「鯽魚也沒了蹤影」（231）；可是它們卻暗示了作者關懷的焦點，並預告了某件事情的結果。不過野蕨和鯽魚也只是整個敘述空間的一個重點（或倒敘的「終點」），不是起點，起點是風：「風從蘇拉維西海域揚起，颸過東谷河口，直逼上來，在餐室的回廊外流轉」（232）。於是讀者便得知「東谷」是一條河的名字（不是山谷），作者的敘述位置（宿舍）離河口不遠，而「東谷河」是本文即將架設起來的敘述空間；可是東谷河和蘇拉維西海域究竟在什麼地方？潘雨桐把情節再推進到文章中間，才明確指出：「我如今在東谷河邊，加里曼丹的上方，聆聽著從蘇拉維西海域颸過來的海風呼嘯」（233）。如此，便高明地完成了釋題的工作。

　　很明顯的，「風」是推動這篇散文的敘述動力，又像一個逆流

而上的鏡頭，把讀者的眼睛帶到每一個情節上面，逐次把訊息傳遞出來，最後才完成一個相當立體的，包含了圖測、原住民、原生物、地勢、伐木、林火的空間結構。每一次風起，都拂動一個情節，因此能不能權稱它為「風的敘述結構」呢？它不但讓悶熱的雨林增一股清涼，也替嚴肅的主題添加了幾分靈動。

　　既然作者留下軌跡，讀者不妨御風而行。

　　第一次風起，除了說明了位置，也道出作者到東谷河的目的：「板岩溪匯集了山麓南面部分的雨水，經過椏口下方而注入東谷河。這是一條自然形成的溪流，造就了兩岸豐美的生態。但是，為了墾殖工程作業能夠進展順暢，板岩溪必須改道。」（232），這是我們破壞大自然所慣用的藉口，總是「為了」一些冠冕堂皇的「人類理由」。但潘雨桐並沒有高高揚起文氣，重重加以鞭撻。平緩的語氣彷彿在敘述一件平常的小事。

　　第二次風起，看到「篝火在風中搖晃不定」（233），在東谷流域土生土長，以漁獲維生的原住民圍繞著篝火吃烤魚，他們沒有任何的生活規劃，「離開東谷，他們就會像魚離開河水一樣，成串的在篝火上烤成焦黃」（233）。這些原住民將和野蕨、鯽魚一樣，成為墾殖工程的犧牲品。潘雨桐在批判意識的懸崖勒馬，故意不對他們的命運作任何評論，以同樣平緩的語氣加上寧靜的畫面，讓讀者自行省思。

　　第三次的風，只是隱隱傳來舢舨劃過的引擎聲，沒有大啟示（只作為一處伏筆）；不過第四次「風在林梢設宴」，是為了「見證熱帶雨林的離析」（234）。潘雨桐企圖透過六則新聞式的訊息羅列，

來擴大離析的面積（問題的嚴重性），話是說明白了，不過這些文字的硬度，卻傷害了相對柔軟的語言質地。不得不視之為本文之敗筆。可他的敘述依舊平緩如故。

下一次風起，入鼻的是從可可園飄過來的，強烈而且特殊的農藥。最後一次，不是簡純的風，是焚燒樹林的濃煙，「騰起的煙屑到了半空，卻隨風捲到椏口來，彷如群飛的山雀，遽然失去了依歸」（236）。面對伐木工程，潘雨桐又是一副冷靜且專業的口吻：「大樹下的矮樹叢和攀緣植物早已除去，伐木工人正在大樹下遊走審視。樹冠與樹冠之間的距離，枝葉的偏向，樹種的類別，質材的韌度，風的流向與速度，反覆忖度，而決定下鋸口的位置」（236）。對雨林植被的破壞是無可挽回的大錯，但在潘雨桐手裡（以及所有測量官手裡），那只是一個不見刀光的畫面：「遠處，煙火已升起來。／那是我在圖測上標識的第四區集。一千英畝」（236）；無盡的生命只是圖測裡的一塊，或者只是腦海中的四個字──「一千英畝」。對於這些破壞，他那近乎冷漠而且非常現實／功利的解釋是：「要一個發展中的國家保存廣袤的森林並非易事。」（236）

這個「職責所在」的敘事視角，若無其事地陳述著一般環保文章大力鞭撻的現象，這種語氣平緩的敘述策略，在文中產生了「舉重若輕」的效果；在這反向操作的思維當中，清楚有效地表達了作者對環境生態的保育觀察。「抑制情緒，陳述事實」──可視為潘雨桐自然寫作的重要策略。

在風中，固然可以陸續讀到生態湮滅的訊息，但不完整，必須再透過作者不斷提起的「圖測」，方能一覽全貌。因為這是風和圖

測的雙軸結構。

　　他遙望著在風中搖晃不定的篝火，第一次攤開未完成的圖測，「從東谷河口的一個原點開始，溯河而上，把兩岸的林相作一粗略的描繪」，「無花果盤踞的原木有的無從承受經年的擁抱已鏤空，交互的根群遂發展成巨大的空柱，可以穿梭其間，也可以攀緣而上。而攀緣植物更是情牽處處，有的打著傘狀的葉子，有的開著累累細園的紫花」（233）。對生物的描寫是自然寫作的一大焦點，作者不能因為本身的專業而太過細膩，太多學名和陌生動植物的描述，會使讀者卻步；可是太粗略的交代又不能營造出臨場感，作者必須拿捏得當，過或不及都會造成問題。上述引文正是一個恰到好處的佳例，作者對林相的描寫採取簡繁交錯的策略，讀者較熟悉的無花果以細膩的工筆描繪，可能較陌生的攀緣植物則以形狀和色澤來處理，好讓讀者能在腦海中交織出一幅簡單明了的林相。這種策略貫徹全篇，例如：「東谷河口長的都是紅樹林、碩莪和一些能忍受高鹽分的棕櫚科植物」（235），顯然「能忍受高鹽分」才是潘雨桐想交代的植物特性，但基於前一個例子的同樣考量，他讓熟悉與陌生的植物形象並陳於敘述當中。

　　後來他把車子開過一片枯萎了的野蕨淺灘，到了一個台地，「椏口在兩山稜線的相匯處，一個險要的台地，林木不多，有些地方還露著峭岩，風化灰白，幾棵野杜鵑在上面開著小小的紫花，苦苦的撐著。兩山匯集的風都由此穿過，一遇峭岩，便呼嘯不住」（235）。在此他又把圖測攤在車座上，記下標識。這段十分具體／立體的描述，不僅僅包括了植物，還詳細交代了地勢。因為地勢的考量與變

更，直接影響到東谷河及兩岸的生態，每一個標識都像是炮兵的彈著點，上述被圈選的生態與風景，很快就灰飛煙滅了。

後來他再度翻開圖測，就帶出第四區被砍伐的畫面。圖測即是人類伸向大自然的魔手，標識所及，皆成煉獄（詳見前文論及第五次風起之處）。「圖測」這一條軸線，似乎是毀滅性力量的隱喻。在此，可以發現──「專業的觀察，簡繁交錯的描繪」──是潘雨桐自然寫作的第二項重要策略。

「枯萎的野蕨」在文中被當作主意象來運用，它暗示著較低層的植被隨著板岩溪的改道工程而率先滅亡，社會階級較低的原住民亦是如此。這一切都按工程處（人類）的劇本上演，在風中。而潘雨桐「看似」無比冷漠的敘述語氣底下，隱藏著巨大的省思與無奈。讀者可以清楚聽到他內心的聲音，像野蕨般逐漸枯萎。

另一篇〈大地浮雕〉可說是〈東谷紀事〉的局部顯微，如同大時空裡的小鏡頭，它聚焦在一個定點上──在河口工作的伐木工人阿祖。阿祖是作者安插在大自然棋盤上的一枚棋子，用他來顯微事物、牽動問題。

阿祖在文章的一開始就慘遭不測，可大家都找不出真正的原因，只能推測，因為有些禁忌實在無法被證實。人類與大自然的關係不一定是征服，有時是被征服。傳說中把碼頭壓得傾斜了一角的巨鱷、阿祖把每一根原木柱子都看成鱷魚頭顱的幻覺、在月夜裡如刀的鱷魚背脊閃著一點點月光，這些虛虛實實的鱷魚傳說籠罩／征服了河口和住民的心靈；尤其阿祖之死，更強化了加里曼丹的原始氛圍。

有了鱷魚，加里曼丹因此更加莫測；但大自然的奇景不僅於此，

「激盪的風雲總在瞬間乍起，狂雲狹著雨雲，從蘇拉維西海上反捲而來，撲向群山，沒入雨林，而後密謀，企圖共策。……大河也開始急躁起來，從西南山區匯聚了山澗細流，一路的呼嘯流過東北，越流越急，越急越深，滔滔滾滾，過百列，經蘇皓，越亞拜，決無反顧的衝向蘇祿海」（239）。這種縱天橫地，排山倒海的鳥瞰式風雨大特寫，在現代散文中非常少見；雄渾的筆勢、大山大水的鏗鏘敘述，大大添增了加里曼丹的洪荒感。

　　相對於血淋淋的鱷魚傳說，水妖傳說就顯得比較幽深。那是文中第二個焦點——沼澤。潘雨桐花了很大的篇幅來描寫沼澤的生態及其形成：「碼頭的斜對面是一片沼澤地，綿延不盡，生長著耐濕的矮灌木以及一些相近似的林木。密密環生，拔地而起，為了爭取陽光，枝蔓絕少，待衝到頂端，則爭先恐後，忽而撐開，遂成華蓋。華蓋邊緣重疊，但在沼澤水深處，缺口大開，陽光可以透進去，蒸騰的水氣瀰漫不散，形成一個獨特的生態環境，各種生物都在這裡糾纏不清。」（241）他用長句子遠眺沼澤景象，再用節奏輕快的短句來陳述景物的生成，最後又交給長句子去總結。粗中有細，靜中有動，潘雨桐對這片沼澤生態的形塑相當立體。也只有這麼一片水氣瀰漫的沼澤地，才能醞釀出水妖的傳說——水妖戴著血紅色的小花環到工寮去蠱惑血氣方剛的伐木工人，「有人說水妖把被害者的眼珠點成水燈，夜來就提了和螢火蟲在雨林、在河邊、在碼頭嬉戲」（241）。水妖，讓伐木工人有了一種幽美的死法。

　　莫明的死亡、神祕的禁忌、幽深不可測的雨林，相互交織成一幅詭異圖景。就像台灣原住民的山海神話，把大自然不可測的力量

加以神化，這些抽象的禁忌或形象化的神祇，往往成為散文中最迷人的元素。可惜潘雨桐類似的散文作品太少，沒有足夠的旁證來架設一個屬於他的加里曼丹。

　　這篇散文的結構不如〈東谷紀事〉般複雜，讀者的眼睛穿越了河口的鱷魚傳說，以及沼澤的水妖誘惑，直達環保議題的核心。由於工程處大規模的伐木工程，動物由雨林內地逼遷到沼澤地帶，生存將面臨困難。更不幸的是：「測量隊已完成工作，把沼澤地規劃成井然的台地」（242），再加上水閘來控制水量；這些「天然沼澤經過人工調整後，整個沼澤地的生態已被徹底破壞。無人能評估這一生態的失衡所造成的巨大損失」（242）。這又是一樁「人類觀點」的整治工程（整治何嘗不是一種破壞）。可是沼澤的存在價值在哪裡？尤其有鱷魚和水妖的河口，似乎有整治的必要。

　　是的，從「人類觀點」而言它們是恐怖的凶手，可從大自然的角度來說，人類才是必須被消滅的入侵者／毀滅者。從上述對沼澤生態如何努力生長的景象，便可以感受到各種形態的生命本身都有它可貴之處，沼澤的存在，就有它不需要跟人類辯證的價值，因為那是所有原生物共同努力的成果。或許，該把鱷魚和水妖分別看作河口和沼澤的守護神，那才是大自然的本來面目。這些訊息，都隱藏在〈大地浮雕〉的字裡行間。作者沒有高分貝的呼籲與批評，但讀者可以讀出其中的主題。「抑制情緒，陳述事實」的策略，再加上「神秘與傳說的色澤」，成就了這篇散文。

　　雖然潘雨桐的「自然寫作」還不成規模，只有這兩篇散文。雖然〈東谷紀事〉和〈大地浮雕〉在專業性和藝術性的層次，都足以

媲美台灣自然寫作中的經典名篇，但只有這兩篇，像雙子星大樓矗立在馬華散文的地平線上（後來，楊藝雄寫了婆羅洲的山豬故事、沈慶旺記述了婆羅洲原住民的生活，一群砂華作家不約而同的建構了砂拉越的場所精神，他們並沒有真正加入自然寫作的行列）。在一定的程度上，仍然可以從這兩篇散文歸納出潘雨桐對生態保育問題的觀感，以及專業知識的「技術轉移」。此二文，如同「寂靜的浮雕」，表面上雖無半句控訴之聲，卻能把問題和態度很立體地呈現在紙上。這是最值得師法的地方。

　　當然，「自然寫作」不限於人類對大自然的破壞，可以完全鎖定生態本身的生成情況，進行研究式的紀實書寫，可它又不能生硬如學術報告，它是一種人文的、美學的生態關懷。或許，像 Discovery 和 National Geographic 頻道製作的，富有故事性的生態特寫之短片，可作為馬華「自然寫作」的一個重要借鑒。很遺憾的，馬來西亞擁有無限寬廣的拓展空間，卻沒有誰能展現那份雄心和慧眼。

[2001, 2018/12]

躍入隱喻的雨林：
導讀當代馬華文學

非文學印象

在正式導讀馬華文學在台灣的各種發展跡象之前，得先從非文學的觀光視野談起，它算是相當重要的前文本。

這些年來，「馬來西亞印象」在我的台灣朋友心目中歷經了三個階段的演變。在國內旅遊業還沒有熱起來的八〇年代，那些不知馬來西亞為何物的中文系同學，都忍不住問我：你們都住在樹上嗎？煮飯前要不要先砍柴生火？然後再盯著我的膚色追問那裡的冬天是否比較長？這些問題都非關文學，可它正好拼貼出一幅原始、渾沌、莫測的文化圖象；非但四季不明，連「雨林」這個詞也不存在。對中文系學生而言，「馬來西亞」不過是一片森林的代稱。其他小老百姓更不必說了。

　　其後，經過幾年出國旅遊的實地考察，吉隆坡、蘭卡威和檳城等都市和島嶼印象，更新了他們的認知。好比剖開榴槤詭異的外殼，真實的馬來西亞終於露餡了：重口味的美食、乾淨的海灘、超大的購物中心、勃起的摩天大樓、被汗水統治的晝夜。這是第二階段的「馬來西亞印象」。接下來，輪到中文所的同學瞄準教育和國族的問題，拋出更大問號：你們如何學習中文？如何升學？如何如何……

　　在日常生活中，我得不斷回答同樣的問題。尤其我們這些來台灣念中文系，然後在大專院校裡教起國文的特殊分子，更是經常碰到既狐疑又挫敗的老百姓目光。如果他們知道有所謂「馬華文學」的存在，又會產生什麼樣的期待呢？期待比台灣稍為落後的都市詩、不太通順的散文，還是呈現多元種族文化特色的小說？

　　只有極少數台灣人會進入第三階段「馬來西亞印象」（以下簡稱「第三大馬印象」），一個由「馬華文學」構築起來的圖象。這些都是很專業或很博覽的讀者。

「馬華文學」在台灣

　　當代馬華文學區分成兩個隊伍，一支是在當地苦苦耕耘的「馬華本地作家」，另一支則是留學台灣的「馬華旅台作家」。

　　馬華文學在當地的發展受到華人人口及教育政策的侷限，五百多萬的華人人口只能夠養活幾家華文報紙，以及幾家每年出版三五本散文或小說集的文學出版社（大多是一人出版社），更糟的是華文教育只是三語教育中，比較次要的一環，因為它不是國語。書店呢？

我居住的怡保市直到九〇年代才出現第一家賣書的書店（以前都只賣字典和文具），十年下來增加了「一倍」，前後兩家都屬於大眾書局的分店。

　　而台灣優異的文學環境，卻為大馬留台生提供了一片不可思異的成長空間，尤其「不問出身」的文學獎，更是他們躍身台灣文壇的最佳途徑。儘管許多文人在批評國內的文學獎（口頭上極為不屑，暗地裡卻拚命參加），但相對而言它們還是公平的。在完全沒有人際關係的支援下，馬華留學生要在台灣文壇出頭，唯有躍上文學獎的擂台，打下自己的江山。最早在台灣獲得兩大報小說獎肯定的李永平、張貴興、商晚筠、潘雨桐四人，從一九七七到八七年，十年間共得十二次；到了一九九五年，黃錦樹又得了兩次。至於詩和散文的得主，也是就要等到一九八九年由林幸謙「開張」，先後得了兩次；接著鍾怡雯和陳大為兩人又合力得了九次。如果再加上非留台生的黎紫書和呂育陶的三次，在兩大報文學獎的榮譽榜上，馬華作家一共得了二十八項次。如果把其他較「資淺」的公開性大獎也算上，那就得乘二！這些數字代表了馬華作家在台灣文壇的曝光度。再加上一百零幾本個集和四本選集的出版，以及溫瑞安、方娥真等人在七〇年代創立了聲勢非凡的神州社。前前後後十幾位馬華作家在台灣奮戰近三十年，自然形成一支實力堅強的外來兵團。

　　有一種常見的說法：馬華作家在台灣大放異彩。我覺得，更接近事實的邏輯是：台灣的文學環境滋養、造就了這些馬華留學生，他們筆下的國族思考，以及充滿異國文化色澤的生活經驗，突破了台灣讀者對馬華文學的期待，提供另一種有別與台灣當代文學的書

寫風格，因此才大放「異」彩。

該如何解讀這個「異」彩呢？它跟台灣現代文學的書寫有何不同？為何將它定義成「第三大馬印象」？

失蹤的吉隆坡

在台灣，「馬華旅台文學」幾乎等同於「馬華文學」，前者十分強勢地建構起台灣讀者的「第三大馬印象」，將非旅台的聲音完全吞沒（只留下一個獨木難支的黎紫書）。在我們進入它的內部之前，不妨先蒐尋一個物件：吉隆坡。

好比大陸及台港文學中的三都：上海、台北、香港，吉隆坡理應在當代馬華文學中佔有重要的地位，不管它作為一個背景或意象。可台灣讀者在「第三大馬印象」中卻找不到一個明確、具體的吉隆坡蹤影，它零星出現在少數幾篇散文和新詩裡面。其中最主要原因有兩個：其一，這些位馬華旅台作家都不是吉隆坡人，他們的生活範圍距離吉隆坡至少兩百公哩（最遠的甚至在千哩之外）。吉隆坡在他們的生活記憶裡只是一個很官方的符號，所以它在書寫活動中理所當然地缺席了。其二，比起香港和台北，吉隆坡是一個相對落後的都市，區區兩座摩天大樓又豈能遮天蔽地。其實壞就壞在它是一座都市，如果當作一個素材來處理，它極可能墜入都市文學的書寫窠臼裡去。偏偏香港都市文學和台北都市文學體積都大分龐大，足以「吃掉」吉隆坡文學的體積和面目。

另一個隱憂是：八〇年代中期以來，自陳強華以下的馬華新生

代作家，大都跟台灣脫離不了關係；不是留學台灣再回馬發展，就是從台灣出版品中汲取養分，然後再近親繁殖。尤其都市詩的創作，完全籠罩在「台式都市詩」的陰影底下，字裡行間都是台灣詩人的招式。說穿了，台灣都市文學就是馬華都市文學的「母體」。在這個陰影下創造的吉隆坡，很難建立自己的風格與面貌。即使吉隆坡擁有再多元的文化特色，這個條件在當地作家的都市書寫中仍然不見成果。文本中的吉隆坡實在很難超越來自旅遊經歷的「第二大馬印象」，它只會被台灣都市詩和小說活活「吃掉」。

　　吃不掉的，就只有當前馬華旅台作家筆下的歷史情境和赤道形聲。它便是「第三大馬印象」的價值所在。

蟒林裡的野故事

　　「第三大馬印象」其實是「第一大馬印象」以文字形式的落實，宛如電影《侏儸紀公園》對古生物想像的視覺再現。二者都是虛擬的實境。

　　這些造就「第三大馬印象」的馬華旅台作家大多生活在偏遠的村落，張貴興和李永平來自婆羅洲的熱帶雨林，山豬、猛虎、巨鱷與群象出沒的，獵頭與長屋並存的蠻荒地區；黃錦樹和鍾怡雯則居住在油棕林密佈的柔佛州（有一次我們竟在公路上碰見馬來貘母子在過馬路，另一次是豹）。即使比較城市的陳大為和黎紫書，住的也是半城半鄉的山城怡保（第三大城市）。他們之所以選擇雨林或鄉村作為敘述背景，確實有生活經驗上的根據與影響。

在文本中營造出最恢宏的雨林景象的馬華作家，首推張貴興。他在《頑皮家族》裡建造了婆羅洲雨林的雛型，歷經《群象》與《猴杯》，雨林的構造更為縝密與完整。值得注意的是書名，從人到獸，再到植物（因為豬籠草裡的水有猴子去喝，所以叫「猴杯」），張貴興的雨林結構日趨精細。小說裡出現了許多陌生的物種，但張貴興只能敘述不能繪畫，於是這座舉目皆獸的雨林便有了理解上的重量。雖然雨林不是重點，但它畢竟是唯一的舞台，作為家族史最神祕的舞台。也許有人會問：已經入籍台灣的張貴興為何不寫他定居多年的台北？身在台北卻去書寫婆羅洲傳奇，是否暴露了國家認同的矛盾？

通常一個作家離開他的故土之後，才會慢慢去回顧它，思考它，甚至美化它，形塑成為一座回不去的烏托邦。婆羅洲是他生長的地方，而他所熟悉的一切，正是我們陌生的東西，這些東西最有提昇成傳奇故事的潛力（就好像莫言的高密、沈從文的湘西），尤其適合家族史這樣的宏大主題。在都市裡活膩的讀者，正好透過傳奇來掙脫平凡的現實。台北這座都市，最適合生產一些情慾小說（它不像舊上海有個可以大書特書的十里洋場，也沒有香港那種後殖民的境況）。張貴興選擇雨林來承載他的家族史，總比選擇台北來敘說他的家庭瑣事來得精彩，不是嗎？

旅居台灣十五年的黃錦樹，寫來寫去還是那片膠林裡的故事，表面上看來缺乏變化，卻隱藏了長程的創作意圖，不可小看。他的柔佛雨林雖然沒有張貴興的沙巴雨林來得茂密，不過它有比野獸更危險的馬共，以及充滿寓意的動物。黃錦樹創造了馬華短篇小說的

一個高峰，其少作〈M的失蹤〉，論技巧論深度論創意，論批評的火力，都遠遠超越許多當代名家的大作。他的故事常常蘊含著龐大國族議題的思考，無論是〈魚骸〉、〈獏〉都很傷讀者的腦筋，很像一場出題與解題的遊戲，他為「山俎」，論者與讀者皆為獸肉，所以沒有幾個人敢評析他的小說。這座橡膠林真是一部思想的大書啊～

　　跟黃錦樹來自同一座居鑾小鎮的鍾怡雯，《河宴》時期的散文裡常常出現油棕園，有時則是更蠻荒的孤島蟒林。這裡沒有黃錦樹的沉重思維，也沒有張貴興那龐雜的物種在活動，此處的草木只是草木，幽靜，不聞血腥，她把童年和少年種植在微雨的林地，情緒像季風拂過高樹的葉影。或許正是散文的緣故，敘述主體和雨林之間距離最近，近乎零，讓人輕鬆地神歷其境。這座油棕林儼然成為她回憶的烏托邦。雖然《垂釣睡眠》之後的散文把場景移到台北與中壢，書寫都市生活的種種，一旦筆尖觸到油棕園，她立即喚醒所有退休的葉音和獸影，忍不住再演繹一齣〈蟒林，文明的爬行〉。畢竟，那是生命最初的片段。

　　除了歷史與群象出沒的熱帶雨林、被馬共和獏佔據的橡膠林、神祕與歡樂交纏的油棕林，還有對生態和林相的自然寫作，以及穿梭在詩裡行間的一些鼠鹿和山豬。雨林以不同面目出現在馬華作家的筆下，構成一部說不盡的章回。

自雨林躍出

幾位重要的馬華作家都了選擇雨林，再賦予深邃的意涵，以及

十分傳奇的野故事。說不定又有人要問：是雨林成就了這些作家，還是他們成就了雨林？陌異化的書寫，固然有它吸引人的條件，但重點是能不能把它寫好，這完全是語言能力和技巧的問題，否則同樣一片雨林，為何不曾在馬華本地作家的筆下大放異「彩」？「異」與「彩」乃一體之兩面，互為因果，又相輔相成。

　　如果我們很籠統地概括出一個馬華文學印象，雨林必定盤踞著最大的面積，或許是張貴興連續兩部雨林大作，加上黃錦樹、鍾怡雯等人的長期經營所致。如果自雨林躍出，則會瞧見不同的風景。譬如陳大為在《盡是魅影的城國》裡融合了殖民史和移民史的南洋，以及林幸謙充滿家國、流離思考的《狂歡與破碎》（大馬、台灣、香港、中國大陸四個文化位置的拉鋸與糾纏）；如果進一步踏上李永平的「吉陵」，或者溫瑞安在《楚漢》裡創造的武俠色澤厚重的「山河（錄）」，又是別有一番風景。

　　這些旅台作家都在尋找一個完全屬於自己的座標，沒有他人的影子，歡唱著獨一無二的高音。這便是「第三大馬印象」的具體內容。當然，它不能代表當代馬華文學的全貌，不管旅台作家在大馬有多麼主流，多麼強勢，畢竟它只是一支勁旅，另一支人數龐大的寫作部隊也不容忽視。

　　如果台灣讀者想進一步了解當代馬華文學的風貌，不妨翻一翻五十萬字的《赤道形聲》（九〇年代的精選），瀏覽一下小黑、方路、沙禽、黃遠雄、陳強華、呂育陶、黎紫書、趙少傑等本地作家的作品。再不然就上網，每逢星期天點選《星洲日報》的《文藝春秋》副刊（因為該報每周只有一次副刊，橫跨兩版）；周二和周末則點選《南

洋商報》的《南洋文藝》副刊（每周也只有兩次，各一版）。別懷疑，就只有這麼四大版。馬華文學的產量不大，或許真的跟發表園地有關吧。

　　這篇輕鬆的導讀，只能帶你穿越一片華文文學的熱帶雨林，給你一雙合腳的草鞋、一路簡略的風景、幾句超濃縮的話語，以及延伸閱讀的捷徑。

（按：本文應《誠品好讀》而寫，刊載於第 13 期，2001 年 8 月。十七年過去，在台馬華文學的規模呈倍數茁壯，在地馬華副刊的版面卻已腰斬。）

[2001]

本卷作者簡介

　　陳大為，一九六九年出生於馬來西亞怡保市，台灣師範大學文學博士，現任台北大學中文系教授。著有：詩集《治洪前書》、《再鴻門》、《盡是魅影的城國》、《靠近 羅摩衍那》、《巫術掌紋》；散文集《流動的身世》、《句號後面》、《火鳳燎原的午後》、《木部十二劃》；論文集《存在的斷層掃描：羅門都市詩論》、《亞細亞的象形詩維》、《亞洲中文現代詩的都市書寫》、《詮釋的差異：當代馬華文學論集》、《亞洲閱讀：都市文學與文化》、《思考的圓周率：馬華文學的板塊與空間書寫》、《中國當代詩史的典律生成與裂變》、《馬華散文史縱論》、《風格的煉成：亞洲華文文學論集》、《最年輕的麒麟：馬華文學在台灣》、《神出之筆：當代漢語詩歌敘事研究》、《鬼沒之硯：當代漢語都市詩研究》。主編：《赤道形聲》、《赤道回聲》、《天下散文選 1970-2010》、《天下小說選 1970-2010》、《馬華散文史讀本 1957-2007》、《馬華新詩史讀本 1957-2007》、《華文文學百年選 1918-2017》、《馬華文學批評大系 1989-2018》。